犯罪心理档案

FANZUI XINLI DANG'AN

【第二季】

囚心者

刚雪印 著

贵州出版集团
贵州人民出版社

人物简介

韩 印

性别：男

年龄：31岁

职业：某警官学院教授，犯罪心理学教研室副主任

外貌性格：斯文俊朗，亲和沉稳，惯常一抹浅笑挂于嘴角

擅长：犯罪侧写

经历：因在多起恶性系列案件中表现卓越，被任教学院破格授予教授资格，并被任命为该校犯罪心理学教研室副主任。但韩印清醒地认识到，成绩只代表过去，未来他仍将穷尽所学，出现在与恶魔搏斗的战线上。他通过微表情解读，识破谎言；通过行为证据分析，洞悉心理动机；通过犯罪侧写，让罪犯无处遁形。

顾菲菲

性别：女

年龄：33岁

职业：刑事侦查总局特邀刑侦专家

外貌性格：知性冷艳，厌弃世俗，言语直白，有“冰美人”之称

擅长：法医鉴证，物证鉴证

经历：法医学、心理学双博士，曾在国外知名法医实验室深造多年，尤为精通尸体解剖、DNA检测、指纹提取、骨骼检测、颅相重合等技术，是国内少有的在法医领域以及物证鉴定领域皆具有深厚造诣的全能型专家。

杜英雄

性别：男

年龄：25岁

职业： 刑事侦查总局外勤侦查员

外貌性格： 高大硬朗，性格憨直，品格坚忍，清爽帅气

擅长： 近身搏斗，枪械，野外生存

经历： 曾接受过特警部门的地狱式特训，有重大贩毒集团卧底经历，功夫硬朗，枪法神准，意志品质过硬，唯缺乏谋杀案办案经验，作为刑侦总局重点培养的刑侦人才，被委派于顾菲菲领导的重案支援小组中。

艾小美

性别：女

年龄：23岁

职业： 刑事侦查总局外勤侦查员

外貌性格： 青春靓丽，古灵精怪，生性直率，清新脱俗

擅长： 情报搜集，网络技术

经历： 标准菜鸟刑警，警校毕业直升刑侦总局，“情报学”“网络执法”专业双学士，专业成绩突出，作为刑侦总局储备的技术型人才，被委派于顾菲菲领导的重案支援小组中，由于容貌身材出众，追求者众多。

吴国庆

性别：男

年龄：70岁

职业： 刑事侦查总局特聘首席顾问

外貌性格： 已届暮年，壮心不已，甘愿将整个人生奉献给祖国的刑侦事业

擅长： 刑事侦查

经历： 新中国培养的第一代刑侦专家，几乎参与过所有刑侦总局挂号的大案，有“当代福尔摩斯”之称。年届退休，退而不休，每有震惊四野之大案，其身影必会出现。日前，受命组建重案快速反应部门——重案支援部。

目 录
Contents

第二卷　死亡亵渎 / 077

第三卷　身在其中 / 131

第四卷　非常突然 / 199

黑暗无法驱走黑暗，只有光明才能做到！

——马丁·路德·金

◎楔子

夜风凄冷，残月黯沉，浓墨般的乌云在天幕中游弋，好似一群张牙舞爪的恐怖幽灵。而在幽灵邪恶的注视下，阴郁的夜晚暗涌出一股莫名惊悸的气息，仿佛大地上的每一个生灵，随时都可能成为被捕捉的猎物。

一阵高跟鞋的声响，在阒寂的街道上响起，一名身着蓝紫色超短裙的女子正横穿着马路，两条丰润白皙的美腿轻快地舞动着，显得异常性感撩人。

女子穿过马路来到一个巷口，望着漆黑幽深的小巷，心底蓦地生起一股强烈的不安。她犹疑了一下，决定放弃这条通往自己出租屋的近路，选择由大路返回，虽然那样有些绕，但会比较安全。

正值初春，春寒料峭，女子穿得极少，她只好紧缩着身子，抱紧臂膀，抵挡扑面的寒气。她低头沿着大街向西疾走，猛然间身后传来急促而又轻巧的脚步声，她正要回头查看，一瞬间只觉脸颊上遭到重重的一击，身子便如被绳索牵扯般飞跃出去，重重摔在地上，顿时昏厥过去。蒙眬中，她感觉到自己的身体正缓缓移动，紧接着喉头袭来一股噬人的冰冷……

同一个夜晚，同一个巷口，大约一小时后。

一辆车身漆着蓝白相间图案的出租车缓缓停靠在街边，车子熄了火，司机麻利地从车上下来，绕过车头快步走到巷口。这个晚上生意出奇地好，总是前一位乘客刚下车，便又有乘客坐上车来，以至于司机大半个晚上都没得空方便一下。此时，司机急不可耐地解开腰带，可越急越乱，裤子拉链卡住了拉不下来，而裤兜里的手机又不合时宜地响了起来。他烦躁地腾出一只手摸出手机，不承想一个不小心没拿稳，手机竟掉到了地上，这可是他花三千块钱新买的手机。他心疼得顾不上尿急，赶忙蹲下身子去捡。只见手机屏幕发出的光亮，映照出一幅血腥惊悚的景象——一个几乎全身赤裸的女人，仰躺在地上，下体部位聚着一摊血水，肚子破了一个大洞，肠子甩在身上……

夜晚的深沉，被一声穿透力极强的惨叫声划破，尿水顺着司机的裤管流到地上……

◎第一章　重案支援

刑事侦查总局，重案支援部。

顾菲菲从电梯中走出，精巧的黑色高跟鞋并未妨碍她迈出矫健的步伐，一身暗色系品牌修身职业装，配合时尚利落的短发，加之一贯冰冷犀利的眼神，让她看起来英气威武又不失女人的魅力。

顾菲菲在走廊尽头的一间办公室门前停下，与其他办公室不同，这间办公室的门上并未挂门牌。她抬手敲了两下门，听见里面的回应，推门走了进去。

“早，吴老师，您找我？”顾菲菲身子笔直，双手交叉于腹前，模样崇敬端庄。对面办公桌后面，坐着一位两鬓斑白的老者，正伏案审阅一份卷宗。

顾菲菲摆出如此毕恭毕敬的姿态，实在不多见。刑侦局里的人都知道，她生性清高，骨子里傲气十足，能让她如此敬畏的人实在不多，甚至连局长都很少有这样的待遇，想必她口中的“吴老师”绝非一般人。

的确，这位外表慈祥、看似平凡的老者，却拥有警界最为显赫的资历，他就是新中国培养的第一代刑侦专家，几乎参与过刑侦局挂号的所有大案，有“当代福尔摩斯”之称的一级警监吴国庆。

吴国庆现年70岁，自退休后一直被刑侦局以首席顾问身份返聘。大约一年前，他受命组建一个重案快速反应部门，命名为重案支援部。其主要职能是针对各省区市发生的重大恶性疑难案件，予以最及时的指导和协助；同时，也为新世纪的公安战线培养和储备人才，以应对社会多元化发展带来的日趋严重的公共安全问题。该部门下设多个小组，人员构成采取以老带新模式，集合了法医、痕检、行为分析、网络技术、刑事侦破等各路精英，以及具有发展前途的新人。吴国庆虽是该部门的掌舵人，但由于早已退休，所以没有具体的行政头衔，他本人对这方面也看得很淡，于是整个部门的人都以老师来称呼他。事实上，在中国刑侦界，他有资格做任何人的老师。

“是，你先坐。”听到动静，吴国庆抬起头，摘下老花镜，指了指会客沙发，温和地说，“小顾，找你来是想让你看一下新组员的资料！”

“新组员？为什么？我原来的人呢？”顾菲菲瞪着眼睛，诧异地问。

“他们调给别的组了！”吴国庆斟酌了一下，语重心长地说，“小顾，局里像你这样在法医和痕检方面都很精通，甚至在刑侦方面也很有天赋的人才实在不多，所以你来了不久，我们就为你建了组。当然，随后你们的成绩有目共睹，局领导和地方单位都很满意。只是你个性太强了，平时也不注意和组员沟通，大家都反映你过于自负，对下属不能做到充分地尊重和信任，所以没法再合作。早先他们联合提出调组的请求，而且态度坚决，你也知道，能到咱们这儿来的都是精英，作为领导没道理顾此失彼，所以你也要理解我的难处。”

“那新组员的资料呢？”顾菲菲面色平静，淡淡地问。

“啊……噢，在这儿。”吴国庆愣了一下，仓促地拿起桌上两个蓝色封皮的文件夹，递给顾菲菲。

顾菲菲接过来，翻开最上面的，默默看着。吴国庆一脸琢磨不透的表情望向她，心想：本以为顾菲菲得知被下属集体炒鱿鱼的消息，可能会有一些难堪和气恼，最起码也要为自己争辩几句。可出乎意料，人家根本就没当回事，甚至连一个情绪的转折都没有！这丫头的心到底是啥做的？难道真跟下面的人说的一样，心思全在工作上，世俗的东西她根本都懒得搭理？

吴国庆心里正暗暗感慨，顾菲菲手上的资料也看得差不多了，就见她将文件夹放回桌上，干脆地说：“就他俩吧！”

“你真的要了？”吴国庆再次大感意外，这两个新人的资历他再清楚不过了：其中的男警员，虽说有过几年从警经历，但一毕业便被送至特警部门受训，随后被安排到某重大贩毒集团做卧底。虽然最终在任务中表现出色，但没有任何谋杀案的办案经验。他能够调到支援部，一方面是组织上对他的保护，另一方面也是对他的一种提升，当然这里面还有他本人的意愿。而吴国庆看重的，是他的功夫底子，以及坚忍的品质。另一个女警，则是刚分配到刑侦局的应届毕业生，“情报学”与“网络执法”专业双学士，专业成绩十分优秀。年纪轻，综合素质出色，这是吴国庆看上她的主要因素。吴国庆把她要过来，是准备作为技术储备人才培养的。

不过，一下子把两个新人都推给顾菲菲，也确实有些过分。其实吴国庆也是煞费苦心，顾菲菲在同事之间的口碑实在太差了，事到如今所有人都选择敬而远之的态度，甚至局里已经有部分领导提议让她退回地方。但吴国庆爱才心切，舍不得放走，又不能让她做光杆司令，正好那俩孩子由于资历太浅，没有组愿意要，便干脆将他们组合到一起。他相信自己的眼光不会错，这虽说是一个年轻的团队，但破案效率一定不会低。

其实，顾菲菲是忍着气的，此时对面若换作旁人，她早摔门走人了。可面对受人尊崇的吴国庆，她不敢造次，所以听到吴国庆特意强调地问了一句，她便带着怨气说：“是，人我要了，可是我们这样的团队到地方，人家会不会觉得咱支援部对他们的案子不够重视？”

“这你放心，我会解释的，而且你的能力地方单位十分认可，应该不会看轻你们的！”吴国庆大概觉得对顾菲菲终究还是有些亏欠，便又诚恳地说，“你有什么要求，也可以提出来，我尽量安排。”

听吴国庆这样说，顾菲菲微微怔了一会儿，然后有些支吾地说道：“我……我能不能从地方选一名犯罪心理学家加入我的组，我保证他十分优秀。”

“可以啊！”吴国庆不假思索地回道，但很快又反应过来，“你说的是韩印吧？这小伙子办案的卷宗我看过，的确非常优秀，我求之不得啊！可惜他拒绝了局里的邀请。”

“这好办，虽然他先前拒绝了，但他承诺过，只要我有需要……”顾菲菲察觉到用词有些不当，忙改口说，“只要支援部有需要，他一定会鼎力协助。我们可以和他采取单个案件的方式合作，如果碰到人格畸变导致的案例，需要以犯罪侧写来锁定目标，便邀请他加入进来，您看这样可以吗？”

“这是好事啊，我让局里立马给他单位发一份正式的邀请函。至于他本人方面的沟通，你自己看着办吧。”吴国庆意味深长地笑了笑，带着一丝调侃的语气说，“既然咱们支援部对他没什么诱惑力，那就用另一种方式把他拿下吧！”

“什么拿下？我不明白您在说什么。”顾菲菲脸上泛起一丝红晕，“您要是没事了，那我走了？”

“怎么没事！这组员都有了，赶紧办案子吧！那两个小家伙，我通知人事，让他们立即找你报到。”吴国庆从抽屉里拿出一份案件卷宗交给她。

“行，我这就去准备。”顾菲菲绕开档案袋上的白线，打开封口，从里面抽出卷宗扫了几眼，走到门口，眉心已经紧紧拧在一起。

看着顾菲菲走出去，带上门，吴国庆笑着摇了摇头，其实他也看出来了，这是个外冷内热、心地善良的好姑娘。这种女孩往往会非常专一，但是眼光也很高，他希望她能早日有个美满的归宿，他也非常愿意为她创造这样的机会。

顾菲菲回到办公室，屁股刚挨到椅子上，便听到门外响起几下敲门声。说了声“请进”，她便看到一男一女两个年轻人先后走进来。

他，身材高大，臂膀坚实，眉宇间透着阳刚之气，是个硬朗帅气的大男孩；她，娇小身材，梳着一束俏皮的马尾辫，皮肤光滑白嫩，眸子灵动水汪汪，周身上下给人的感觉就是四个字——青春逼人。

两人走到顾菲菲面前，齐齐立正敬礼，女孩抢着说：“警员艾小美向您报到。”

“警员杜英雄向您报到。”男孩跟着说。

男孩话音刚落，顾菲菲还未来得及反应，叫艾小美的女孩“扑哧”一乐，对男孩说：“您这名字起得好有信仰啊！”

男孩身子笔直，一本正经地说：“当英雄是我的人生梦想。”

“嘻嘻，你真的听不出来吗？我是觉得你这名字太土了。”艾小美捂住嘴憋着一脸坏笑。

“土吗？我不觉得啊！”

…………

这杜英雄一看就是个憨厚的孩子，艾小美如此取笑他，他一点也不生气，反倒跟着嘿嘿傻笑。不过这小丫头片子太单纯，像一张白纸，得好好调教。顾菲菲板着面孔盯向艾小美，直到她自觉尴尬地收起笑容，老老实实原地站着，不知所措，才冷冷地说：“我叫顾菲菲，从今天起咱们就在一起工作了，你们可以叫我顾组长，也可以叫我顾姐，总之以后工作上的一切都要听我的命令，否则就赶紧走人。”顾菲菲顿了顿，语气更加严厉，道：“对于刑侦局和支援小组乃至警察这份职业，你们俩都属于新人，但是到了地方你们就是他们眼中的刑侦专家，所以你们必须有所收敛，保持严肃，不许乱说话，不许乱发表意见，更不准私自行动，有问题要及时和我沟通……好了，你们来得正好，上面刚刚分配了任务，你们现在回去做一些长途出行的准备，两个小时后在大楼正门口集合，会有车子送我们到机场。”

一听说马上就要到地方执行支援任务，俩孩子一脸兴奋，杜英雄一副摩拳擦掌的架势，艾小美则一脸憧憬的表情，问：“顾姐姐，咱们是不是也像美国FBI那样有自己的专机啊？”

顾菲菲白了她一眼，没好气地说：“把后面那个姐给我去了，就叫顾姐，听着像没断奶似的。还专机呢，你电影看多了吧？”

当飞机快要降落到机场时，韩印也从梦中醒来，一路看着顾菲菲发来的案情邮件，不知何时竟迷迷糊糊睡着了，毫无意外，他又梦到了母亲。

这么多年，韩印所有的梦中，几乎都少不了母亲的身影。也许是当年她弃他而去，给他心灵造成的伤害过大，离别时肝肠寸断的感觉总是无法磨灭！不过，他很清楚当下的感觉，早已在心中原谅了母亲，甚至还心怀一份感激，是她让他很早就认识到生活的残酷，塑造了他屡经坎坷处变不惊的性格。而随后，像天使一样守护他的继母降临，父亲的生意也风生水起，越做越大，几乎可以满足他对物质的一切需求。于是，他的精神境界得以升华，变得平平淡淡、波澜不惊、漠视名利，他就想踏踏实实做一名应用犯罪心理学老师，不为别的，只因喜欢！

因此，当刑侦局邀请他加入重案支援部时，他没怎么考虑便回绝了。比起进入国家刑侦最高管理部门做一名专职顾问，他更愿意利用自己的理论结合实践，去培养更多应用犯罪心理学方面的人才，从而让这门学科能更为广泛地在案件侦破中得以应用。

不过，有些东西就是这样，当你并不刻意追求的时候，它反而会奔你而来。如今，韩印已是学院最年轻的教授，同时也被任命为犯罪心理学教研室副主任。而他接连在多起重大案件中的出色表现，也令他在业界声名大噪。在学院内的受欢迎程度就不用说了，省内省外相邀讲学，协助办案的请求接连不断，还有电视台的一些益智类综艺节目以及法制栏目也经常向他发出邀约，令他有些应接不暇。

而这个时候，接到顾菲菲邀请办案的电话，他必然得好好想想手头上的工作该如何安排。也就只沉默了那么半分钟，电话那头的顾菲菲便来气了：“姑奶奶好不容易张一回嘴，你拒绝一个试试！”

“好好好，你说地点，我立即动身去跟你会合。对了，把案件资料发到我邮箱中，我在飞机上看看。”

听顾菲菲动了气，韩印可不敢再耽搁，连案情都未细问，就赶忙痛快地答应了。他太了解顾菲菲的脾气了，一贯自视清高，主动张一回嘴不容易，要是折了她的面子，惹毛了她，她能到学院直接把他铐走。

可手上这么多工作怎么办？学院里倒好说，领导一贯对他很支持，又有刑侦局的邀请函，院里肯定不会拦着他。难办的是他已经答应电视台一档节目的邀请，为这事，制作人曾“三顾茅庐”，还特意为他在节目中做了特别设计，你这时候跟人家说不录了，岂不让人家所有准备前功尽弃？不过没办法，推也得推，不推也得推，只能硬着头皮撕破脸推了，谁让那头是顾菲菲呢？韩印只好跟电视台制作人再三解释，再三道歉，惹了一身耍大牌之嫌。末了，实在争执不下，他只好措辞强硬地表示：无法参加录制节目，是因为突然出现了不可抗力因素。

◎第二章　“妓女杀手”

长田市，常住人口一百多万，是东辽省内人口最少的地级市。多年来，由于地理位置和资源所限，城市建设与经济一直处于发展缓慢的落后状态，与周边一些发展迅猛日新月异的城市相比，这座小城仿佛是被遗忘的角落，透着一派老气横秋的沧桑感。

顾菲菲一行三人在傍晚时分抵达，随即不顾路途劳累，第一时间与专案组召开碰头会，听取案件简报以及最新的调查进展。

案件发生在4月7日（周日）凌晨，一名出租车司机在一条巷口解手时，发现一具女性尸体，随即拨打了报警电话。

死者唐倩，26岁，歌厅坐台小姐。尸检报告显示：腿部有拖拽伤，右侧面部颧骨严重骨折，死亡时间为尸体被发现一小时前，致死原因为喉头连带颈动脉被割破导致失血过多。从脖颈处由右至左的环形刀口走势判断，凶手是由背后行凶，且是一个左撇子。死者的短裙被撕碎扯到腰间，下腹部遭锐器剖开，大肠被扯到右侧肩膀上，子宫和两个肾脏被切走。由创口和血流情况判断为死后切割，凶器可以确定为一把长约30厘米的锯齿形单刃刀，击中颧骨的硬物经反复试验，确认来自一根圆形的钝器，所有证物中未发现属于凶手的证据……

与落后的城市发展相应，长田市的社会风气也相对保守闭塞，民风淳朴，治安情况一向良好，这样一起凶残的杀人案，可以说是几十年不遇。案发后，市公安局立即成立了命名为“4·7”案的专案组，局长亲自挂帅任组长，副组长由刑警队长吴斌担任。

吴斌随后介绍了专案组成立后的整个调查思路：

“鉴于凶手在逃离作案现场时未带走任何财物，首先排除了抢劫动机；而分析凶手在杀人后，附加切割尸体这一行为特征，专案组认为是一种泄愤行为，由此判断案件可能是一起情杀案或者仇杀案，于是布置大批警力对死者的社会关系进行调查，不过至今未发现任何有价值的线索。目前案件已经给本市造成非常恶劣的影响，社会上流言很多，恐慌氛围日渐浓厚……”

吴斌说到这里的时候，闷声听了半天的顾菲菲突然插话说：“按规矩，影响稳定的案子，媒体不是应该回避吗？”

“跟主流媒体无关，消息是从监管相对宽松的网络上流出的。”吴斌具体解释说，“案发后一个星期左右，本市一家门户网站的论坛上突然出现一个帖子，发帖人自称是‘4·7’案的凶手。我们毫不怀疑这个帖子就是凶手所发，因为他在帖子中详细描述了死者的惨状，那是我们从未对外公布的信息。更令我们忧心的是，凶手在帖子中扬言还会继续杀人，这也是我们请求支援的原因。”

“追查帖子的源头了吗？”顾菲菲问。

“查了，帖子是从凶案现场附近一家网吧的电脑上发出的，但没人能提供发帖人的信息。”吴斌说。

“网吧不是都有监控吗？”顾菲菲又问。

“坏了。”吴斌答。

“坏了？怎么会那么巧？”艾小美追着问。

“其实也算不上巧合，常去网吧的人都知道，有些网吧的摄像头基本就是个摆设，老板要么把它关掉，要么就故意弄坏，因为网吧里有很多未成年人上网，他们怕留下证据。”吴斌解释说。

…………

碰头会结束，吴斌张罗着要给支援小组的同事接风，顾菲菲以在飞机上吃过为由推辞了，她催促着吴斌要去案发现场实地勘查一番。

案发地属于玉山街道辖地，位于城市西区，是长田市低收入者和外来人员聚居最为密集之地。放眼望去，街区内是一片荒凉败落的景象。低矮破旧的建筑、简陋的街道、荒草杂生的广场，让刚从大城市来的顾菲菲等人，恍如穿越到二十世纪七八十年代——这里是名副其实的贫民窟。

案发现场在一个巷口，周围密布着几十间狭小得如方块盒子的平房，紧邻街边的一排房子是各种门店，大多数看着好像都倒闭了，招牌歪歪扭扭的，里面都废弃着。巷子与一条能同时通行四辆车的大马路相交，马路另一边的风景截然不同，可谓灯红酒绿，练歌厅、按摩店、桑拿洗浴中心等娱乐场所一字排开，热闹非凡。透过玻璃窗，在时隐时现的霓虹灯光下，模糊地能看到里面走动着一些穿着暴露的女孩，案件中的死者，曾经就是她们中的一员。

顾菲菲正站在小巷口四处打量着，突然由巷子深处走出一个熟悉的身影，让她着实吃了一惊——很长时间没见，他变化不大，只是略显清瘦，鼻梁上还是那副黑色粗框眼镜，脸上也一如既往地挂着他招牌式的温和浅笑，略带忧郁的眼神中透露出来的淡然和文气，看起来那么熟悉。

对！顾菲菲看到的就是韩印！本以为他隔日才会到，没料到竟然在案发现场不期而遇。原来，韩印与顾菲菲通过电话之后，立即找领导协调了工作，然后便赶到机场，搭上最近的一班飞机。一路上非常顺利，飞机起飞降落都很准时，反而要比先出发但因临时空中管制延误在机场的顾菲菲等人，早到长田一段时间。他下飞机后，拨打顾菲菲的手机，发现她关机了，猜想她可能还在飞机上，便干脆打车来到案发现场。

高傲不羁的顾菲菲，遇到性格内敛沉稳的韩印，便注定了他们无论何时，都很难表露出真实情绪，尤其当着众人的面就更加不可能。于是久别重逢，只有一个瞬间的凝视和简单的握手。

顾菲菲将韩印介绍给组员以及吴斌，互相寒暄一阵，便开始进行犯罪模拟。在模拟的过程中，顾菲菲向韩印介绍了死者的具体身份以及疑似凶手在网络上发帖的情况。

在这起案子中，综合尸检结果和现场方位情况，案发情景其实很容易还原：死者走在街边，凶手尾随在后，听到身后有动静，死者回头张望，随即被左手持铁棒的凶手击中右侧脸颊昏倒；凶手随后将其拖到巷口处割破喉头，在其完全停止呼吸的情形下，对尸体进行切割，最后带着切割下来的器官逃离现场……

但是，这样一个看似简单的还原过程，却透露出复杂的案件特征：

一、凶手有充分的时间，却没有对死者实施性侵犯；二、作案方式为先以闪电袭击令死者失去抵抗能力，之后再实施割喉；三、选择作案地点缺乏隐蔽性；四、有严重的虐尸行径；五、有带走死者器官作为战利品的倾向。

听罢韩印对凶手作案特征的归纳，吴斌心急地问道：“那么，我们应该如何解读这些特征呢？”

“是啊，是啊！韩老师您分析出什么了？”一旁的艾小美和杜英雄忍不住齐声附和，看来这俩孩子早把顾菲菲的叮嘱抛到脑后了。

见顾菲菲狠狠瞪着眼睛，韩印笑笑敷衍过去，以免她当着吴斌的面发火，然后说：

“第一，从作案方式上，可以解读出两点：‘闪电袭击’表明凶手与死者是陌生关系，而割喉看起来有点像一种仪式——凶手完全可以用钝器直接将死者砸死，却偏偏要费一道工序，显示割喉是他在行凶中必须要诉诸的一种行径。

“第二，凶手在作案中分别运用了圆形钝器和刀具，而除了分尸现场，周围并未发现滴溅型血迹，说明凶手还提前准备了装凶器和器官的容器，由此可以看出，这是一起有充分预谋的犯罪。

“第三，血迹情况表明，巷口处即是第一分尸现场，而我刚刚稍微往巷子深处走了走，发现里面伸手不见五指，而且鲜有人经过，那么凶手为何不在隐蔽的巷子深处分尸，而是选择可能会被目击的巷口呢？这里面同样也可能有两个原因：一是，凶手当时处于癫狂状态，意味着他可能有某方面的精神病症；二是，有可能这也是一种仪式行为，是他刻意的。

“第四，将没有强奸行为、有虐尸行为以及收藏器官行为综合起来看，凶手应该是一个性变态。如此残忍地杀人，也许是为了满足其变态的性幻想。

“第五，凶手通过网络表明身份，目的很明显是想引起关注，表明现实中他是个毫不起眼的人，通过对警察的挑衅来获得身份感，这种行为特征在变态犯罪的‘历史’上……”

韩印其实本想说的是“在变态犯罪的历史上非常多见”，但当他说到“历史”这个词时，脑海里突然闪出一幅画面，随即他停下话来，用食指推了推眼镜，目光怔怔地望向远处……

韩印话头戛然而止，不明就里的吴斌自然要紧着催促他继续说下去，可他刚要有所表示，却被顾菲菲抬手示意打住了——韩印这个姿态她太熟悉了，当它出现时，往往意味着他发现了某个关键性的线索，她不希望吴斌打断他的思路。

“吴队，今天先到这儿吧，有些情况咱们明天再讨论。”沉默良久，韩印对吴斌淡淡地说道，然后不容分说兀自迈步向警车走去。众人虽有些丈二和尚摸不着头脑，但也只好跟上。

吴斌将几个人送到招待所，将房间钥匙分发到各自手上便告辞了。

四人住在一个楼层，房间也是一个挨着一个，韩印打开房门，甩甩头，冲大家示意一下，说：“你们都到我房间来吧。”

进到房间，韩印径直走到写字桌前卸下双肩背包，从里面拿出笔记本电脑，启动，然后打开自建的“案例资料库”浏览起来，身后的几个人都坐在床边闷不吭声地等着他解开疑问。

其实，起初看到案件资料时，韩印就有似曾相识之感，好像先前在哪起案子中见过相同的作案手法，只是一时想不起来。刚刚在现场说到变态犯罪历史时，他突然醒悟到这是一起“模仿犯罪”，但当时他觉得有必要再仔细核对一下案件细节，再向大家公布。

默默地滑动了一阵鼠标，韩印转过身冲艾小美说：“小美，你之所以想到支援小组当一名刑警，是不是受到一些影视剧和罪案小说的影响？”

“呀，韩老师你好神啊，你怎么知道的？”艾小美惊讶地说，“我是特别喜欢看罪案类小说啊，尤其是连环杀手题材的。”

“我说几个特征，你想想有没有在哪里看过。”韩印笑笑，继续说，“这是发生在一百多年前的一起连环杀人案，案发地是当地有名的贫民窟；凶手作案时间都选择在周六和周日晚间或者凌晨；受害者全部为妓女；凶手是一个左撇子；行凶地点都在街边，不刻意隐蔽；手法同样是先施以闪电攻击，再进行割喉，也同样有剖割尸体和带走器官的举动；还有在连续作案的中间，也曾寄信给报馆进行挑衅。”

韩印话音刚落，艾小美正努力思索着，顾菲菲皱着双眉，脱口说道：“你说的应该是1888年，发生在伦敦东区白教堂附近的连环杀害妓女案吧？”

“对啊！咱们的案子可不就是‘白教堂血案’的翻版吗？难道凶手是‘开膛手杰克’的粉丝？”在顾菲菲的点拨下，艾小美茅塞顿开，紧跟着兴奋地说道。

韩印点头道：“有这种可能。‘开膛手杰克’虽然不是真正意义上的‘第一个连环杀手’，但他确实是第一个被西方社会和全世界瞩目的连环杀手，可以说他就是连环杀手的代名词。在一些反社会人格的群体里，他是一个殿堂级的罪犯，至今都拥有众多粉丝。”

“如果是模仿作案，凶手的犯罪行为只是依照‘开膛手杰克’的方式进行的，并非他本人特有的状态，那么我们分析他的行为特征，是不是就没有价值了？”杜英雄插话道。

“不，当然有价值。所谓走过必留痕迹，任何行为都有它特定的信息，就算是模仿，有的可能流于表面，而有的则会深入骨髓，由此我们可以推断凶手的智商和逻辑思维水平。”韩印接着解释说，“在这起案子中，无论时间、地点、手法乃至犯罪标记行为，凶手对‘开膛手杰克’的模仿，都称得上是严丝合缝、如出一辙，没有任何遗漏。这表明，凶手是一个思维成熟、性格严谨、行事细腻缜密的人，他的年龄应该在30岁以上。

“另外，既然是模仿犯罪，凶手又刻意追求细节精准，那意味着作案地点尤其是受害者身份是特定的——必须是生活在‘贫民窟地区’的‘妓女’。由此推断，凶手可能事先反复踩过点，而且一定近距离观察过死者。他知道死者的身份，知道她下班的大概时间，知道她住在哪里，回家要走哪条路线，他甚至有可能曾经光顾过死者，但不会是熟客。

“至于作案动机，有两种可能性：第一，凶手是‘开膛手杰克’的粉丝，渴望得到如偶像一般的知名度；第二，他极度仇恨妓女这样一个群体，可能他曾经被妓女冷落和侮辱过，又或者因嫖妓染上性病等。当他想要惩罚她们，便决定采取最著名、最残忍的妓女杀手‘开膛手杰克’的方式。总之，我们所面对的很可能是一名‘妓女杀手’。”

韩印话未说完，杜英雄急着插话说：“我觉得凶手没有咱们想象的那么严谨吧？‘开膛手杰克’主要在白教堂附近活动，而“4·7”案的案发地附近并没有教堂，而且前者是发信给报馆，而后者是通过网络发帖。”

未等韩印解释，顾菲菲接下话道：“这两点恰恰证明，凶手有相当成熟的思维，并且对‘开膛手杰克’的案例有很深的研究。他不发信给报社，是因为他深知以我们目前的体制，报社是不可能把他的信公之于众的，这样他就无法得到他所期望的关注度；而所谓的‘白教堂’，是指位于伦敦东区东部、伦敦塔和伦敦港北边，靠近怀特切伯大街的一个区域，并不是指一座教堂。”

“噢，原来如此啊！”杜英雄使劲点着头，憨笑两声，说，“顾姐你和韩老师真是太默契了。”

“简直是天生一对啊！嘻嘻！”艾小美跟着说。

“胡说什么，皮痒了是吧？”顾菲菲使劲瞪了她一眼。

“今天就到这儿吧，时间也不早了，大家都赶紧回去休息，明天一早咱们和吴斌再深入讨论一下。”韩印为了化解自己和顾菲菲的尴尬，适时结束了谈话。

此时的韩印，以为自己对案子的认知已经很清晰了，岂知所谓的“妓女杀手”，只不过是冰山一角，接下来他将会遇到更加诡秘凶险的血案！

◎第三章　“粉丝杀手”

早晨，韩印等人聚集在招待所门前，等待吴斌来车接他们去刑警队。

没等多长时间，一辆白色商务车便停在众人身前，从司机座位上下来一个瘦瘦的年轻人。顾菲菲认得这个年轻人，他是专案组警员，昨天的碰头会他也参加了。

年轻警员绕过车头，拉开商务车侧门招呼众人上车，待大家都坐好，他便上车发动引擎。

“本来吴队要亲自来接你们，可一大早玉山街道又出了命案，他只好带着队里的人赶过去了。”年轻警员一边掉转车头，一边替吴斌解释。

“没什么，其实很近的，我们也可以走路去局里的。”顾菲菲客气道，紧接着又问，“怎么又是玉山街道？什么案子？跟‘4·7’案有关吗？”

“应该没有太大关联，据最先赶到现场的派出所方面汇报，手法不太一样，不过听说也挺惨的，人都被劈成两半了。”年轻警员说。

顾菲菲和韩印对视一眼，小声嘀咕了一句，顾菲菲便对年轻警员说：“你方便带我们去现场看看吗？”

“当然可以，没问题！”年轻警员爽快地应道，说着话掏出手机拨给吴斌，问明具体方位，便在一个十字路口右转，向玉山街道方向驶去。

大约一刻钟后，商务车载着众人来到案发地，韩印暗自估算了一下，这里到“4·7”案现场，只有不到一公里的距离。

现场在一个圆形广场中间，四周已经拉起了黄白相间的警戒线，顾菲菲抬手正欲掀起警戒线进去，突然转身对身后的杜英雄和艾小美叮嘱道：“你们俩都是第一次出现场，一会儿看到尸体可能会不太适应，你们尽量不要往人的方面去想，把它当成一个道具或者案件中一个平常的证物去看，就不会有畏惧感了。如果实在忍不住想吐，最好走远一点，别让人家觉得咱支援小组不专业，懂了吗？”

顾菲菲这番叮嘱绝对是经验之谈，多年的现场经历，让她看到太多菜鸟初次见到尸体时的窘态，甚至面对一具无任何伤痕和血迹的尸体，有些人恨不得把五脏六腑全吐出来。自己的两个部下，先前从未经历过谋杀案现场，尤其艾小美说不定还没见过真的尸体，待会儿可别一惊一乍的，当着众多地方同行的面出洋相。

“没事，放心吧顾姐，我可是做过毒贩卧底的，什么没见过？死都死好几回了，还能被个尸体吓着？”杜英雄拍着胸脯，大大咧咧满不在乎地说。

“不……不会太吓人吧？我还没见过死人呢，真不知道会有啥反应。”与杜英雄相比，艾小美显得有些底气不足，声音怯怯的，一双小粉拳也攥得紧紧的，看上去紧张得不得了。

见她这副模样，韩印体贴地说：“小美，一会儿你跟在小杜身后吧，如果实在不敢看，就瞅着小杜的后背。”

“对对对，要是害怕就躲我背后来，盯着哥伟岸的臂膀。”杜英雄眉飞色舞，越说越来劲。

要是换在别的场合，杜英雄这么嘚瑟，艾小美早把他灭了，可现在她没心思和他贫嘴，脸上的血色越来越少，往日的活泼劲也早没影了，只是机械地“嗯嗯”两声应着。

广场中间有一个圆形花坛，可能很长时间无人打理了，花坛中尽是半米高的野草。技术科人员正忙着拍照取证，法医在进行尸表初检。吴斌抱着膀子，嘴唇抿得很紧，眼睛直勾勾盯着被野草包围的尸体，脸色非常难看。

听到身后有响动，他扭过头来，见是韩印和顾菲菲等人，便闪了闪身子，冲尸体扬扬下巴，说：“你们来了，看看吧！”

韩印和顾菲菲冲他点点头走到尸体旁，还未来得及仔细看，就听身后传来哇哇的呕吐声，是杜英雄。他就冲尸体瞥了那么一眼，便连步子都迈不动了，蹲在街边稀里哗啦地吐起来。想想刚才他那副信誓旦旦的模样，真是让韩印和顾菲菲觉得又好气又好笑。不过出人意料的是艾小美，这小丫头竟没有丝毫不适，反而还一脸兴奋。她凑在尸体旁边，煞有介事地由上到下观察着，眼神中充满新鲜感，好像突然得到一个新玩具似的，这大概就是所谓的天赋吧。

死者是一个赤身裸体的年轻女性，尸体自肚脐处被拦腰斩成两段，面部朝上，肘部弯曲，双臂举过头顶，两部分尸体被对正摆放，但并未完全对死，中间相隔50厘米左右的距离。尸体有明显被清洗过的迹象，现场未见血迹，右侧乳房几乎被切掉，只连着一层皮，腹部有一个不规则的菱形创口，两边嘴角被割开，伤口直至耳根，在死者面部形成一个诡异的微笑。

尸体的惨状可以说令人发指，尤其是那令人毛骨悚然的“微笑”，让顾菲菲心底有种说不清道不明的怪诞之感。而韩印双眉紧锁，面色严峻，在短暂沉思后，淡淡地开口说道：“谁是第一个来到现场的警员？”

“是我和所里的协警。”

应答声从韩印身后传来，他转头，看见一个中年民警和一个个子不高的协警。他打量了一眼中年民警，问：“你们来的时候，尸体就是这个姿态吗？”

“对，我们没动过，而且问过报警的市民，也说没动过。”中年民警答道。

韩印点点头，转回身沉声说：“并案吧！”

并案？韩印的话出乎所有人的意料，也包括顾菲菲。她绕着尸体观察一圈，说道："头部有被重击的迹象，嘴部下颌骨与咬合肌被切断，这些可能就是致死原因；死亡时间至少超过24小时；手脚有很深的绑痕，看来曾遭到过拘禁；尸体里里外外被仔细清洗过，表明这里肯定不是第一现场；从尸体两部分的创口和淤痕来看，分割尸体的应该是一把大砍刀；分割时死者可能还未完全停止呼吸；尸体腹部的菱形创口为切除子宫所留的疤痕，创口走向是顺时针，结合尸体分割创口是由左至右，说明凶手的右手是惯用手；死者阴部有撕裂伤，应该遭受过强奸……"

"对，但没发现精液和毛发，看来凶手做过防范措施。"法医插话道。

法医说完，顾菲菲带着质疑的口吻对韩印说："惯用手为右手，有性侵犯行为，死者被拘禁过，现场非第一现场，无标志性割喉行径，只带走子宫，无切割肾脏行为，这些可都跟'4·7'案截然不同，怎么能并案呢？"

"死者身份确认了吗？"韩印未立即回应，而是扭头问向旁边的吴斌，但未等吴斌说话，便又接着问，"她的工作跟演艺方面有些关系吧？"

"对啊！你怎么知道？"吴斌诧异地说，"她在玉山街道一家低档舞厅做歌手，就住在这附近，我们已经找到她的出租屋了，那里是杀人第一现场。"

"她应该还被肛交过。"韩印接着说道。

听了韩印的提示，顾菲菲赶紧将尸体下半部分掀至45度角稍微打量了一下，随即满脸疑惑地点了点头。

"她一定还被强迫吞食过自己的大便。"韩印再次提示道。

顾菲菲将鼻子凑近死者嘴部，用力闻了闻，然后仰起头说："你说得对，不管是不是她自己的，但可以肯定她吞食过大便，如此说来，这也是一起模仿作案，对吗？"

"嗯！"韩印一脸严肃地说道，"1947年1月，美国加利福尼亚州洛杉矶市曾发生过一起震惊全美的分尸案，即著名的'黑色大丽花谋杀案'。其案件特征，和眼前的案件一模一样，甚至连现场环境和死者身份都几乎相同——案发现场也是一个荒草丛生的广场，死者是一个好莱坞三流演员。”

“同在玉山街道区域内，时隔不到半月，接连发生两起变态模仿作案，绝不可能仅仅是巧合，看来的确有必要并案了。”顾菲菲此时对韩印的判断已深信不疑，她深深叹了口气，接着说，“唉，这样说来，咱们面对的凶手，并不是所谓的‘开膛手杰克’的粉丝，可能所有变态杀手都是他崇拜的对象。”

“什么‘开膛手杰克’粉丝？什么变态杀手粉丝？你们到底在说什么呢？”一旁的吴斌，不明就里，瞪着布满血丝的眼睛急切地问道。

“噢，是这样的……”韩印向吴斌大致解释了一番，表示相关行为分析等回队里再详细呈上，然后转过头对顾菲菲说，“看来必须要调整昨夜的‘犯罪侧写’了！”

“对，尤其是动机方面。”顾菲菲心领神会地说。

直到现场勘查结束，吴斌宣布收队，杜英雄都未敢再靠近尸体，当然大半原因可能是觉得尴尬。周围把守现场的民警一直在偷笑，让他更加无地自容，恨不得扒开一条地缝钻进去。好在回程的路上，韩印和顾菲菲都没搭理他，不然他会觉得更尴尬。不过，艾小美不会放过这个“调戏”他的机会，一个劲地冲他挤眉弄眼，学着他呕吐的模样……

◎第四章　现场体验

两起模仿作案的原案件，在变态犯罪历史上，都是非常著名的案例。而它们之所以称得上著名，一方面，是因为凶手作案手段极端残忍；另一方面，则因为它们至今仍然是悬而未解的案件。这便赋予它们神秘的色彩，数十年来不断有人痴迷于这两起悬案的研究，希望能够挖掘出真相。那么本案凶手的目的又是什么？是因为痴迷于挖掘真相，导致走火入魔？还是对凶手的一种崇拜和致敬？抑或是一种想要学习和体会变态犯罪的快感？总之，随着第二起模仿案件的出现，凶手的作案动机更加难以捉摸了。

起初，韩印以为凶手作案的目标，主要是针对妓女，但现在看来不管是“坐台小姐”还是“舞厅歌手”，都只是凶手模仿犯罪中的道具而已，对整个案件来说她们的身份没有太多的研究价值。当然，如果有线索证明她们之间存在交集，就另当别论了，可惜到目前为止，专案组方面还未找到两名受害者在生活中的关联之处。

同样，凶手此次作案的表现，与其首次作案一样，对悬案细节的模仿十分精准。也同样，如韩印先前分析的，这是一次有充分预谋的作案。凶手一定曾在两个受害者周围出现过，而且案发现场相隔不远，说明凶手对玉山街道非常熟悉，甚至也许就居住在那儿。那么，接下来的工作重点是，集中警力在两个案发现场附近以及死者的工作场所，寻找潜在的目击证人，询问在案发前是否有形迹可疑的人出现。

对玉山街道深入细致的排查，结果可以说一好一坏。

坏的方面，是两名死者之间确实没有任何联系；好的一面，是有一名在街边拉客的“小姐”，表示曾在半夜里目睹有人在第一起案子现场徘徊，而且还一直手舞足蹈地比画着，但时间不是在案发前，而是在最近。

会不会是凶手重返现场温习快感呢？如果是，他会不会重返第二个现场？针对“站街小姐”提供的线索，韩印建议专案组对圆形广场进行严密监控，可让他没想到的是，当晚那个身影就出现了。

晚上11点多，街上人车渐渐稀少，一名身着黑色运动装、头戴灰色运动帽的男子，进入监视范围。他从广场边的一条胡同中钻出，帽檐压得很低，站在街边左右张望了一下，然后装作很随意的样子，缓缓向广场中间的花坛靠近。

他在花坛边定住身子，怔怔地注视着花坛中的杂草，像是在沉思，片刻之后，他开始围着花坛转悠，嘴里念念有词，双手胡乱比画着……

吴斌一声令下，几名警员从监视车辆上跳下来，迅速向广场中央靠拢。男子眼见几个壮实的汉子朝他奔过来，急忙转身飞快向广场另一侧的居民区跑去……

居民区面积很大，当中交错了若干条胡同，里面黑漆漆的，地势坑坑洼洼、高低不平，追赶进去的警员不敢放开来跑，只能摸索着前行，目标很快便没了踪影。

几个警员正感沮丧，突然听到不远处传来细微的呻吟声。顺着声音找过去，一个警员点亮手机屏幕照了照，看见正是目标男子躺在地上，脸上满是鲜血，敢情这哥们儿也不熟路啊，慌不择路把自己撞倒了。真是“踏破铁鞋无觅处，得来全不费工夫”，警员随即掏出手铐，把男子双手铐住，从地上拖拽起来。

在广场中抓捕的男子，很快被带回刑警队。他脸上的伤势并不重，经过简单处理，便被送进审讯室，接受讯问。

“姓名？”

“张松林。”

“年龄？”

“43岁。”

“职业？”

“作家。”

一套常规问话，男子没有丝毫抵触，应答相当配合。顾菲菲冷着脸继续问：“大半夜不好好在家待着，到广场瞎晃悠什么？知不知道那是杀人案现场？”

“知道，知道，实在不好意思，给你们添麻烦了。”张松林使劲点点头，做出歉意的姿态解释说，“我手头上正在写一部罪案小说，听说了案子，就想到真实的杀人现场感受一下气氛，寻找一些创作灵感。没想到被你们当成了嫌疑人，而我又错把你们看成劫道的，所以就跑了……真的……真的完全是个误会。”

“这么说，前几天出现在‘巷口’的那个人，也是你喽？”顾菲菲问。

“对，是我。”张松林干脆地答道。

“你怎么知道杀人案的？”顾菲菲又问。

“玉山街那么大点的地方，出了这种事还不早就传开了。”张松林紧跟着解释说，“为了能安心创作，我在玉山街那儿暂租了间民房。”

“4月7号凌晨，还有……”

未等顾菲菲问完，张松林便打断她，接下话说：“你想问两起案子发生时我的行踪对吗？坦白讲，那个时间段我肯定都在写作，但我没办法证明。”

大概是常写罪案小说的缘故，张松林看起来对审讯套路比较熟悉，一直表现得很淡定，而且言语中也听不出破绽。顾菲菲一边瞪着他，一边整理思路，没料到张松林竟开始反问。

“警官，介不介意我问您两个问题？”

“说说看。”顾菲菲犹疑地点点头，她倒要看看这张松林有什么花招要耍。

“我听传言说，广场中那起案子，死者被劈成了两半，而且两边嘴角被割成微笑的样子，是真的吗？”张松林抛出第一个问题，见顾菲菲思索了一下，微微点头，接着又问，“你们警方目前判断两起案子是一个人做的，还是说分别来自两个不同的凶手？”

“我们倾向于只有一个凶手。”顾菲菲试探着回应。

顾菲菲语毕，张松林蓦地倒吸一口凉气，身子随即向椅背上缩了缩，眼神中突然闪过几丝慌乱。沉默了一会儿，他才声音低沉地说：“我斗胆推测一下，你们现在一定已经知道，两起案子分别模仿了‘开膛手杰克’的杀人方式以及著名的‘黑色大丽花谋杀案’，对吧？”

“你怎么知道？”顾菲菲一脸诧异，随之警惕起来。

张松林未理会顾菲菲，兀自失神地喃喃念道：“看来真的和我有关……”

“什么和你有关？你怎么知道是模仿作案？”

“噢，您别急，别急，听我慢慢说。”张松林缓缓神，说道，“像我们这种写罪案类小说的，平常会注意搜集案例作为素材，对世界各地的一些著名案例都有一些了解。所以当我在论坛上看到自称是凶手的人发的帖子时，便感觉他好像是在模仿‘开膛手杰克’，但没想到他会接着模仿‘大丽花’，这让我想起一个人来……”

“想起谁了？”顾菲菲身边的吴斌忍不住插话，“你能别啰唆那么多吗？赶紧说正题！”

“好好，我简单点说吧。”张松林在吴斌的催促下，适当加快了语速，“我平时经常会在论坛上和网友交流，主要还是为了搜集素材，偶尔也会解答一些网友的问题。我记得大概三个月前，也就是今年1月中旬，我曾经在论坛上遇见一位网友，他自称是我的忠实粉丝，对连环杀手的案例特别感兴趣，他向我咨询世界上最变态、最有轰动效应的案例有哪几件。我记得当时介绍给他的就是‘开膛手杰克’和‘黑色大丽花’，还告诉他去哪些网站可以看到关于这两起案件的更详细的介绍。现在看来，我可能无形中成为一名连环杀手的导师了，我严重怀疑这个人就是你们要找的凶手！”

“是有可能，要不然怎么会那么巧呢？”吴斌顿了顿，紧跟着问，“你还能找到你们聊天的记录吗？”

“能。”张松林点头道。

“那太好了，也许我们可以追踪到他的IP地址。”顾菲菲兴奋地用拳头使劲捶了捶桌子。

隔着审讯室的单向玻璃，韩印目睹了对张松林的整个讯问过程，他也很兴奋。在他看来，凶手处于犯罪准备阶段时，也许不会特别谨慎，他可能不会刻意掩饰IP地址，这样一来就可以顺藤摸瓜地抓到他了。他吩咐艾小美立即着手破解，网络方面是她的强项。

但是，韩印冷静下来，蓦然察觉到张松林提供的信息，再次将案件复杂化，他也不得不再次修正自己的犯罪侧写。原本他一直强调，凶手作案是经过充分预谋的，而且他认为，凶手平日一定会如“变态杀手刘超”那样，对罪案类小说和影视作品极度痴迷，对某些变态犯罪人有着病态的崇拜心理，尤其对那些残忍的杀人案例更是了然于胸。但从目前的信息来看，凶手的表现，似乎又有点“临时抱佛脚”的意味。这又推翻了韩印先前对作案动机的几点设想，看起来凶手之所以要模仿那两起变态案例，只是看中了它们的轰动效应。韩印隐隐有种感觉，这两起案件只是凶手抛出的两块“砖”，那么它们究竟会引出怎样一块“玉”呢？

◎第五章　雨夜追踪

艾小美顺利越过防火墙，进入某论坛的终端服务器上，很快便查到向张松林咨询案例的用户的IP地址。IP地址来自长田市一家网吧，但网吧三个月之前的监控录像已经被覆盖，也没有人能回忆起那时的事情，可以说是空欢喜一场。

虽然问话中，张松林表现出坦荡和配合的姿态，但就围绕在他身上的种种信息综合分析，他还是有一定作案嫌疑的。

迄今为止，张松林在玉山街道租住已经超过半年，对案发区域非常熟悉；同样，他也非常熟悉“开膛手杰克案”和“黑色大丽花谋杀案”中的每一个细节；再者，他去过两个案发现场，虽然以体验生活为由，但谁又敢保证他不是去回味的呢？而且，他没有案发时不在现场的人证；另外，专案组在对他的个人信息进行更深入的调查后，发现他目前的生活正处于非常难堪的境地。

张松林确实出版过几本书，但一直没红起来，曾经有一段时间封笔去炒股，结果赔得丢盔弃甲，经济上捉襟见肘，也让他与老婆孩子的关系异常紧张。据他朋友介绍，他目前正在创作的也是一部罪案小说，他非常看重这部作品，希望通过它来改变当前的窘境，所以心理压力很大。那么，这些生存上的窘困和压力，以及连续遭受挫折的经历，有没有可能让他的精神出现疾病症状呢？比如，幻想症、迫害妄想症、强迫症……而当这些症状发展到严重的地步，便会导致极端的行为出现。

总之，对身处人生低谷的张松林来说，此番创作只能胜不能败，他会不会因此不择手段，布下一个很大的局来炒作自己？如果真的是张松林策划了这一系列案件，而韩印所谓“抛砖引玉”的观点又站得住脚的话，那接下来张松林会怎样“出牌”？而他又会如何既通过这张牌达到炒作目的，又能让自己逍遥法外呢？

接连出现两起恶性杀人案，警方开始重视对玉山街道的夜间巡视，尤其针对具有作案嫌疑的张松林，专案组予以重点监视。

午夜时分，一阵沉闷的雷声过后，天空中下起了绵绵细雨，淅淅沥沥的雨滴拍打在车窗上，富有节奏的声响，让各监视车辆里昏昏欲睡的警员们更加困乏难忍。可就在这时，连续几日足不出户的张松林，却突然从出租屋中走出来，坐上了他停在巷口的捷达车。

张松林驾车驶出去不久，吴斌发动面包车跟了上去，坐在车中后排的韩印等人顿时从瞌睡中精神起来。

张松林选择这个时候出门，恐怕是要有所“行动”了，当然这一次吴斌绝不会让他得逞。为了防备有所闪失，吴斌将在玉山街道暗中巡视的绝大部分警力和车辆都调集到跟踪任务当中，在保证未知受害人安全的前提下，一定要在张松林再次行凶之时，将其抓获。而此时的张松林，丝毫没有察觉到，清冷的雨夜中一张大网正悄悄向他罩来。

半小时后，雨差不多停了，张松林的车子驶出市区，进入一个小山村。

小山村叫樱花村，因村中一片樱花园得名，每年四五月份樱花盛开之时，这里都会吸引众多前来观赏和踏青的市民。

难不成张松林这次作案的地点，会选择在樱花园？可这个时候，谁会在樱花园中出现啊？吴斌在心里嘀咕没多久，便看到张松林的车子果然在樱花园边停下。

关闭引擎、熄灭车灯，张松林和汽车隐身在黑漆漆的夜色中，好一会儿没了动静。又过了一会儿，车里发出忽明忽暗、星星点点的光亮，估计张松林点上了一支香烟。相距五十多米的监视车里，韩印和顾菲菲用望远镜观察着张松林的动静，心里都冒出一种感觉，张松林好像对这次作案有些犹豫不决。

抽完一支烟，张松林终于握着一支手电筒从车上下来，他裹了裹身上的衣服，踏上樱花园西侧一条窄窄的山路向山上走去。吴斌吩咐其余警员原地待命警戒，防止张松林从别的出口脱逃，只带上韩印和杜英雄以及几个手下，悄无声息尾随在后。

整座樱花园依山而建，山麓萧瑟寂静，野虫的低鸣和众人的呼吸声清晰可闻。由于刚下过雨，山路有些泥泞，又担心被前面的张松林发现，众人行路格外小心翼翼。好在山势并不高，山路也不怎么陡，一行人很快便跟到了半山腰。然后，他们远远地看到张松林站在一个大水坝前，举着手电筒机警地左顾右盼，貌似在等待"猎物"的出现。

吴斌做着手势，指挥众人向四下隐蔽，悄悄形成一个包围圈，将张松林死死围住。众人还未全部就位，不知谁的手机突然响了起来，如惊弓之鸟一般的张松林随即举着手电照过来，声音颤抖地问："谁？是……是你吗？出……出来吧！就我一个人！"

见有人形迹暴露，吴斌一挥手，众警员从深处跳出来迅速向张松林聚拢。周围突然冒出这么多人，张松林看起来没有心理准备，慌乱之际将手电筒丢到地上，猛地从衣兜里掏出一把明晃晃的短刀，在身前胡乱比画着。一马当先的杜英雄，一闪身灵巧地避过劈面而来的一刀，随即抬手稳稳握住张松林持刀的手腕，反手用力一拧，紧接着飞起一脚于瞬间连踹其两腿膝盖后弯，整个动作一气呵成，后面的人还未赶上来，只听匕首"当"的一声落地，再见张松林身子一个趔趄，"扑通"跪倒在地。

"你……你们……你们……是警察?！"张松林辨清站在自己身前的是吴斌，整个人便一下子瘫软到地上，随即深出一口气，紧张的神经也好像骤然松弛下来。

虽然算不上人赃俱获，但缴得一把短刀，如果能够证明它与两起案子中的任何一件有关联的话，同样可以“钉死”张松林。

“老实交代，这一次你的目标是谁？”吴斌从地上拾起手电筒，照在张松林脸上。

“目标？什么目标？”张松林用手遮着脸颊，挡着刺眼的光束，嘴里不解地问，但随即他意识到自己正面临的处境，恍然醒悟道，“你们一直在跟踪我？看来你们还是认为那两个女孩是我杀的！其实你们误会了……”

“误会？”吴斌厉声打断张松林的话，“那你给我解释一下，大半夜揣着把刀，来这种鬼地方做什么？”

“我……我……我是来见‘凶手’的。”张松林低下头，很小声地说，然后偷瞄了一眼脸色阴沉的吴斌，“其实……其实，那个在论坛上和我交流的网友，也就是你们认为的凶手，他曾经和我在QQ上交谈过，今天晚上就是他约我……”

“什么？你知道凶手的QQ号码？这么重要的信息为什么先前不告诉我们？”吴斌有些气急败坏，怒气冲冲抬脚踹向张松林。

“等等！”韩印赶紧拽住吴斌，示意他先稳住，冲张松林问道，“你是说是凶手约你来这儿的？”

“嗯。”张松林本能地向后闪了闪身，一脸懊悔地说，“那天在刑警队问话时，QQ的事我本来想说来着，可当时脑子里突然鬼使神差一闪念，想着要是我能和凶手面对面交流一次，说不定能获得非常有价值的第一手素材和灵感，那会对我在小说中刻画反面人物有相当大的帮助，会让整个小说更加立体、更加饱满。还有，我心里也抱着侥幸，想着也许能有机会亲手抓到凶手，那对我的知名度会是一个很好的炒作和提升。所以回到住处后，我开始在QQ上给他留言，提出想和他见一面，可他一直没上线，也不回复我，于是我干脆留言说我知道他就是在玉山街道杀人的凶手，如果他杀人是想出名的话，那就出来和我谈谈，我会让他更加出名的。然后在今天，不，现在应该说是昨天傍晚，他突然给我发来一条信息，让我今天深夜1点到水坝这儿见面，他会解答一切我想知道的事情，只要能让他出名就可以。”“你就不怕他连你也一块儿收拾了？”吴斌没好气地说。

“当然害怕，我刚才也犹豫过，但真的是鬼迷心窍了，心里总想着怎么能出名，别的什么也顾不上了。”张松林不敢招惹吴斌，挪了挪身子拽着韩印的衣襟说，“你们要相信我，我真的不是凶手！”

“你起来吧，要证实你的清白很简单，我们只要看看你的QQ聊天记录，再对匕首做一些相应的检验就可以了。不过如果你是清白的，那你也太傻了，你知不知道你差点做了‘替罪羊’……”韩印原本声音平和，但突然煞住话头，猛地转过头急促地对吴斌说，“不对，这不是凶手的目的，多日来咱们加强了对玉山街道的夜间巡逻，凶手一定感觉到了，所以一直未有所动作，也许实在憋不住了，或者是他给了凶手启发……”韩印指指张松林，说，“凶手利用他使了个‘调虎离山计’，把咱们安排在玉山街道巡逻的警力都吸引到这里来，那么他就可以从容地再次行凶或者抛弃尸体了。”

韩印话音未落，吴斌已经领会到情势的危急，赶忙打开对讲机，吼着：“各小组注意，立即以最快速度返回玉山街道巡逻，重点是没有路灯的小巷以及区域内较为隐蔽的角落。”

◎第六章　疑案再现

清晨，6点。

一缕熹微的阳光穿过薄薄的雾气，投射在公园的小径上。挺立在小径两侧的杨树枝头坠满晶莹剔透的露珠，淡淡的香气由幽绿的叶子发出，弥散在湿润的空气里，充满生机的园林，营造出朦胧浪漫的氛围。

小径尽头是一个广场，里面有一个古旧的亭子，还有一些供市民休闲健身的器材。比较显眼的是在亭子旁边竖着一个高高的铁架，油漆斑驳的横梁上吊着两个秋千。其中一个秋千上现在坐着一个女人，她双手扶在麻花状的铁索上，耷拉着脑袋，灰白色的长卷发凌乱地盖住脸颊，臃肿肥硕的身体一丝不挂，一对细长干瘪的乳房垂在小腹间。

这里是位于玉山街道的一个开放式公园，也是“4·7”案凶手的第三个作案现场。之所以能够将之与前两起案子联系在一起，是因为距离死者不远的空地上，除了散落着她的衣物，还堆放了一个敞开口的白色塑料袋，里面装着几块血肉模糊的烂肉。经法医清点和辨认，共有两个人体肾脏和两个子宫，不用问，那一定来自“坐台女”和“舞厅歌手”。

死者是被在公园里晨跑锻炼身体的市民发现的，随即整个公园便被封锁了，市局警力几乎全部出动，虽然时间很早，但上上下下的领导一个也不少，悉数赶到现场。

在玉山街道明里暗里布置了这么多警力，竟然又让凶手轻松得手，局长周海山的脸色很是难看，一张脸拉得老长，狠狠瞪着吴斌。

一夜未合眼，尤其是下半夜一直在区域内各个角落巡视，但最终还是未能避免受害者的出现，吴斌红着一双眼睛，低头躲避局长的目光，情绪异常低落。

从各个角度对坐在秋千上的死者拍过一系列存证照片之后，市局法医和助手们将死者从秋千上挪到担架上的裹尸袋中，此时众人终于看清死者的容貌。

这是一个年过花甲的老妪，脸部明显遭到过一番毒打，脖颈上有一道很深的扼痕，呈黄褐色，看起来还很新鲜。由于尸体上未发现任何锐器伤，初步可以确认死者是被扼死的，通过直肠测量尸温，推算死亡时间应该在深夜1点到2点之间，正是大批警力被张松林吸引到樱花村的时间。死者的上衣和裤子背面都留有挣扎的痕迹，而且尸斑主要淤积在臀部，说明死者被扼死之后很快被放到秋千上，由此基本可以判断现场为第一杀人现场。死者下体部位未有损伤，应该未受到……

就在法医稍微观察了死者的下体，得出未发生性侵行为的结论时，一直旁观的顾菲菲好像留意到了什么。她突然走上前去扒开死者下体，随即冲法医扬了扬手，法医心领神会地递上一个镊子，顾菲菲将镊子伸到死者阴道深处，取出来时镊子上竟夹着一个长条的小棍，仔细一看是一支蜡笔，镊子再伸进阴道，竟然又夹出一支……

“这凶手也太变态了吧！杀人之后居然还要将两支彩色蜡笔塞进人家下体里！”

场面其实谈不上有多惊悚，但凶手的这种手法让人心里有种说不出的厌恶。随着艾小美忍不住脱口惊呼一声，现场的其余警员也都一副错愕不已的表情，看起来这绝对超出所有人的经历。杜英雄虽没有上一次表现得那么㞞，不过两只手仍下意识地来回摩挲着手臂，估计是起了一身的鸡皮疙瘩。但让韩印感到有些意外的，是局长周海山的表现。

由于对专案组的工作不满，周海山先前一直是双眉紧锁，瞪大眼睛，撇着嘴巴，这表示他很愤怒。随后，当他看到顾菲菲接连从死者阴道里取出两支蜡笔时，出现了扬眉的动作，眼睛仍然瞪得很大，但嘴巴不自觉地微张，像是突然出现缺氧的状况。这一系列动作非常短暂，转瞬即逝，是一个惊讶的表情。接着，他虽然还扬着眉毛，但眉心出现了皱纹，眼皮用力向上扬起，距离眉毛很近，微张的嘴巴开始向两侧咧开，尤其他的身体语言更加明显，出现了不自觉地向后退了一小步的动作，这充分说明了他的恐惧。

前两个表现，算是正常反应，可以理解，但让韩印不解的是，对一个身经百战的老侦查员来说，那一瞬间是什么让他感觉到了恐惧呢？更让韩印想不到的是，周海山怔了一会儿，竟一句话未说兀自转身走了。也许吴斌和在场的一些警员会觉得，局长是对其工作不满，拂袖而去，但韩印分明感觉到一种失态。他迅速与顾菲菲对视一眼，顾菲菲微微点了点头，看起来她也觉察到局长的表现有些蹊跷。

局长一走，其余领导也跟着离开现场，吴斌缓过神来向顾菲菲和韩印征询下一步的行动。如果遵循前两起案子的特征，凶手这次也必定是在模仿某个变态案例，但在韩印的记忆里却对这种作案手法没有任何印象。以往曾出现过凶手杀人之后，向死者阴道塞入石块、丝袜、瓶盖等的案例。比如著名的“韩国华城连环杀人案”，凶手向死者阴道里塞入过九块桃子的碎块……但塞入两支彩色蜡笔，尤其是坐在秋千上的案例，还真就没听说过。

基于这种情况，韩印提议兵分三路：他自己和杜英雄去找张松林谈谈，也许他在与凶手交流时曾提过这样一个作案手法。而顾菲菲和艾小美立即返回刑警队，通过网络查询变态犯罪历史上是否曾出现过这样一个案例。虽然此次案件的受害人，也许仍然只是个“道具”，本身的情况对案件侦破没有任何价值，但韩印还是认为吴斌应该带着他的人，调查一下受害人的情况和社会关系，尤其是那么晚了，她怎么会出现在公园里，是被凶手胁迫的，还是出于自愿的，等等。

韩印的提议，吴斌和顾菲菲都表示赞同，便立即分头行动起来。

尽管案发时，张松林正和警方纠缠在樱花村，但不排除他有一个同伙，他负责吸引警力，而同伙负责杀人，是两人配合完成了第三起作案，所以当韩印和杜英雄在出租屋中找到张松林时，不免都带着审视的目光和试探的语气。

“你确定你在网络上只与凶手交流过两个案例吗？”韩印抬手挡住张松林递上来的香烟，双眼直视着他问道。

“对啊！”张松林使劲点点头，将烟卷放到自己嘴上，一边点火一边含混地说，“就那两个啊！你们来肯定是凶手又作案了吧？”

“嗯。”杜英雄没好气地说，“就在今天凌晨我们被你吸引到樱花村的时候。”

“那……那我岂不是成了帮凶……”张松林使劲拽着自己乱蓬蓬的头发，懊悔万分。

“行了，现在后悔已经没用了，还是说眼下的事吧！你先前有没有与凶手交流过一些作案手法？比如把一个人扼死，然后将尸体摆到秋千上，还在其下体……”

韩印挑重点描述了凶手在第三起案件中所使用的手法，但话未说完，张松林却突然快速将手中的香烟捻灭，涨红着脸抢下话说：“是不是下体还被凶手塞入某件器物了？”

“是两支彩色蜡笔。”韩印淡淡地说。

“原来是两支蜡笔啊！没想到还真有这样一件案子！”张松林脸色更加涨红，看起来有些兴奋。

“你怎么知道凶手向死者下体塞进过器物？确实是你教凶手那样做的，对吗？”杜英雄一脸疑虑，又因张松林情绪的转换让他很反感，所以口气相当生硬。

“呃，不……不是那样的。”张松林绝非是从韩印的描述中感受到了快感，他的兴奋，是属于从作家的角度突然碰到一个绝好的写作素材的那种惊喜，不过面对一条生命被剥夺了，无论如何也不应该将兴奋劲表露在面上。觉察到自己的失态，张松林赶紧解释：“不，我从没和凶手讨论过如何杀人，但你们刚刚提到的那几点作案手法，早年间曾经在我们这儿的一起案子中出现过。”

“什么案子？快详细说说！”韩印催促道。

张松林略微回忆了一下，不紧不慢地说：“我先前说过，像我们这种写罪案小说的，平时都很注意搜集素材，也特别愿意和警察交流。我记得曾经听一个老刑警讲过这么一个案子，大概在20世纪70年代末，一名单身少妇在家中被强奸后杀死。少妇家的院子里有一个秋千，接着就像你刚刚说的那样，尸体被摆在秋千上，阴道里被塞进了器物。”张松林顿了一下，说，“具体的情况，我实在不清楚，据说在那个年代，那种案件几乎算得上举国震惊。凶手抓到后，很快被枪毙了，案子的档案也被作为绝密文件封存起来，连公安局内部知道的人也并不多，那个老刑警也只是大概听说有那么一个案子，他甚至也不知道死者下体里到底被塞进了什么。当时他跟我说的时候，我还以为是忽悠我呢，没想到会是真的。”

“那个老刑警现在还能找到吗？”韩印紧着追问。

“噢，他已经去世了。”张松林遗憾地说。

讲案例的老刑警过世了，那岂不是无法印证张松林的话，真的曾经发生过那样一起案子吗？会不会是张松林与凶手因为要达到某种目的而编造的？韩印在心里暗暗琢磨，不过要印证起来也并不难，让顾菲菲申请查查有没有那份所谓的绝密档案就行了。

从张松林租住的出租屋中出来，韩印赶紧掏出手机给顾菲菲打过去，没想到听到一个令他惊讶不已的消息——长田市公安局办公大楼失火了！

◎第七章　隐秘之火

韩印和杜英雄火速赶回市公安局，见几辆消防灭火车正鱼贯从市局大院中驶出，想必大火已经被扑灭了。不过大院里仍嘈杂不已，市局办公人员都聚集在院子里，还有一些闻讯而来的媒体在拍照采访，所有人的注意力无不集中在市局办公大楼顶楼的两间窗户上。

长田市公安局办公主楼共有五层，从外表上看应该有些年头了，着火处主要集中在五楼最西侧的两间屋子。两间屋子的窗户都已经烧黑了，但大楼其余部位完好，看起来灭火工作做得比较及时，损失应该不大。

韩印在人群中找到了顾菲菲和艾小美，两人当时在主楼身后的刑警队办公楼中，所以安全上一点问题都没有。

“怎么会突然着起火来了？”韩印问顾菲菲。

“据说是电路老化引起的。”顾菲菲有意识地冲四周瞅了瞅，凑近韩印压低声音说，“我刚刚问了一下，着火的那两间屋子是老档案室，主要存放新中国成立后到20世纪80年代的档案。你那边刚查到点眉目要调阅旧档案，这边档案室就着火了，你说是不是太巧了点？我看这火着得有问题。”

听了顾菲菲的话，韩印扭头注视着失火的档案室，微微皱起眉头，心里暗自思量：“是啊！时间点太过巧合了，难道这把火是冲着绝密档案去的？可是为什么呢？如果张松林说的奸杀案确实存在，但不是说案子当时已经圆满结案了吗？那这把火究竟要掩盖什么？又有谁有能力有胆子在公安局大楼内放把火，还可以全身而退？这把火和当年的案子应该都有些问题，说不定与市局内部的人有关。”

既然牵涉市局内部的人，此时此地就不适合谈论火灾的问题，韩印便转了话题问艾小美：“小美，你在网上查到与第三起案件作案手法相关的信息了吗？”

“没有，没有任何头绪。”艾小美道，“世界各地的案例我都翻了个遍，没找到类似的作案手法。”

韩印点点头，稍微思索了一下，对顾菲菲说：“算了吧，这里乱哄哄的，马上也快到中午了，咱还是回招待所吧，到餐厅吃个饭，然后等吴斌回来再商量一下后面的调查方案。”

“那行，咱们走吧。”顾菲菲冲着周围扫视一眼，点头道。

招待所距离市局很近，走路不用十分钟，几个人谈论着案子不知不觉便到了招待所。

进门之前杜英雄的手机响了，便落在了最后，一接听是宣传地下彩票的，杜英雄气不打一处来，对着电话吼了几句：“卖黑彩都卖到警察这儿了，胆儿够肥的，等老子办完案子腾出手把你们连锅端了……”

低头打着电话，杜英雄随手拉开招待所的大玻璃门，结果与从里面出来的一个男子撞了个满怀。那人戴着一顶鸭舌帽，帽檐压得很低，不知是不是有什么火烧眉毛的急事，还没等杜英雄反应过来，便急匆匆走了。杜英雄本来也没当回事，可挂掉电话，蓦然觉得刚刚那人似曾相识，可当他回头再想仔细辨认时，那男子早没影了。

杜英雄快走几步，穿过大堂赶上在电梯口等电梯的几个人，坐上电梯来到所住的楼层。韩印用房卡打开房门，发现从门缝中掉出一个信封。韩印“咦”了一声，捡起信封，众人听到声音围拢过来。

信封表面什么也没有写，打开信封，看见里面有一张字条，上面写着一行小字：19791228，方程街凌水路279号105室。

“这是什么意思？谁写的？”顾菲菲望向怔怔出神的韩印问。

“前面的数字应该是指1979年12月28日，后面很明显是一个地址。”韩印微微思索了一下，说，“至于是谁写的，就不好说了！”

“你们等电梯的时候，看没看到一个戴鸭舌帽的男人出来？”杜英雄突然想起在门口与自己相撞的男人。

“没太在意，当时我和顾姐、韩老师在谈论案子。”艾小美说。

艾小美说完，韩印和顾菲菲也点头表示没在意，随即顾菲菲问：“怎么，你看到可疑的人啦？”

杜英雄描述了刚刚在门口的情景，然后带着笃定的语气说：“肯定是那个男人，要不然他怎么那么慌张呢？可惜我只看到他一个侧脸，不过我觉得好像在哪儿见过，可就是想不起来。”

“没事，你先回去好好想想。”韩印见杜英雄抓耳挠腮，一副着急上火的模样，便安慰了一句，接着又说，“小美你先回房间休息吧，吃饭的时候我们会喊你，顾组咱去趟保安部调一下监控录像看看……”

保安部这一趟并没有揭开送信人的面纱，因为招待所条件所限，只在电梯中安装了摄像头，但在电梯的监控录像中未发现行为异常的嫌疑人，估计送信人为躲避监控走了安全通道！

午后，吴斌来到招待所，带来了第三个受害者的背景资料。

吴斌介绍说：“死者叫梁艳，现年59岁，大半辈子都生活在玉山街道，就住在案发公园附近。她退休前是玉山街道办事处的工作人员，平时为人和善，与周围邻居相处和睦，从不招惹是非，社会关系也很简单，丈夫早年因病去世，有一个女儿嫁到了外地。单就她本人的情况而言，很难找到被杀的动机，也许和前两起案子一样，她也不过是道具而已，凶手可能为了模仿某个案例，需要一个上了年纪的老妇人作为受害者。

“关于她是如何出现在公园里的问题，我们在玉山街道派出所一位民警的协助下，也找到了答案。据那位民警说：昨天傍晚，梁艳到派出所报案，声称自己养的小狗被人偷了，民警进一步了解情况，发现其实是梁艳自己在公园里遛狗时，不小心把狗弄丢的。不过，好心的民警还是随她一同去公园帮忙寻找，但找了两个多小时也未见小狗踪影。见天色已晚，民警劝梁艳先回去，但梁艳说小狗是她的命根子，不找到绝不回家。民警见她态度坚决，再加上自己还要值班，只好嘱咐她几句，便先回所里了。对了，你们也见过他，就是在第二起案子中，第一个到达现场的民警。”

“梁艳是不是每天傍晚都到公园遛狗？”吴斌话刚说完，韩印紧跟着问。

“对，她是这样对民警说的。”吴斌点头道。

“这样看来，小狗很可能是凶手偷走的，说明他对梁艳的情况和生活习惯有一定了解，也更加证明了他一直潜伏在玉山街道。”顾菲菲总结道。

“那咱们接下来要朝哪个方向查？对了，第三起案子你们查到先例了吗？”吴斌问。

韩印与顾菲菲飞快对视一眼，沉吟了一下，说：“目前还未查到，所以接下来重点还是要围绕第三起案子调查，深入挖掘受害者梁艳的信息。也许除了年纪、外貌等，她身上还有某项特质是凶手需要的。”韩印顿了一下，微笑着说，“不过你们局里刚失了火，肯定有一大摊子善后工作等着你去处理，梁艳的调查就由我们来做吧。”

“那也好，是够我忙的……”吴斌冲韩印和顾菲菲投去感激的一瞥，随即表情凝重起来，叹了口气说，“唉！也许……也许还有一件纵火案要我来调查！”

“纵火案？不是电路老化造成的失火吗？”顾菲菲故作不解的样子问道。

“‘电路老化’只是官方辞令，用于糊弄媒体的，具体原因还不清楚，不过局长要我尽快了结失火的事，以免事态扩大，对局里的形象造成负面影响。只是我觉得……”自提起失火这个话题，吴斌就显得闪烁其词，好像有些话他不知道该不该对韩印和顾菲菲讲，以至话说到一半，突然顿住了。他注视着顾菲菲和韩印，斟酌了好一会儿，才接着说："我觉得很可能是人为纵火。我问过一些同事当时的情形，他们有的说是科室里接到紧急疏散的电话，有的说是听到走廊里有人喊失火，让大家到院子里集合，可当时大家都没感觉到楼内有失火的迹象。不过他们都认为没人敢对市公安局开这样的玩笑，所以便随着人流疏散了。我还重点问了档案室的两名工作人员，他们也表示是接到疏散电话才撤离的，而当时档案室一切正常，未闻到一点烟味，这一点两人都非常肯定。随后，我让技术科查了一下打进各科室要求紧急疏散的电话，发现是来自一个新开卡的手机。第一通电话是打给局里办公楼保安部监控室的，据接电话的保安主管说，当时电话里的人以不容置疑的口气，要求立即关掉所有设备以及电源，甚至连UPS电源（不间断电源）也要关掉，以免由于火势蔓延造成更大的损失。而第二通电话就是打给档案室了……说到这里，我想你们应该很明白了吧？"

"很明显'疏散在前，失火在后'，威吓监控室关掉监控设备，将档案室的工作人员调离，纵火者便有如无形，从容地点火，又悄无声息地混迹到混乱的人群中离开，不管是谁，这个人都太聪明了！"顾菲菲叹道。

"他不仅聪明，而且非常熟悉市局办公楼的电话和地形，不出意外的话，纵火者应该就来自市局内部。"韩印接下她的话。

吴斌点点头，语气沉重："对，肯定是那样，可是动机呢？为什么有人要烧毁老档案室呢？"

顾菲菲再次与韩印暗暗交换了眼神，做出结束谈话的姿态，说："那就先这样吧，你专心做失火的善后工作，案子的事我们会尽力的。"

"对了，你还要为我们做两件事——调查一下那个帮助梁艳找小狗的派出所民警，后两起案子中都有他的身影，也许不是巧合；还有，需要你查一下这个地址在哪儿。"韩印递给吴斌一个字条。

"方程街凌水路279号105室。"吴斌看着手上的字条随口念出，"这是什么情况？”

“你查一下这个地址，也许和案子有关，是一个匿名者投到房间里来的……”韩印简单描述了发现信封的大概经过。

“这应该很重要，我回去就查。”吴斌扬了扬手中的字条，说，“对了，面包车和司机我就留给你们吧，这样你们去哪儿也方便些。”

“行，那我们就不客气了。”顾菲菲说。

◎第八章　雪夜秋千

按照凶手前两起作案的思路，他模仿的都是至今未解决之案例。而据说早年间在长田市发生的那起奸杀案是圆满结案的，如果本案凶手第三次作案确系模仿该案，也许意味着案件含有隐情。如此说来，凶手貌似突然改变模仿思路，但事实上并未改变，并且又一下子将人们的视线从欧美地区拉回到本地，绝对是一种意味深长的举动。也许凶手想表达“奸杀案”并未真正破案，所谓的圆满结案，其实是制造了一桩“冤案”，也就是说有人被冤死了，而凶手至今逍遥法外。

首先，要确认“奸杀案”是否真的存在。原本要证明这一点非常简单，只要申请查阅解密档案就可以了，但老档案室突然失火，所有档案付之一炬，不但堵死了这条路，而且使事态变得扑朔迷离，明显是有人担心支援小组从那份绝密档案中发现蹊跷之处。而联想到长田市公安局一把手周海山在案发现场时的失态，以及他中途的拂袖离场，再加上老档案室的失火，还有他一直催促吴斌找个不痛不痒的原因尽快将失火事件了结，种种迹象表明周海山与失火有关。不仅如此，如果“冤案”确实存在，周海山则很可能是操纵者之一，甚至与真凶有关。

正是基于这一层因素，在和韩印讨论之后，顾菲菲决定暂时对吴斌隐瞒有关奸杀案的相关信息，甚至给吴斌的字条上也撕去了年月日，只留下地址部分。一方面，顾菲菲和韩印并不了解吴斌和周海山之间的关系。如果吴斌得知火灾和早年的案件牵扯到他的“大老板”，他还会这么执着吗？如果他是趋炎附势之人，必然会站在周海山那边，那案子的调查将会陷入非常被动的局面，甚至停摆都很有可能。毕竟这里是周海山的一亩三分地，以他的地位，要是硬不让你把案子办下去，那是几分钟的事。另一方面，这种暂时回避对吴斌也是一种保护。所谓胳膊拗不过大腿，年轻的刑警队长恐怕很难斗过老谋深算的局长，尽管人们常说正义终将战胜邪恶，但事实上正义往往总是迟到，即使最终局长能够被扳倒，吴斌也很可能在过程中被牺牲掉了，这是顾菲菲不愿意看到的。所以从这一点可以看出，这个外表冷傲的女人，内心其实是充满人情味的。

支援小组目前的调查思路是，暂时不把局长周海山和案件的牵扯点破，他们等于要绕过吴斌和周海山去寻找蛛丝马迹，直至找到一些相关证明之后再与吴斌沟通。如果他是个遵循证据不畏权势的好警察，支援小组将会和他联手一起揭开冤案的真相，进而解决“4·7”案！

支援小组乘车去往玉山街道办事处，想了解一下梁艳退休之前的工作情况。

凶手在前两起作案中选择的受害者，与之欲模仿案例中的受害者境况大致相同。而据张松林说，奸杀案受害者是一个年轻的单身少妇，可凶手第三次作案杀死的却是一个老妇人。但凶手选择梁艳绝对是有预谋的，他将她的小狗偷走，使其一直逗留在公园内，最终找准时机下手。由此韩印分析，梁艳身上一定有某种特质与奸杀案有关，应该不是年龄和外貌，那会不会是社会关系或者职业呢？

车行至半路，顾菲菲接到吴斌的电话。吴斌对字条上的信息非常重视，回到队里便让相关人员赶紧去查一下那个地址，很快结果便反馈上来——字条上写的方程街其实是玉山街道原来的名字。20世纪80年代初期方程街更名为玉山街，当年的凌水路也改为现在的华南路。方程街凌水路279号，也就是如今的玉山街华南路279号，那里现在是一栋居民小区的单元楼，原来是一家机械厂的家属居住区，但由于机械厂在20世纪90年代倒闭了，所以具体的门牌号“105室”，便无从查证了。

三起案件都发生在玉山街道，字条上的地址又跟玉山街道有关，而又有人特意将它传递给支援小组，说明地址和日期都跟案子有关。不出意外的话，1979年12月28日方程街凌水路279号105室，即早年奸杀案的案发时间和地点。

明确了字条上的信息所指，本来顾菲菲和韩印还准备与街道办事处的工作人员逐个聊一聊，尤其是与梁艳原先共同工作过的科室人员，但现在看来没必要了。能将梁艳和1979年发生的案子联系起来的人，至少也要在街道办事处工作三十多年，而符合这个条件在职的街道工作人员只有两个，一个是街道民政科的科长，另一个便是街道主任。顾菲菲和韩印决定先与这两个人交流一下，如果不行再找些退休人员了解下情况。

首先接触的是民政科长，他是一个年近花甲的老人。他一上来便表示，听说梁艳被杀了，但具体情况不是很了解。这倒不是假话，首起案件的细节通过本地网络流传出去之后，给市领导和警方带来了前所未有的压力，于是接下来的两起案子，警方都在第一时间封闭了案发现场，也严令相关人员，除非调查需要，否则不得将任何细节透露出去。

随后民政科长表示，他和梁艳年龄相仿，平时走动得多，对她的情况比较熟悉，如果警方想了解梁艳生前的各方面问题都可以问他。

韩印听他这个话头，知道找对人了，便开门见山地问道：“当年梁艳工作的科室有几个女的？”

民政科长短暂回忆了一下，说：“加上梁艳总共四个。”

“那几个人的近况您了解吗？”韩印又问。

“她们比梁艳年龄大，退休得也早，现在身体都还不错，一直和梁艳有来往，没听说谁和梁艳有什么矛盾和仇怨啊？她们一个现在……”

“都健在就不必介绍了。”顾菲菲摆摆手，打断民政科长的话。

“你说‘都健在’是什么意思？我还以为，你们认为这几个老太太里，有人杀了梁艳呢。”民政科长一脸纳闷，想来是摸不准这次问话的用意。

“梁艳在这里与谁走得比较近？有没有很早以前去世的？”韩印接下话问。

“倒真有一个，她叫白秀云，与梁艳同一年来的，虽不在一个科室，但两人关系很好。”民政科长不假思索地说道，但提到“白秀云”三个字，他脸色倏地黯淡下来，语气悲恸地说，“秀云是个命苦的姑娘，结婚没多久，在机械厂工作的丈夫便死于家族遗传的肺病。处理完丧事，她才发现已经怀孕两个多月，周围的人都劝她把孩子打掉，趁年轻再找一个，可她硬是把孩子生了下来，要一个人把孩子抚养长大。可惜她也惨遭劫难，而且死得很屈辱，听说是被先奸后杀的。”

“白秀云是不是住在方程街凌水路279号105室？出事那天是1979年12月28号，对吗？”顾菲菲有些激动，她知道离早年那起奸杀案越来越近了。

“好像是吧，毕竟过去那么多年了，具体我也记不太清楚，但确实是1979年冬天的事。”民政科长迟疑了一下，满脸疑惑地说，“你们不是查梁艳的案子吗？怎么又提起白秀云了？她们的案子之间有关系吗？”

“除了你刚刚说的那些，白秀云的其他情况，包括她被奸杀的信息，你了解吗？”顾菲菲撇开民政科长的疑问，顺着自己的思路继续问道。

“噢，我和她并不熟，刚刚那些我也是听梁艳提起的。要说白秀云的情况，可能我们主任陈辉了解一些，当年他们是一个科室的，都在宣传科做干事。”民政科长欠了欠身子，一边从椅子上站起来，一边说，“这会儿他应该在，要不我带你们去找他？”

“不用麻烦，我们自己过去就是了，感谢你提供情况。”顾菲菲微微点头示意，便带头走出民政科办公室。

“没事，没事，应该的。”民政科长送他们几个人出门，殷勤地说，“主任的办公室，在三楼左手边第一间。”

街道办主任陈辉，给韩印的感觉是身上既带着官气，又有一丝学者的风范。

他五十出头，稍显稀疏的大背头油光发亮，一副精巧的金丝边眼镜架在高挺的鼻梁上，面庞干净，神采奕奕，显得意气风发。

经过与民政科长的谈话，基本可以判定凶手选择梁艳作为目标，是为了引出她的好同事兼好朋友白秀云，进而牵出“奸杀案”。可以说到此，梁艳的价值已经用尽了，无须在她身上再做文章，所以向陈辉自报家门之后，韩印直接将话题集中在奸杀案上。

一提起白秀云的名字，陈辉立即现出一脸伤感，他微微怔了怔，摘下眼镜，揉揉眼睛，感慨道：“那一幕太令人震惊了，我想我一辈子都无法从脑海中删除那天早晨的画面。就像你们说的，那是1979年12月28号的早晨，天空中飘着雪花，秀云家的小院里白茫茫一片。秀云坐在拴在小院中那棵老枣树枝干上的秋千上，低垂着头，双手握着绳索，肤如凝脂的胴体被雪片覆盖着，融入四周无瑕的洁白中……她默默地坐着，让人觉得好安详、好宁静……”陈辉终于忍不住，眼角溢出泪水，他别过头望向窗外，喃喃地继续说，“她像是一个沉睡了的雪孩子，又好似童话中穿着白色礼服的公主，那就是前一天还与我对桌而坐的同事人生最后定格的画面，与我想象中的死亡截然不同，却又异常地撼人心魄。我想象不出凶手要有多么凶残的心理，才会做出那样的杀人举动……”

不愧是宣传干事出身，文采相当不错，一个杀人现场竟让陈辉描述得如此凄美，而且画面感十足，众人都随着他的话语不自觉地陷入淡淡的忧伤中。

“这么说，当时你在现场？”韩印打破忧伤的氛围问道。

“对，当年我住的地方离秀云家不远，那天早晨听到街上有人拼命地喊着‘杀人了，杀人了’，于是我和周围的邻居们一起跑出来，就看到我刚刚说的那番情景……”陈辉从办公桌上的纸巾盒中抽出一张纸巾，擦干眼角的泪水，重新戴上眼镜，说，“后来警察来了，把现场封锁了，大家伙儿才散的。”

“关于后来抓到的凶手你了解多少？”顾菲菲接着韩印的话问。

“了解不多，当年警察把消息封锁得很死，我也是道听途说的，不知真假。听说好像抓了一个在街道百货商店当售货员的男人，可能就是他吧。”陈辉抽了两下鼻子，说，“对了，秀云的案子，市公安局局长周海山当年也参与了，他还找我们问过话。怎么，你们之间没通气？”

“呃，我们是刚刚在调查梁艳的案子时，偶然得知关于白秀云的事，所以还没来得及和你们这边的市局沟通。”顾菲菲沉着地应道。

“怎么，你们认为这两起案子有关？”陈辉也抛出与民政科长相同的疑问。

“关于凶手你再没有一点可补充的吗？”韩印反问道。

“真的没了。”陈辉摊摊手，一脸愤恨地说，“不图财、不图色，愣是把人杀了，还把人放到秋千上侮辱，要我说啊，那凶手肯定就是一心理变态。”

“好吧，暂时先这样，要是回忆起什么了，你可以给我打电话。”顾菲菲站起身来，从衣兜里掏出一张名片递给陈辉。

“一定，一定。”陈辉接过名片，拉开办公桌抽屉，放到名片夹中。

顾菲菲转身要走，韩印用眼神示意她稍等一下，然后冲陈辉说：“白秀云两口子都去世了，那孩子怎么办？”

“唉！当时秀云的孩子，好像还不到三岁，是个男孩，那么小就没有了爸爸妈妈，实在太可怜了。”陈辉深深叹息道，“那时秀云的婆婆还未过世，不过靠她一个孤寡老人，身体又不是很好，根本没法照顾那么小的孩子。听说无奈之下，孩子被过继给一个外地的亲戚，祖孙俩也一同搬去外地了。”

“那孩子后来还有消息吗？街道有没有领养记录什么的？”韩印问。

“哪有什么领养记录！那个时候没有现在这么多讲究，什么户口啊，收养手续啊，根本不需要，孩子稀里糊涂地被领走，到人家那儿直接上个户口就成了。”陈辉挤出一丝苦笑，遗憾地说，“其实关于孩子的事，梁艳了解得比较多，可惜她不在了。”

“那行吧，不打扰了，我们这就告辞了。”韩印起身客套地说道。

“没什么可打扰的，都是我该做的，还有什么需要了解的，你们随时可以过来，街道办会全力配合这次办案的。”陈辉也起身伸出手，与韩印握了握，态度非常诚恳。

从街道办出来，众人坐上面包车，司机问接下来去哪儿，顾菲菲和韩印交换了一下眼神，心领神会地说回刑警队吧。

车刚开出去，半天没机会吱声的艾小美便忍不住抢着表明自己的观点：“我怎么觉得这街道主任有些怪怪的？”

“是啊，小美说得对……”杜英雄看来也憋不住了，立马接下艾小美的话说，“不知道这大叔是不是太有文化了，竟能声情并茂地把一个杀人现场说成那样。”

韩印笑笑：“你们俩的感觉都对，关于白秀云的话题，的确给了陈辉很大压力。”

“是不是又是微表情解读？韩老师快说说，也让我们长长见识。”艾小美拽着韩印的胳膊，撒娇地说。

顾菲菲瞪了艾小美一眼，冲韩印说：“是那个回答问题前‘揉眼睛’的动作吗？”

“对。”韩印点头道，“当人们突然面对一个有压力的话题时，往往会做出一个下意识阻断视觉的动作，通过瞬间的回避，来寻求心理上的安慰。”韩印答道。

“韩老师你应该去参加电视台的《非常了得》节目啊，拿下大奖肯定没问题！”艾小美一脸俏皮的模样，“嘻嘻，到时候你一定带上小女子我啊！”

“对对对，也带上我，不是说可以带两个人吗？”杜英雄也跟着起哄。

“呵呵，瞅你俩说得这个热闹，好像咱去定了似的。哪有那么简单，国内最优秀的微表情专家‘姜老师’都有出错的时候，何况是我啊！”韩印见俩孩子说得欢乐，便也来了兴致，“有机会还是你们去吧，不过我可以告诉你们一点小窍门。其实解读一个人是否说谎，最具有判断意义的，往往是你第一次开口时他的反应。大多数说谎者初始都会有一个下意识的安慰动作，比如有人抿嘴唇，有人舔嘴唇……女生大多会有一个整理前额刘海的动作，或者稍微侧头避开视线，去整理耳边的发梢；男生如果是背着台词上来的，回答问题前往往会有一个轻微的垂头动作，用咱们常说的话叫‘低头略做沉吟’，其实是在大脑中复述记忆。当然这不是一成不变的，具体解读要看当时的情景，就如我刚刚提到的‘视觉阻断’，如果突然遇到悲伤的话题，也会出现相似的动作。但从陈辉描述案子的表现来看，我觉得他一点也不悲伤，反倒是蛮享受的。”

◎第九章　凶手凶手

玉山街道办一行，确认了奸杀案的存在，并且局长周海山系当年办案人之一，证实了这两点，韩印和顾菲菲觉得是时候探探吴斌的口风了。毕竟没有吴斌支持，奸杀案的真实案情很难完整地了解到。他们深信，如果能够彻底洞悉早年的案子，一定会给眼下的“4·7”案，带来关键性的突破。

不过他们在刑警队并未找到吴斌，问专案组其他警员，都表示不知道他的去向，而且打他手机竟然也提示关机了。这实在太反常了，这个下午在吴斌身上究竟发生了什么？在刑警队等了好一阵子，一直未见到吴斌的身影，无奈之下，众人只得先回招待所再做打算。

次日一早，众人上车准备去刑警队，坐定之后才看清司机竟是挂着一脸倦容的吴斌。

吴斌并不急着发动汽车，他转过头视线逐一从众人脸上扫过，眼神中不知为何充满了审视的味道……

“吴队，有什么想说的尽管说，请你放心，我们绝对值得你信赖。”韩印感觉到吴斌此刻正陷入某种困扰当中，犹疑不定，便以诚恳的口吻试探道。

也许是被韩印打动，吴斌紧绷的神情慢慢放松下来，随后，娓娓道出他反复思量纠结了一夜的决定。

原来，昨天下午，吴斌到市局附近的几个经营手机和手机卡的小店试着调查，想碰碰运气看能否找到出售给纵火者手机卡的人，没想到竟然很顺利。据一家小店的店员说，那个手机卡是他早晨开店做的第一笔生意，所以对购卡者有些印象。但让吴斌大感意外的是，店员对购卡者外貌的描述，竟然与局长周海山非常相像，联想到局长在勘查现场中途匆匆离去，吴斌不得不将档案室纵火者与局长联系起来。可是局长为什么要烧毁档案呢？他又和凶手所作的第三起案子有何关系？吴斌费力想了半天，也不得其解，但有一点可以肯定，这里面一定有见不得人的勾当，甚至是触犯法律的事件。

局长周海山不仅在市局根基深厚，而且还兼任副市长，与市里领导关系甚密，甚至省里都有他的关系网。这样的人物即使吴斌手里掌握有对其不利的证据，短时间内恐怕也很难撼动他的权势。这就让吴斌必须做出决断，是顺着这条线继续调查局长，还是如局长所想稀里糊涂了结失火事件。前者可能令他丧失多年来奋斗所得的一切，而后者严重触及他作为一名警察的道德底线。就这样，大半个下午，以及随之而来的漫漫长夜，吴斌一直在前途与道德之间徘徊、挣扎，是选择对犯罪置若罔闻，以前途为重，还是选择做一名问心无愧的好警察呢？

令人欣慰的是，吴斌最终选择了后者。这就要讲究方式方法了，他深知以他一己之力很难深入触及局长的犯罪本质，只有依靠支援小组的力量，才能最大限度地保护好自身，从而保证使命的最终完成。

吴斌的态度，正是韩印和顾菲菲想要的，两人随即向吴斌通报了最近掌握的奸杀案的相关调查信息……

老档案室被烧，使得有关奸杀案的所有资料全部被“销毁”，想要了解具体案情，恐怕只能靠当年参与办案人员的口述了。问题是局长周海山纵火的目的，就是要阻止专案组方面对案情做过多了解，所以眼下韩印等人只能暗度陈仓，低调行事，不能让周海山感觉到压力，以防其生出更多事端，使得调查的切入点难以把握。

能对案情有全面了解的，一定得是核心办案人员，如果当年的凶手是被冤枉的，那么这是周海山的个人行为，还是整个核心调查层的集体行为还不好说。如果是后者，那事情就难办了，如今在“死无对证”的情形下，没人会愿意为当年的冤案负责。而这还是后话，只是难点之一，首先要解决的棘手问题是，要搞清楚当年核心办案人员的名单。

由于不能大张旗鼓，经过吴斌和韩印以及顾菲菲讨论之后，决定先从周海山的背景资料入手。他们调阅了周海山的工作履历，发现1979年时，他正服务于市局的“大要案队第一小组”，由此推断，白秀云被杀一案很可能就是由这个要案一组主办的。随后，韩印他们又调阅了长田市公安局的“史志年鉴”，从中找到了当年要案一组的人员构成名单。

看到这份名单之后，吴斌一脸错愕，看来名单中的某个人可能和他有些渊源。

“怎么，有你认识的人？”韩印看到吴斌的表情变化，随即问道。

“对，我师傅也在其中。”吴斌指了指名单上的一个名字，说，“他是刑警队的老队长，已经退休多年了。”

“你们关系怎么样？”顾菲菲插话问。

“情同父子。”吴斌干脆地说。

“那就好，既然他和你有这层关系，又没有什么地位官阶的顾忌，咱们去做做他的工作，也许他会愿意讲出真相的。”顾菲菲接着说。

“这个……这个……恐怕不太好办。”吴斌拖着长音，支吾着说，脸上表情显得很为难，“我师傅患了淋巴癌，已经到了末期，现在住在医院里，据说时日无多。这个时候为这种事去打扰他老人家，是不是有些不合时宜啊？”

顾菲菲是急性子，眼见吴斌一副优柔寡断的样子，便有些着急，但话刚要出口，就被韩印一个眼神制止了。

去不去向老队长问话，只能由吴斌自己决定，案子调查的困难再大，终归能找到解决的办法。如果因为这次谈话刺激到老队长，加速他过世的时间，或者让他走得不够安详，那对与之感情深厚的吴斌来说，会一辈子良心难安。所以这个时候，吴斌做出任何选择，都是可以理解的，外人不能要求他做什么。因为那份痛苦终究是由他来承受的，最终的结果也只能看吴斌自己的选择。

吴斌抽出一支烟，默默点上。屋子里静极了，大家都不出声，齐刷刷地注视着他，等着他的抉择。一支烟燃尽，吴斌使劲将烟屁股捻灭，站起身来，淡淡地说了一句："走吧，去肿瘤医院！"

长田市肿瘤医院，特护病房。

吴斌隔着病房门上的玻璃，看到师傅正拉着师母的手在聊天。师傅今天的精神头看起来很不错，不知说了什么，师母一直抿嘴笑着，吴斌准备推门的动作骤然停住了。师傅这次住院，医院方面表示病情已经到了非常危急的阶段，让家人提前做好相应准备。像眼前这样聊天的机会，对师母来说只怕不会太多，吴斌实在不忍打扰他们。

犹豫再三，吴斌还是狠狠心扭开门把手，推门走进病房。

"小斌来了，你看你这孩子，又买那么多东西干啥啊！"师母一边亲热地和吴斌打着招呼，一边接过他手上拎着的水果和营养品放到床边的小茶几上，"你这两天没来，可把你师傅想坏了，没事总念叨着你。"

"呃，这两天实在太忙了，你可别怪我啊老头儿。"吴斌走到病床前，细心帮师傅掖了两下被角，冲师傅笑了笑说，"等忙完这段，我带着你'孙子'来好好陪陪你。"

吴斌父母常年生活在国外，在长田他没有别的亲人，几乎就把师傅和师母当作自己的父母一样。结婚前他基本都吃住在师傅家，后来有了孩子没人带，也送到师傅家，如今那孩子对待师傅和师母，比对他亲爷爷和亲奶奶还亲。

"别听你师母瞎说，你该忙就忙你的去，还是干事业要紧，别总往我这儿跑。"师傅嘴上这么说，但看得出，吴斌这一来，他情绪比刚才还要好，强撑着身子坐了起来。

“对了师傅，这几位是刑侦局重案支援部的专家，是来协助市局办案的。听说我要来看您，便也要跟着来探望您。”吴斌一边扶着师傅靠在床头，一边指着韩印和顾菲菲等人介绍着。

听吴斌这么说，几个人赶紧过去，分别和老人家握手，又说了些祝他早日康复之类的话。

师傅招呼老伴儿搬椅子给客人坐，又对老伴儿说：“老伴儿，到中午了，我想吃饺子，去食堂打点吧！”

“好好好，我这就去。”跟做刑警的老伴儿生活了一辈子，她同样也看得出，吴斌带这么多人来，肯定是碰到要紧的案子了，便识大体地在吴斌耳边小声叮嘱一句：“你师傅今天情绪特别好，早上还吃了半碗粥，人也不糊涂了，你留下来陪他说会儿话，不过别让他太累了。”

“知道了师母，您慢点走啊……”吴斌关切地说。

师母刚出门，师傅的神情便严肃起来，冲着韩印和顾菲菲等人打量了几眼，扭头对吴斌说：“说吧，连刑侦局都来人了，看来案子不小？”

吴斌低下头，有些难以张口。师傅一直都是他的偶像，不仅教会了他如何办案，更教会了他如何做一个正直的警察，他非常非常害怕，害怕接下来的问题，会揭开师傅不为人知的一面。

“白……白秀云的案子您还记得吗？”吭哧了半天，吴斌硬着头皮说。

“谁？你说谁的案子？是1979年的‘12·28’案吗？”师傅身子一震，闪过一道复杂的眼神。

见师傅反应虽有些激烈，但脸上并不慌乱，反而好像还带着一丝惊喜，吴斌长出一口气，说：“对，就是那个案子。您当年参与了吗？我们想听听案子的情况。”

师傅沉静下来，对韩印等人又逐一扫视一番，最后视线回到吴斌脸上，淡淡地说：“你们怎么突然想起要问那件案子？”

“师傅，是这样的……”吴斌接下师傅的话，从头至尾将三起案件，再到档案室失火，再到他们对局长周海山的怀疑，等等，详详细细讲了一遍，然后亮明观点，“我们觉得白秀云一案的凶手，很可能是被冤枉的。”

“这样看来，周海山他们当年果然对案子做了手脚，否则也不至于如此惶恐，竟连老档案室都给烧了。”师傅微微颔首，深吸一口气，说，“既然你们今天提起了，那我就说说积压在我心底三十多年的疑问吧。总的来说，当年案子结得太过草率，有很多疑点没有捋清楚，而且审讯中可能使用了刑讯逼供，所以我认同你们说的，那很可能是一起冤案。”师傅顿了顿，凝神回忆了一会儿，继续说，“白秀云一案对我来说，记忆深刻，不仅仅因为刚刚说的，更主要的，那是我从部队转业到大要案队所参与侦办的第一起案子。大致情况是这样的：案发那天早晨6点左右，紧挨着白秀云家的邻居，听到一阵撕心裂肺的孩子的哭声。哭声持续了很久，邻居有点担心，便出来看看白秀云家发生了什么，结果就看到白秀云像个大雪人似的坐在她家院子里的秋千上……”

“麻烦您说得再详细些，对我们分析凶手的行为特征会有帮助。”韩印从随身的背包中拿出一支录音笔，放到病床边的茶几上。

“好。”师傅沉默片刻，在脑海里仔细搜索了一下当年的记忆，道，“当时院门和房门都是敞开的，客厅里很乱，白秀云的睡衣被撕碎扔在地上，她儿子睡在客厅里的小床上。法医判断白秀云是在客厅里被掐死的，然后被拖到院子里，摆到秋千上，死亡时间大概在发现尸体的9个小时之前。白秀云脸部遭到大面积重击，下体被塞入两支彩色蜡笔，死前有性交的迹象，但下体损伤不大，在其大腿内侧发现了精斑，客厅茶几上有一盒蜡笔，很新，像是刚开封的，不过少了塞在白秀云下体里的两支。雪是凌晨才下的，因此没发现脚印，但在客厅、沙发、茶几以及蜡笔盒上，各提取到不属于白秀云的一组指纹，茶几和沙发上的指纹很乱，经鉴定是来自同一个人。”师傅拿起放在床边茶几上的水杯，润了润喉接着说，“当时是20世纪70年代末，几乎鲜有谋杀案发生，更别提如此怪异残忍的作案手段了，所以案子一出，几乎可以用震惊整个国家来形容。考虑到案件性质恶劣，一旦泄露出去可能会引起大范围的社会恐慌情绪；另外，当时时局复杂，同时也担心敌特势力借机扰乱民心，以至案发后市局立即将案件全面封锁，指派当时我所在的全局破案率最高的大要案队第一小组，以‘隐秘’的方式，‘限期’侦破该案。结案后，所有资料归档作为绝密封存，任何人未经市局领导批准不得调阅，也未向社会通报过此案，就好像那案子从未发生过似的。”

“为什么会抓错凶手呢？”顾菲菲趁着师傅喘口气的工夫，插话问道。

“唉，其实主要是因为办案组一开始就选错了侦破方向。”师傅叹口气，道，“当时组里把侦破侧重点放在彩色蜡笔上。那个时候商品资源匮乏，彩色蜡笔很不好买，而且非常贵，白秀云一个人拉扯个孩子是不会舍得买的，那么肯定就是有人送给她的。而送这样一个昂贵的东西去给一个单身少妇，这里面恐怕有着牵扯不清的暧昧关系，于是组里初步判断：白秀云一案，很可能是一起求爱不成，导致当事人恼羞成怒，进而强奸杀人的案子，办案组希望能通过彩色蜡笔牵出凶手。

“基于这一判断，我们秘密询问了白秀云单位的同事以及她周围的社会关系。据她的同事也是好朋友的梁艳反映：白秀云被杀当天中午，有一个相貌平平的矮胖男人到单位来找她，下午白秀云回来梁艳追问她，她说那男的是她的初中同学，正在追求她。梁艳觉得，蜡笔很可能就是那男的献殷勤送的。我们通过梁艳的描述，找到那个男人。他叫徐宏，是一家国营百货商店的售货员，他承认在和白秀云交往，但矢口否认蜡笔是他送的。可是我们对指纹做比对以后，发现他的指纹与我们在蜡笔盒上提取的指纹是吻合的，于是就把他抓到队里审问。

“那时，组里差不多所有人都倾向于徐宏是凶手，而进一步对精液做测试，也正好吻合徐宏的血型，由此看起来证据链已经形成了。由于当时破案时限已到，市里和局里不断向办案组施加压力，所以在自认为证据确凿，但还未取得徐宏口供的情形下，办案组负责人便急着向局里汇报，说凶手抓到了，局领导十分高兴，立即向市里通报，市里领导也当即表示要进行嘉奖。

“可没想到随后的审讯并不顺利，对于我们提出的证据，徐宏都给出了看似合理的解释。他承认蜡笔是他送的，而之所以一开始否认，是因为蜡笔是他在商店库房里偷的；同时，他也承认白秀云大腿内侧的精液是属于他的，但强调，他们是在中午的时候彼此自愿发生性关系的。其实他的话倒是蛮符合实际状况，尸体上确实未有强奸造成的严重撕裂伤。但办案组那时已是骑虎难下，放了徐宏重新再找线索，时间上根本来不及。而且出尔反尔，到局领导和市领导那儿也没法交代，逼到最后就有些‘是他也是他，不是他也是他’的意思了。或许是忌惮我是刚进组的，怕我乱说话，也摸不清我的底细，当天审讯持续到凌晨，组长和周海山找了个理由把我支走了，说是让我先回宿舍休息，早晨好接他们的班继续审。可第二天清早，我一到组里，便听说徐宏已经全撂了，他承认在强奸白秀云时用力过猛失手掐死了她，并且在口供上签了字，随后不久他便被枪决了。我还记得那天早晨，我走进审讯室，发现墙上和地上都是血迹斑斑的，我想那应该就是徐宏被刑讯逼供时留下的印迹吧……”

“徐宏有没有案发时不在现场的人证？”韩印问。

“有，但不够充分。”师傅点头又摇头，说，“徐宏的情况和白秀云差不多，妻子早年因病去世，给他留下个男孩，不过他结婚较早，当时孩子应该有七八岁了。据那孩子说，案发当晚，他患了重感冒，一直发着高烧，徐宏陪在他身边照顾了一整夜。但由于是直系亲属，又是个孩子，再加之他当时患有重感冒，可能记忆出现混乱，所以他的证词未被采纳。”

“徐宏的孩子后来是谁照顾的？”韩印又问。

“当时他爷爷奶奶都在，应该是跟他们一起生活吧！”师傅说。

韩印点点头，瞅了瞅顾菲菲，顾菲菲轻轻摇了摇头，表示没有问题了。恰逢师母拎着保温饭盒回来，众人便打住话题。

“老伴儿，快尝尝饺子的味道怎么样？知道你嘴刁，别人包的吃不惯，我特意借了人家的材料亲手给你包的。”师母打开饭盒盖，将热气腾腾的饺子送到师傅面前说。

“不错，不错，味道真不错。”师傅拿起一个饺子放到嘴里费力地嚼着，将饭盒冲向韩印他们，说，“来，都尝尝，尝尝我老伴儿的手艺咋样！”

“不了，打扰您休息这么长时间，已经非常不好意思了，我们还有案子要办，就不耽误您吃午饭了。”顾菲菲推辞着。

顾菲菲这么一说，众人都呼呼啦啦地站起身，纷纷与师傅道别。吴斌叮嘱师傅和师母，让他们多注意休息，保重身体，有事情随时给他打电话，然后便随着众人出了病房。走出病房，关上房门的那一刻，吴斌忍不住停下脚步注视着师傅，心里有种莫名的感伤，好像这一别，将会是永远的分别……

医院走廊电梯口，众人在等电梯，韩印突然想起什么，冲吴斌问道：“对了，玉山街道派出所那个民警查得怎么样了？”

“噢，我让人查了，报告交到我这儿，还没来得及看。”吴斌边说话边拉开手包，拿出一页纸交给韩印。

韩印接过报告，其余人都围拢过来，一起盯着报告看，见报告上写着：徐阳，男，41岁，籍贯本市，家庭住址：长田市西城区玉山街道……徐阳毕业于本省警官学院，初始进入警队分配在黄河路派出所任民警，工作勤勤恳恳，表现良好，曾先后三次申请进入刑警队，但因各种原因未能如愿。两年前出于个人原因，申请调到玉山街道派出所，获得组织批准……

调查报告写得极简洁，只有寥寥百字，但已足以让大家猜到这个民警的身份，不出意外的话，他应该就是当年蒙冤而死的徐宏之子！那么，徐阳为什么要在两年前，要求调到玉山街道派出所呢？他出现在后两起案子中，难道仅仅是巧合吗？更何况凶手第三次作案，貌似有为徐宏翻案的目的，难道不是他在为自己的父亲鸣不平吗？看来，徐阳嫌疑很大……众人一边走进电梯，一边讨论徐阳的问题。眼看着电梯门即将关上，不知道从哪儿突然冒出一个戴帽子的男人，他伸手拉住电梯门，可正要进来的时候，却不知为何又猛地缩回身子，低下头转身慌乱地冲楼梯口走去。

“这人有病吧，什么意思，是怕咱几个把他吃了吗？”艾小美没好气地使劲按着电梯开关。

“这人怎么有些面熟呢？好像在哪儿见过，等等，鸭舌帽……他就是到招待所送信的那个人！”杜英雄反应过来为时已晚，电梯已经向下开动。

肿瘤医院大堂的一部电梯门打开后，从里面冲出一伙人来。他们分工明确：一人直奔电梯左手边的安全通道而去，一人迅速穿过大堂冲到医院大门外，另有两名靓丽女性负责在大堂中机警地四处睃巡，还有一人朝门口值班保安亮出证件，要求保安立即带他到监控室——“送信者”很可能就是凶手，既然在医院不期而遇，那就不能轻易放过他。

几分钟后，安全通道的红色铁皮门被推开，只见杜英雄押着一个戴着鸭舌帽的男子走出来。顾菲菲朝他使了个眼色，示意把人直接带到外面车上去。

将人带到车上，众人仔细一打量竟然都认识，他就是在第二起案件现场陪在民警徐阳身边的那个协警。当时杜英雄光顾着呕吐，对协警只是恍惚有点印象，没有其余人那么记忆深刻。

“你是跟踪我们到医院的？”顾菲菲皱起眉头，仰着头问。

“不……不，我跟踪你们干什么？要是跟踪你们也不会误乘一部电梯啊！我是去医院看个朋友。”协警辩解道。

“那字条总是你送到招待所的吧？”顾菲菲紧跟着问。

“对，是我。”协警点点头，唯唯诺诺地说，“但……但我是替别人送的。”

“替谁送的？”顾菲菲追问道。

“这个……这个……”协警吞吞吐吐的，看似不想出卖幕后的人。

“你知不知道，也许你帮助传递字条的人，就是在玉山街道杀人的凶手，你这样帮他，是想当帮凶吗？”杜英雄指着协警的鼻子，语气严厉地说。

“不……不……不，徐阳不可能是凶手……”发觉自己说漏了嘴，协警声音放轻，道，“他……他只是想帮你们快点破案而已。”

“你是说是徐阳指使你给我们送字条的？”顾菲菲接下话，转头与韩印和吴斌对了对眼神。

韩印自然明白她的意思，刚刚获悉民警徐阳即徐宏之子时，便觉得他有作案动机，现在又证明字条是他指使协警所送，那他的嫌疑就更大了。韩印推了推鼻梁上的眼镜，深深打量了协警一眼，说：“你为什么会觉得徐阳不是凶手？”

“这个我也说不清楚，反正我和徐哥相处挺长时间了，觉得他是个特别好的人。”协警迟疑了一下，继续说，“和你们说实话吧，徐哥他爸的事他和我讲过。他说他之所以当警察，就是想有一天替他爸洗清冤枉，为此他一直很努力地表现，想调进市局刑警队。他跟我说只有进到刑警队，才有可能接触到他爸当年案件的档案，可是上级一直不给他机会，让他有些心灰意冷。不过，他说即使去了刑警队，他爸的事恐怕一时半会儿也翻不了案，因为当年冤枉他爸的警察现在在局里正位高权重。”

“既然他不是凶手，那干吗不大大方方找我们反映问题，而是偷偷摸摸地搞些小动作？”艾小美不服气地插话说。

“这个我也问过他，他说如果你们知道他的身份，就一定会把他列为嫌疑人进行调查，他不想误导你们查案的方向，也不想你们把时间浪费在他身上。”协警回答得相当从容。

“他跟你说过为啥在原派出所干得好好的，又非要调到玉山街道的原因了吗？”顾菲菲问。

“好像提到过……”协警稍微思索了一下，说，“说是方便照顾住在玉山街道的爷爷。”

“嗯。”顾菲菲若有所思地点点头，凑近韩印和吴斌低声交谈几句，然后回过身以异常严厉的口吻冲协警说，“今天我们之间的谈话，你要严格保密，不得对徐阳透露半句。你虽然只是协警，但想必警察的规矩也都懂，如果你破坏了我们后续的行动，我们一定会把你列为同案犯追究的，明白了吗?！”

“知……知道了，放心好了，规矩我当然懂，一定会注意保密的。”协警像小鸡啄米似的快速点头说道。

“对了，你叫什么？”协警将要下车时，韩印问道。

“呃，我叫朱毅。”协警说。

◎第十章　一箭双魔

回到招待所，几个人简单地吃了点东西，开始讨论案子。

讨论的重点主要放在徐阳身上，就目前掌握的信息看，他是最具有作案动机的。首先要立即对其实施监控，当然不能只这样被动地等待他犯错误，还要找到一些主动出击的办法，来引导他露出破绽。例如，帮他找出白秀云一案的真凶，来试探他的反应；或者设一个局，假装找到某个具有重大嫌疑的嫌疑人，但无实质证据，奈何不了人家，并在无意中将名单泄露给徐阳，看他会做出什么举动。前者难度比较大，毕竟时间过去三十多年了，调查起来很难找到切入点，唯一可以运用的只有行为特征分析了，但这并不能带来实质证据；相较而言后者容易些，具有一定的可操作性……

大家正讨论到兴头上时，吴斌手机响了，他接听之后，只说了个“啊”字，整个人便呆住了。他失魂落魄地放下电话，手捂着嘴巴，闭上眼睛，使劲忍了会儿泪，然后沉痛地说：“师傅他老人家，刚刚走了！”

吴斌的话音落下，众人皆大为吃惊，几个小时前人还好好的，怎么这么会儿工夫人就没了?！难不成上午是回光返照？众人一时不知该说什么好，艾小美的眼泪忍不住掉了下来。

吴斌抹了抹眼睛，说：“今天就到这儿吧，我得看看师母去，帮着料理一些后事。”

“我们跟你一道去吧，不知师母会不会怪你上午累到师傅了，要怪也怪我们吧，顺便我们也可以帮着做点什么。”顾菲菲吸着鼻子说。

“那好吧。”吴斌点头应允。他知道顾菲菲心里过意不去，不让她去会更难受，斟酌了一下，他又对韩印说：“要不韩老师你就别去了，手上的案子总还要抓紧办，你留在招待所把案件整个梳理一下，看能否再找到一些突破口。如果有可能的话，你试着对白秀云一案做个侧写？”

“那也行，替我问候一下师母。”韩印想了想，说，“让你们专案组的人把涉案的所有资料，一点不落地送到这里来！”

“没问题！我这就让他们送来。”吴斌说着话，便拿起手机打到专案组。

现在，有关“4・7”案的所有资料都摆在韩印眼前，他刚刚利用两个多小时仔细通读了一遍。他闭上眼睛，脑海里千丝万缕的线索汇聚在一起，接下来他要做的就是抽丝剥茧……

第一，以往侦破变态连环案件时，通常凶手的首起案件最具突破性，每个杀手都不是天生的，他们成为连环杀手都有一个由开始到发展直至成熟的阶段，而开始时总容易犯下些错误，露出破绽。但“4・7”案截然不同，无论前两起案子作得如何惊天动地、如何残忍诡谲，也都只是铺垫，从凶手将前两起受害者的器官抛到第三次作案现场的举动来看，这一点表现得尤为明显。所以说凶手真正在意的是第三起案件，意味着本案中具有研究价值的是最后一次杀人案件。可是韩印想，为何要有前两次的铺垫呢？为何要刻意选择变态犯罪历史上最为著名和最为残忍的两起悬案呢？就如韩印前面曾分析的那样，凶手可能想对世人诉说第三起案子亦是悬案，可前面准备得如此烦琐，却只为传递这样一个简单的信息，是否太过头重脚轻了？动机应该不会如此单纯，韩印觉得凶手除了传递“悬案信息”以外，更看重的是如何最大限度地“惹人瞩目”。而这一动作所映射的，是凶手“急迫”的、“赌博式”的、“孤注一掷”的情绪，那么是什么背景促成凶手的这种心理呢？

第二，上面说了，凶手作案的侧重点在第三起案子上，作案动机很可能是想为徐宏鸣冤，想找出真正的凶手。那么放眼所有与白秀云一案有牵扯的人，谁最在乎这两点呢？徐阳肯定是一个，还会有别的人吗？会是白秀云的儿子吗？

第三，首先来还原一个事实，那就是白秀云当年并未遭到过强奸，这一点凶手显然是知情的，所以在他第三次模仿作案中，也未出现强奸行为。那么谁能了解到这一事实呢？当年的凶手肯定知道，核心办案警察也会知道，另外还有谁呢？不仅仅是这些，关于白秀云一案中所有案件记录最终都被归档秘密封存，除了当年的凶手和核心办案警察，“毒打脸部”“下体塞入蜡笔”这两个案件细节还有谁会知晓呢？

第四，来看看本案凶手在第一次作案中，通过网络论坛将案情公之于众的那个帖子。他在帖子中叙述尸体呈现姿态时，是这样写的：“尸体呈头南脚北仰卧姿势……”这样一个语句，是不会出现在普通老百姓口中的，它往往出现在报道罪案新闻的记者口中，或者罪案小说家口中，当然还包括警察，又或者熟悉警察工作的人……

第五，如先前所分析的那样，凶手对玉山街道非常熟悉，他应该就是本地人。而综合凶手短时间内连续三次作案的表现看，可以说手法干净利落，逻辑思维严谨，作案诉求表达得基本清楚，具备一定智力水平，是一个典型的有组织型杀手。以往说过很多次，出于本能的自我保护，这种有组织型杀手通常都选择他们相对了解，但又不暴露他们日常活动范围的区域实施作案。所以说本案凶手选择在他生活的区域，而且是一个非常小的范围连续作案，则显得有些反常，唯一可以解释的是——他想要影响警方的调查，或者想近距离观察和参与警方的调查。那么谁具备这样的条件呢？最关键的是，他实时关注警方调查动态的目的，又是什么？

那么，以上五点交错在一起究竟可以指向谁？

其实，在韩印罗列出一个又一个疑问的同时，一张张熟悉而又陌生的面孔也从他脑海中相继掠过。他相信凶手既然如此迫切地想引起世人的注意，又是如此关注警方的调查，说不定他就在他们身边，那些疑问中的关键词：急迫、注意度、鸣冤、知晓案情、内行的语言、近距离窥视警方办案……它们交织在一起，会让谁定格在韩印的大脑中呢？

不知过了多久，一丝欣喜在韩印脸庞上现出，显然他已经有了一个名字，但抬手推了推镜框之后，又陷入凝思中……

上面的结论全部来自行为特征分析，缺乏实质定罪的证据。韩印想起几个小时之前的讨论，同样也设一个局，给凶手来个“请君入瓮”？不，太烦琐！韩印倒是觉得可以试试“前一个策略”，由三十多年前的真凶引出本案凶手，其实也并非不可能！

韩印打开录音笔，吴斌师傅低沉的声音在屋子里响起，老人家叙述白秀云一案的画面历历在目，让韩印不免唏嘘……

白秀云一案，很明显为熟人作案，整个作案从头到尾都充斥着怨恨的情绪。

行为特征分析的理论表明：受害者面部遭到正面严重攻击，通常都来自一个熟人凶手；另外，凶手作案后任由院门和房门敞开，而且现场客厅中一片狼藉，死者白秀云的衣物更是被扯碎随意扔在地上；再加上除去徐宏的一组指纹，另一组属于凶手的指纹是凌乱的和不加任何掩饰的；等等。由这一系列现场特征可以看出，凶手当时正处于无比愤怒、癫狂和失去理智的状态。

接下来，再看凶手的两个令人匪夷所思、汗毛尽竖的行径：蜡笔是徐宏送给白秀云的孩子的，非凶手带至现场，那么其向白秀云下体塞入两支蜡笔的行径，应该是出于对徐宏的嫉妒。而将白秀云赤身裸体摆在院中秋千上，则进一步表明凶手就身处白秀云的周围，也许平日里白秀云曾坐在秋千上的画面，深深刻在他的脑海里，也深深吸引着他，于是在心志疯狂的状态下，竟然戏谑般将那幅让他印象深刻的画面重现出来。这一行为特征以及前一个行为，都表露出凶手的不成熟、稚嫩以及情绪冲动，意味着他当时年纪应该不大。

最后，再来看凶案发生的时间点带来的问题：中午白秀云的男朋友出现在她单位，然后白秀云把他领到家中，并发生了性关系，当晚她即被杀害，死亡过程充满屈辱和怨恨。这一过程表明两点，凶手肯定处在白秀云附近，还有他正在追求白秀云。

先来总结案件性质：白秀云一案，实质上是一起冲动之下的激情杀人，动机是出于嫉妒和怨恨，那癫狂、失去理智的状态以及变态的手法，很可能都是在大量酒精的作用下才出现的。

再来总结三十多年前的真凶的侧写：年龄应该在20岁左右，肯定比白秀云年龄小，与白秀云不仅相熟，且来自同一个单位，日常生活中经常与白秀云有接触，性格中有一些浪漫气息……

现在，真凶好像在韩印脑海里呼之欲出了，他快速敲击了两下笔记本电脑键盘，进入某官方网站，调出某个人的人事简历。当看到出生年月日时，韩印脸上露出一丝狡黠的笑容，随后开始回味与那个人谈话中的每一个细节……少顷，不知为何，脸上的笑意更浓了，他想到了一个一箭双雕，不，应该是一箭双魔的计划。

计划的第一步是先去趟肿瘤医院，接着与吴斌和顾菲菲取得联系，然后要试探着与徐阳谈一次话，最后他们将共同去一个地方。

现在已经将近傍晚了，韩印需要快马加鞭，争取在这个晚上让所有真相都水落石出！

晚上8点，韩印只身出现在玉山街道派出所，他找到正和协警朱毅下棋的徐阳，问是否知道街道主任陈辉的住处。徐阳表示街道“最高长官”的家他当然认识，于是韩印故作谨慎地表示，陈辉很可能就是三十多年前杀害白秀云的凶手，希望徐阳即刻带他去陈辉的住处，对其进行试探性的问话……

“怎么就你一个人，吴队和你们支援小组的其他人呢？”徐阳满脸狐疑，打量着韩印问。

“哦，吴队的师傅，也就是原刑警队老队长刚刚去世了，他去帮着料理后事无暇分身，支援小组的其他同事，也跟着过去慰问家属了。”韩印从容地说。

“那就咱们俩去，会不会不够稳妥，毕竟那可是一个三十多年前的变态杀人狂？”徐阳皱着眉头，谨慎地问道。

“那就叫上所里的几个民警一块儿吧。”韩印左顾右盼地说。

“还几个？你看看所里现在有人吗？今晚有扫黄任务，哪有多余的人手啊！”徐阳扭头指了指正全神贯注地盯着棋盘、貌似在琢磨棋局的协警朱毅，“要不我带上他去吧？”

韩印扫了一眼协警，有些不太情愿地说：“那也行吧，总归多个人手多份力量。”

“你们等我一下，我去趟厕所。”出发前，协警朱毅做出尿急动作，快步朝厕所方向跑去。

一刻钟之后，徐阳和协警朱毅引着韩印，敲开街道办主任陈辉的家门。

韩印打量着客厅里豪华的装潢，嘴里“啧啧”感叹着：“这房子装修得太漂亮了，怎么，就您一个人住吗？”

“哪儿啊，岳母最近身体不好，我爱人回娘家去照顾两天，女儿在北京工作，一年难得回来几趟。”陈辉笑盈盈地招呼三人落座，道，“你们找我，还是与秀云的案子有关？”

“对。”韩印露出一丝意味深长的浅笑，说，“想问一下，当年你与白秀云的关系如何？你们在一个科室工作，每天朝夕相处，感情应该很不错吧？你是不是很喜欢她？”

“你……你什么意思？”陈辉脸上的笑容僵住了，语气生硬地问，“你怀疑我杀了白秀云？”

“事实上你就是那个杀人凶手！”韩印心里已经很确定陈辉就是凶手了，

顾及随后的计划，不想过多周旋，便毫不客气、针锋相对地道，“我登录过你们街道办的官方网站，查阅了你的简历，发现你出生于1960年，也就是说案发时还不到20岁，这很符合我对凶手年龄的侧写。并且你与她同在一个单位，又是同一个科室，彼此经常密切接触，以至于你对她心生爱慕等，这些都符合我对凶手的侧写。”

“行啦，别胡说八道了！”陈辉从椅子上“噌”地蹿起来，高声怒喝道，“你的什么狗屁侧写我不懂，但我知道你现在正在明目张胆地诬蔑一个国家干部，我要向你的上级投诉你！”

“哼！你知道你的破绽在哪儿吗？”韩印哼了一声，淡定地继续说道，“你不该在描述一个杀人现场时表现得那么享受，当然那还不是最致命的漏洞——‘不图财、不图色，愣是把人杀了，还把人放到秋千上……’你应该记得，这番话是你上次对我们说的吧？你一定想不到，说出这番话就等于向我们表明了你就是凶手的事实！”见陈辉愣着神没有反应，韩印轻蔑地笑了一下，道，“你好像还是未明白你错在哪儿了。那我就解释给你听。白秀云一案，警方封锁了所有与案情有关的信息，包括结案后也未向社会通报，所以几乎所有听说过那起案件的群众，都想当然地认为她是被先奸后杀的，甚至连大部分警务人员也是那样认为的。但事实上凶手在与白秀云争执的过程中，已经失手掐死了她，没有来得及实施强奸行为，而这一点恐怕只有最核心的参与办案的警员和凶手才了解，你又是怎么知晓的？”

“我……我……”陈辉一时语塞，神色有些慌乱，但稍微支吾了一会儿，又突然瞪起眼睛沉着地说，“我只是随口说说而已，没太注意措辞！不过，就算是我说的，就一定能证明我是凶手吗？如果真想抓我，那就麻烦你拿出实在的证据，你有吗？没有就赶紧给我滚出去！滚，你懂吗?！”说到最后，陈辉声色俱厉，情绪异常激动，好像受到了莫大的冤屈似的。

此时，一直默默注视韩印与陈辉对话的协警朱毅，突然从沙发上站起，他走向陈辉看似要劝慰一番，却突然绕到陈辉身后，一只手臂以迅雷不及掩耳之势猛地扣住他的脖颈，另一只手上不知何时多出一把明晃晃的锯齿形匕首，抵到陈辉的咽喉处。

“你知道吗？有意思的是，他们需要证据，而我不用，我可以直接对你进行宣判，而且是死刑，即刻行刑！”朱毅冷笑一声道，脸色极为阴沉。

“你……你是……”陈辉被突然的局势转折弄蒙了，但很快就醒悟过来，他僵着身子，声音有些变调地说，“你……你是白秀云的儿子？”

“对，是我。”朱毅在陈辉耳边吹着气，阴森地说，“你不是喜欢我母亲吗？恭喜你，你快要和她团聚了！”

“小枫，你父亲姓何，我记得你叫何小枫，我真的很喜欢你母亲，但她竟选择那个又矮又胖的臭卖货的。那晚我气急了，喝了好多酒，整个人都迷迷糊糊的，才失手杀了你母亲。我知道事到如今，说什么都没用了，我也确实死不足惜，可你犯不着为了我这条贱命毁了你自己的一生啊！还是把我交给政府审判吧，好吗？”能从一个宣传干事坐到街道办主任的位置，陈辉也算城府深厚，眼见自己可能随时命丧于朱毅之手，审时度势后决定还是先保住眼前再说，也只好承认自己就是杀死朱毅母亲的凶手。

朱毅一阵狂笑，眼角却溢出泪花，他用略带哽咽的语气说道：“从记事起，我就是一个孤儿，而且反复在做着一个梦，梦见一个男人骑在女人身上，一只手恶狠狠地掐着女人的脖子，另一只手狠劲地抽打着她的脸颊，直到她一动不动地躺在那儿。但他仍不愿就此罢休，竟然抽出放在茶几上的两支蜡笔，朝女人下体插去，还扒光她的衣服，将她抱出了门……

“一次又一次，场景是如此清晰，可我就是无法看清那男人的模样，我总是在极力辨清男人的相貌的时候，突然惊醒。我问过奶奶很多次，为什么我总做那样的梦？但奶奶一直回避，直到她因病即将去世时，在弥留之际才告诉我，那其实不是梦，可能是我幼儿时期的一段记忆。她告诉我，出现在梦中的是我的妈妈，在我3岁的时候被杀害了，尸体还被摆到院子里的秋千上……知道吗？从那时起，我就隐隐觉得凶手仍逍遥法外，否则为什么母亲的魂魄总是牵绊着我？后来，我回到这座生我的城市，当我确认了我的直觉，便开始找你，甚至为了找到你，不得不杀害三个无辜的生命，你觉得我会放过你吗？”

“等等！朱毅你别冲动。”韩印冲朱毅摆摆手，示意他要冷静，“回答我一个疑问吧。徐阳知道父亲是冤枉的，是因为你母亲被杀那晚，他虽然发着高烧，但很清楚地记得父亲一直陪伴在他身边，只是当年的办案人员铁了心要让他父亲做替死鬼，所以对他的证词置之不理。可你又是怎么知道你母亲不是被他父亲杀的？”

“也算是缘分吧！”朱毅冲着徐阳挤出一丝笑容，解释说，“我从外地回到这儿，起初只想让梁艳帮着找份工作，因为听奶奶说母亲生前和她很要好，曾经还给奶奶寄过钱，是个可以投靠的人。后来在接触过程中，聊起母亲的案子，她提到你父亲，说她了解我母亲和你父亲之间的关系，当时已经非常确定了，你父亲根本不可能因索爱不成杀死我母亲。还说，为此她曾特意跟当时办案的警察强调过，但没人搭理她。于是，我暗暗发誓，一定要把真凶挖出来，为母亲雪恨。我相信母亲一直托梦给我，也是为此！后来，也许就是天意，阴差阳错，梁艳托关系给我找了份协警的工作，竟然让我们两个冤魂的下一代，走得这么近。”

听罢朱毅的诉说，徐阳脸上现出一丝苦笑，说：“兄弟，既然咱们有缘分，就听哥一句，把刀放下，你的这种复仇方式，相信你母亲和我父亲地下有知，是不会接受的。再说，你真的以为你今天可以得逞吗？”

徐阳说着话，缓缓走到房门口，打开门，只见吴斌、顾菲菲，还有杜英雄和艾小美相继拥进屋中。又是杜英雄冲在最前，他左手托着持枪的右手，瞄准朱毅，厉声说道：“聪明的现在把刀放下，也许你可以看到真正的凶手受到审判，否则你只能带着遗憾去见她了！”

“放下刀！快点放下刀！”

几支黑洞洞的枪口齐齐瞄准了朱毅，朱毅扣着陈辉的脖子下意识地向后退了几步，冲着徐阳吼道：“竟然是你配合他们在陷害我？你忘了你父亲的冤屈了吗？”

“不会忘，我和你一样也无比痛恨当年那些坏警察和凶手，但我是警察，当然就算我是一名普通公民，我也希望通过法律来解决问题，用仇恨的方式永远也无法真正驱赶仇恨，它只会灼伤我们自己。醒醒吧，别再错下去了，兄弟！”徐阳诚恳地开解道。

“是你对不对？是你破坏我的计划对不对？”朱毅见徐阳不可能和他站在同一阵线，更加恼羞成怒，他有些疯癫地冲韩印吼着，“说，说，该你回答我了，你是怎么发现我的？说啊！说啊！”

韩印笑了笑，淡淡地说：“我刚刚对陈辉撒了个谎，其实了解案件隐情的还有一个人，那就是白秀云的儿子——你。你当时还小，无法表达和理解所看到的东西，但它们却深植在你的记忆中，并会伴随你的一生。这也许就是你的命运，你没的选择，但你可以选择与徐阳一样，期待有一天可以用法律去惩罚真正的凶手。可是你没有，你选择了以暴制暴，便注定你永远活在黑暗中。

“其实关于你，我去趟医院便知道了你的身份。我看了你的病历，你患了‘肺纤维化’，这是你的家族遗传病，我们先前了解到你父亲便死于该病。其实这种病，发病期通常在50岁之后，可不知为什么你们父子俩会发病这么早。据你的主治医生说，你的病情已经到了末期，大概只有半年的时间，而确诊的日期是在三个多月之前，这就与作家张松林和你在论坛上交流的时间吻合，于是我就知道你作案的动机了——你通过模仿两起最著名的变态案例，成功把国内顶尖的侦破团队吸引到长田来，接着再把案件方向引到你母亲身上，最终目的是想通过我们，在‘最短的时间内’帮你找到凶手，然后你就可以施以私刑，在离开人世之前，为母亲复仇了！”

“好吧，就算你洞悉了所有，但也改变不了结局，从一开始我就做好了同归于尽的准备，所以他还是得死！”朱毅面目狰狞，冷冷说道。

“等等，我话还没说完。”韩印抬手指了指陈辉，逼向朱毅，“我很确定，你刺下刀的时候，我同事的枪也会响，我也很确定，你无法躲过那一枪。

但陈辉就不同了，我们在楼下已经为他准备了救护车，就是说也许你绞尽脑汁、穷尽手段设的局，到最后只是搭上你自己的命而已。你完全可以有更好的选择，就像你的兄弟徐阳和我的同事说的那样，把他交给法律，以法律的名义为你母亲复仇不是更完美吗？我知道，我的建议可能背离了你的初衷，你与生俱来的仇恨，不会因为我的几句话而化解，但请想想你的母亲和梁艳阿姨，她们是这场噩梦中最最无辜的两个人，如果此刻你刺出手中的刀，她们就变成帮凶，将永远与你的耻辱钉在一起。你希望是这样吗？你希望有人说，是你母亲的冤魂在鞭策你杀人吗？你希望有人说，梁艳用她的死来配合你的复仇吗？我相信你站在母亲墓碑前的泪水是真挚的，你杀害梁艳阿姨的时候，你的心也在滴血，来吧，放下刀，站在法庭上，把这一切告诉世人……”

“当”，一声清脆的响音，出现在踏入地狱门口的，不是枪声，而是刀落地的声音。朱毅放开陈辉，慢慢蹲下去，捂着脸颊，号啕大哭。而陈辉身子一软，瘫倒在地板上，瑟瑟发抖，裤子底下大小便失禁，犹如一只丧家之犬。

徐阳缓缓走到朱毅身前，蹲下身子，紧紧拥抱住他……

◎尾声

随着朱毅以及陈辉的招供，笼罩在长田市百姓心头的阴霾被彻底驱散，不仅“4·7”案胜利告破，而且连带三十多年前的白秀云被杀一案，也一并真相大白。长田市警方上上下下一片欢欣鼓舞，但现任局长周海山却从公众视线中黯然消失了。由于当年参与制造了徐宏的冤案，他已经被上级有关部门暂免职务，正在接受进一步调查，可以想象，等待他的将会是法律的严惩。

参加完吴斌师傅的追悼会，韩印和顾菲菲以及杜英雄、艾小美便赶赴机场。由于目的地不同，而韩印返校的航班又起飞在前，所以场面便是顾菲菲带着两个小跟班送别韩印。

几日的亲密相处，艾小美、杜英雄已经对韩印产生深深的崇拜和依恋，分别时刻便显得依依不舍，拉着韩印东一句西一句说个没完，顾菲菲插不上嘴只好在一边微笑。好在艾小美还算有眼力见儿，觉得差不多了，偷偷踢了杜英雄几脚，把他拉走了。

看着俩孩子一边斗嘴一边走远，顾菲菲冲韩印伸出手，柔声说：“合作愉快，一路走好！”

“下次有需要，你随时召唤，我保证随叫随到。”韩印轻轻摇摇顾菲菲的手微笑着说。

先前一起办案时，大家都绷紧神经，心思全放在案子上，彼此交流起来特别自然顺畅，可这会儿松懈下来，气氛便有些尴尬了。放开手之后，两人都有些不自然，左顾右盼，一时无语。沉默了一会儿，顾菲菲说：“你和叶曦发展得怎么样了？”

“根本没开始过，又何谈发展！”韩印低头看着脚尖，淡然轻叹道，然后扭过头望向机场大屏幕，“好了，我该进去了，你多保重！”

见韩印不愿深入话题，顾菲菲便也识大体地说：“嗯，你也是。”

望着韩印的身影在视线中逐渐远去，顾菲菲眼神痴迷，喃喃自语：“知道吗？和你再合作的感觉真好！”

才刚分别，顾菲菲便开始期待与韩印的下一次见面，只是那必然伴随着惨绝人寰的凶案发生！

现代社会里，保护一个死去的人，是在保护我们活着的人，保护我们的道德情感、伦理观念和公序良俗不受伤害。

——陈兴良

◎楔子

8月，骄阳似火。

炎炎的烈日下，20岁的青年许健，正在父母的果园里帮着摘果子。眼瞅着汗水顺着儿子英俊的脸庞滑落下来，浸透了衣衫，做母亲的心中不舍，便劝儿子先回家歇着去。许健推托着，表示自己不累，但父母坚持，懂事的许健一想反正快到中午了，就先回去张罗午饭吧，那样父母回到家里就能吃上现成的，便顺着父母的意思先行回去了。

许健是两口子的独子，聪明懂事，品学兼优，暑假过后就该读大四了。还没毕业已经有好多单位抢着录用，做父母的心里自然为孩子感到骄傲，当然就娇惯一些。他们认为儿子将来是做大事的人，所以不舍得他到果园里帮忙干又脏又累的农活……望着儿子充满青春活力的背影，两口子的眼神里都充满欣慰和慈爱，可是他们无论如何也不会想到，这一别，竟是永别！

子夜，一盏孤零零的院灯，发出微弱的光亮，投射在一户农家局促的小院中。

院子中间搭着葡萄架，葡萄架下摆着一张辨不出本来颜色的长条木桌，上面仰躺着一名赤身男子，不，准确点说应该是一具白晃晃的尸体。一个眼含杀气的男子，手持一把铁斧，正在专心致志地肢解他，刚刚剁下两条大腿，接下来铁斧挥向手臂……

不远处，一只黑色大狼狗摇着尾巴蹲坐着，眼睛紧紧盯着它的主人，偶尔主人随手扔出一片碎肉或者一块碎骨，便会引起它的一阵骚动。就这样，伴随着恶狗的吠叫，锈迹斑斑的铁斧，一次次有力地落在尸体上，而这其中不时还夹杂着一阵阵带着满足与阴森的狞笑声。

一群乌鸦在小院上空盘旋，发出诡异的叫声，血腥的吸引，让它们显得异常焦躁……

◎第一章　诡异失踪

刑事侦查总局，重案支援部。

顾菲菲接过重案支援部负责人吴国庆递过来的一份案件卷宗，面色即刻凝重起来。

卷宗记录的是一宗连环失踪案：从2008年至今，地处我国西南边陲的一个小镇上，有8名青少年在几乎相同的区域陆续失踪。最后一起案件，发生在三天前，失踪者是一名回村过暑假的大三学生，而这已是当日第二起案件。当日早些时候，一名16岁少年也告失踪。由于派出所对该系列案件态度消极，两位失踪者家属遂联合本镇先前失踪人员家属，将事件揭发到相关媒体。随后媒体的广泛报道，引起当地市公安局的注意，并在第一时间成立专案组，同时向重案支援部发出支援请求。

“派出所也太不像话了，简直不拿老百姓的性命当回事啊！”顾菲菲甩甩手上的卷宗，一脸愠怒地说，“如果对案件给予足够的重视，恐怕就不会出现这么多失踪者！”

“说得是，一定要对这部分人做严肃处理！”吴国庆沉着脸，声色俱厉。但转瞬，他语气有所缓和，说：“说句实在话，很多时候，当回顾一些变态连环案件时都会发现，其实凶手作案手段并不高明，而且特征和规律都非常明显，完全可以在案件起始阶段便将他消灭掉，可总是因为基层办案警员的疏忽和懈怠，案情愈演愈烈。不过，话说回来，也不能把责任完全推到基层工作的同志身上，他们面对的环境确实比想象中的要复杂和恶劣，尤其一些经济不发达地区，人口外出流动情况比较密集，对失踪报案的性质就更加不好判断了。更为关键的是，很多基层警员对‘变态杀手’这个称谓相当陌生，可能有些人干了一辈子警察也未必经历过，所以他们对这样的案件缺乏敏感度和警惕性也是可以理解的。这也正是咱们支援小组存在的原因，就是要在第一时间出现在对此种案件侦破力量薄弱的地区，所以你现在要认真考虑下，该怎么办这宗案子。”

“怎么，您想把这案子交给我的小组？”未等吴国庆表态，顾菲菲带着一丝犹疑的口气，接着问道，“我想您也估计到了，时间跨度这么长，恐怕失踪者早已遇害了，所谓的连环失踪案，实际上已经演变成涉及8名受害者的连环杀人案。还是原先那句话，这么大的案子只有我带那俩孩子去，当地警方会不会认为咱局里不够重视他们？”

“我也还是那句话，我相信你的能力！”吴国庆面带诚意，殷切鼓励道，“尽管放开手脚去办，咱支援部向来重视的是能力和品质，咱们只用成绩说话，更何况这次还有韩印老师协助你！”

“您是说韩印老师也去？”顾菲菲没想到吴国庆会主动提起，对她来说是正中下怀。

“对，他办的‘连环虐童案’卷宗我看过了，真是忍不住为这个年轻人鼓掌，只用短短不到一天的时间，就让隐藏多年的凶手显形，实在太了不起啦，所以这回你一定要带上他！”吴国庆面露赏识地说道。

“好，我会跟他协调。”顾菲菲心中一阵窃喜，但面上还是如往常般淡漠。

“等等！”吴国庆见顾菲菲起身要走，突然又想起一件事，“对了，我刚刚忘问了，那俩孩子表现怎么样？”

“挺好，不错！知道发挥各自所长，也都挺有韧劲，就是有时候冷不丁会冒出些孩子气。”顾菲菲浅笑一下说。

“那没什么，总会有个成熟的过程。”吴国庆也笑笑，扬扬手说，“如此，我也算放心了，去忙吧，早去早回。”吴国庆扬了扬手说。

“好，您放心，我争取早点结案。”顾菲菲满脸自信地道。

云边省，光明市，蒲宁镇。

当以顾菲菲和韩印为核心的支援小组赶到小镇时，经当地市局组成的专案组进一步落实，失踪人数已由8人升至17人之多，案发地不再局限于小范围区域，年龄层也更为广泛，案件由此变得更加复杂棘手。

与以往办案程序相同，首先要听取案件简报，接着实地走访现场。

失踪者除一名女性之外，其余皆为男性，遍及蒲宁镇三个相邻的村落，分别为靠山村、鑫成村、台沟村。

其中失踪人数最多的，是夹在两个村子中间的鑫成村，总计14人。当中有13人失踪的地点，集中于村口附近一个由4条马路交会形成的梯形地带，失踪时间主要是上午9点到11点之间，年龄除一名未满12周岁外，其余皆为16岁到22岁的青少年。该村还有一名失踪者，是55岁的村会计，于晚间在村委会附近消失，他也是目前所统计的倒数第三个失踪者。

另外3个，有两名是台沟村人，一个是30岁的女性，于晚间在村北一家食杂店附近失踪；另一个是38岁的男子，同样失踪于晚间，地点为村中一条小溪旁。最后剩下的名额，为靠山村人，年龄41岁，失踪于晚间，地点为该村一座石桥附近。

还要说的是失踪年份：后面介绍的来自另外两个村子的3名失踪者，加上鑫成村的会计，都失踪于本年度，再加上“梯形地带”也有5人，那么本年度总计失踪9人。这是案件统计起始时间——2008年3月初以来，失踪人数最为密集的年份。

令支援小组未想到的是，所有失踪地点都不偏僻，失踪人数最多的“梯形地带”不仅车流繁忙，并且视野也足够开阔，周边还有几间工厂。它位于鑫成村南边村口附近，方圆200米左右，前边是213省道，后面是一条新近修成尚未通车的柏油路，左边是一条3米宽的小土路，右边是四车道的石子路。综合判断：小土路附近，为失踪者集中消失区域，小土路北侧靠近村民承包的果园，附近还有一个近2米高的大土包，算是可以遮人视线吧。

鑫成村失踪人数最多，为本次失踪案重点调查区域，其距蒲宁镇中心约两公里。韩印和顾菲菲想尽可能地与当地村民多做交流，所以表示不住在镇上，想在鑫成村找个地方落脚。该村村主任杨劲松主动要求把支援小组安顿到他家里去。

村主任的儿子和儿媳都外出打工了，家中西侧厢房便空了下来，韩印和杜英雄住厢房北边的屋子，顾菲菲和艾小美便住到南屋。由于办案的核心人物实际上是韩印，所以吃过村主任张罗的晚饭，众人便聚集在北屋进行案情讨论。

本次失踪案信息特别杂乱，时间、地点、失踪者，都需要仔细梳理。韩印认为：凶手至少有两名或者两拨人，其中一名作案特征比较明显，其作案地点主要在梯形地带内，作案时间集中于上午9点至11点之间，但13个失踪者未必都是其所为。从概率上看，他针对的目标主要是正值花季的青少年，那么首先基本可以排除整个失踪案中年龄最小的一个；而大学生失踪和倒数第二起，虽都发生在梯形地带，且年龄层符合目标范围，但两案发生前后仅间隔一两个小时，此种作案密度从心理需求角度看是极为罕见的，所以此二人的失踪肯定有一人与该嫌犯无关。总结起来说，他的犯罪行为可能至少涉及11个失踪者。同时，通过以上特征也可以明确一点，凶手为无动机作案，也就是变态作案。动机明确的犯罪人，是不会把作案特征表现得这般明显、这般规律的。鉴于失踪者可能均已遇害，现在可以正式称他为“连环杀手”了。那么，初步可以侧写出凶手的哪些背景信息呢？

第一点，前面说过了，梯形地带并非隐蔽之地，反而是车流交汇的开阔地，选择这种地点作为猎取目标之所，无论怎么说都是非常不明智的，任何一个凶手有预谋地作案时，都不会选择那里。可事实偏偏如此，只能说凶手第一次作案可能是临时起意，也就意味那是一次“机遇型”的冲动作案，但带给凶手的满足感是前所未有的，以至于凶手逐渐对作案地点和行凶手段形成固定模式。进而则表明，梯形地带是其日常活动有可能经过的区域。

第二点，如果说在开阔地杀人不被目击有一定运气的成分，那么凶手是如何在不引起路人瞩目的情形下，迅速将失踪者带离现场的呢？又是如何悄无声息将尸体处理掉的呢？由这两个疑问，得出最大的可能性——凶手可能有辆汽车，用来运载尸体和抛尸；再一个，他应该系独自居住，所以至今无人发现他作案。

第三点，不管是当场以闪电速度杀死还是制伏受害者，尤其作案现场非隐秘之地，凶手必须具有相当的胆魄和技巧以及经验，由此推断凶手应该具有犯罪前科，或者有军队和警队服役经历。

第四点，由失踪者特征来推断凶手作案的心理动机——失踪者皆为青少年，凶手选择这样一个群体作为猎捕对象，可能出于如下几个原因：1.寻求征服和控制男性年轻人，以彰显自身力量，从而获取日常生活中无法体会的成就感；2.该年龄段的青少年，是其初始的刺激源，可能曾经给他造成某种侮辱和挫折；3.凶手是同性恋，可能有索爱被拒的经历；等等。不论这三种动机哪一种符合凶手，还是其兼而有之，总之，可以映射出凶手孤单的心境，偏执和自卑的个性，以及缺乏与他人交际的能力……

第五点：凶手的年龄比较不好判断，因为以目前掌握的信息，还无法清晰捕捉到凶手真实的心理动机。就上面的分析来说，假设是第一种动机，那凶手的年龄应该处在比较成熟的阶段，有一定的阅历，历经挫折，在30岁以上；若是第二种，年龄便要稍小一点，青壮年足矣；而最后一种，跨度可以很大，与受害者年龄相仿的都可能。但总的来说，以经验、胆识、体力、力量综合角度出发，凶手应该在30岁到50岁之间，不过有关年龄方面，在犯罪侧写中向来是个比较薄弱的环节，现实办案中，不必过于拘泥。

犯罪侧写，其实也是一种通过现象看本质的方法，凶手作案的时间、地点、犯罪惯技、标记行为、受害者信息等都是参照物，通过科学的归纳、推理、演绎，最终剖绘出凶手的本来面目。完成对所谓第一嫌疑人的剖绘，实质上便已去掉11个研究案例，那么剩下的，又将指向什么样的凶手呢？

剩下6起案件，受害者年龄跨度过大，由12岁直至55岁，犯罪地点不仅分散，而且具有一定的偶然性。4个成熟年龄段的男女失踪者，除消失时间段类似之外，彼此之间未发现任何交集和相同特征，假设系同一嫌疑人所为，那么他看重的似乎只是因为他们都系于夜间独自出行在外者，对性别、年龄、作案地点均随机选择，动机应该比较明确……

正当大家专注于韩印的分析时，杜英雄突然将食指竖在嘴边，冲众人做出个“收声”的示意。未等其他人有所反应，他已迅速拔出腰间配枪，蹑手蹑脚走出北屋，先是把耳朵贴在门上听了听，然后猛地拉开房门，瞬间一张阴森的面孔出现在眼前，几乎与他面贴面。

那是一张异常纤瘦的脸孔，两额特别宽，下巴又特别尖，颧骨暴突，眼皮凹陷，一对大眼珠子像乒乓球一样凸出，就如科幻电影中外星人的模样。

杜英雄显然对这张脸孔缺乏思想准备，身上的汗毛一下子全都竖立起来，几乎是本能地飞起一脚，将那人踹出三四米开外。

众人跟着快步跑出房间，将跌落在院子中间的“偷听者”围了起来。杜英雄握着枪指向那人，高声喝问道：“你是谁？为什么偷听我们谈话？”

让众人傻眼的是，面对他们的围攻质问，那“外星大老爷们”竟坐在地上哭了起来，揉着干瘪的胸口，结结巴巴地说：“疼……坏人……大坏蛋……让爸爸打你……”

“哎呀，误会，误会了，你们别难为他，他是村里的冯傻子。”正在大家理不清形势之时，村主任从正屋里出来，忙不迭分开众人，将跌坐在地上的“偷听者”扶起来，一边帮他拍打身上的灰尘，一边解释说：“这孩子叫冯根，是个智障儿，三十多岁了才只有几岁孩子的智商，他爹两个月前也失踪了。从那时起，这孩子便天天围着村子转，有时成宿成宿在外溜达，估计是看到我把你们领家里来了，以为找到他爸了，跟着来看看。”

“他父亲是失踪的那个村会计吧？”顾菲菲看着冯根，一脸同情地问。

“对，我俩关系特别好，那晚我俩和一个朋友在村委会边上的小饭馆喝酒闲唠嗑，他爹说记挂傻儿子，偏要先走，从此就没影了。”村主任唏嘘一阵说道，接着冲众人苦笑一下，用哄孩子的语气对冯根说：“乖，快回家吧，要不然你妈又该不放心了，大爷一定帮你找到你爹，好吗？”

“大爷……不准骗人……找爸爸……”冯根在村主任的哄劝下，一边晃着脑袋，一边朝院门外走。走到门口，他突然转过身子，用手指比画成手枪的姿势瞄向杜英雄，嘴里发着“啾啾”的声音：“坏蛋……开枪打你……”

冯根滑稽的模样，惹得众人忍俊不禁，杜英雄苦笑着把枪揣回腰间，咧着嘴，摇了摇头说：“完了，我算是把这外星哥们儿得罪了！”

后来，也许是与冯根猛一照面的感觉太惊悚，杜英雄一个晚上都没睡安稳，闭上眼睛，那张如外星人般的面孔便总在他眼前晃动，好容易迷迷糊糊睡过去了，却又做了个被外星人绑架的梦，惊醒后是一身冷汗！

◎第二章　月圆之夜

由昨夜集中分析，基本可以认定制造多起失踪案的嫌疑人，至少是两名或者两拨团伙。从实际角度出发，不太可能同时解决全部案子，尤其韩印昨夜放在后面分析的6起案件，差异性很大，不确定因素太多，作案动机比较难以捉摸，如果硬要与前面的案子放到一起办，对支援小组来说，过于消耗精力，也不够科学。

鉴于以上种种不利因素，顾菲菲和当地专案组进行讨论，最终一致决定，先以作案特征明显的第一嫌疑人为主攻调查方向。

第一嫌疑人，应该就是本地人，独自居住，有汽车，有过犯罪前科或者军队服役经历，个性孤僻、偏执，少与人交流，可能有同性恋倾向——按照韩印初步的侧写，专案组在鑫成村展开排查。

由于临近西南国境这样特殊的地理位置，自20世纪80年代末以来，蒲宁镇各村都存在严重的吸毒情况，鑫成村也不例外。除此，村镇周边地下赌场泛滥，村里也存在不少铁杆赌徒。而毒品和赌博这两种瘾好，向来是犯罪的温床，可想而知村里犯过事的人不在少数。经过两天的走访，警方将视线锁定在一个叫孙大成的男人身上。

孙大成，现年46岁，20年前在集市上做买卖，与人产生口角，气急之下竟一锄头将对方脑袋扫掉。据说当时脑袋掉在地上，眼睛还在诧异地眨动，孙大成因此被判处有期徒刑15年，其间，他妻子带着孩子改嫁了。孙大成于2008年1月获释。出狱后，在亲戚的帮助下，他在一家冷库谋了一份开货车的工作，而冷库距离梯形地带只有不到50米，且失踪者中有3人曾经就是这家冷库的工人。

孙大成系独居，住处距上班的冷库不远，他出狱后的表现不是很检点，有过猥亵和偷窥同性男子的劣迹。从以往经验来看，许多性变态犯罪早期，都会出现这种行径。另外，通常变态犯罪初次的爆发时间，对案件侦破具有重要的指引作用，如果能够找出嫌疑人在相应时间点上有异常经历的话，便可以进一步锁定该嫌疑人。比如犯罪人从熟悉的地方搬到陌生的区域，孤独和缺乏安全感致使他寻求释放；又或因坐牢让他的反社会人格发展到极致，出狱后开始疯狂报复社会；等等。而孙大成出狱的时间，正好在首起失踪案发生的两个月前，时间点可以衔接上，加之有猥亵、偷窥的经历，工作单位距离案发地很近，与其中3名受害者相熟等因素，都让他看起来具有非常大的嫌疑，支援小组决定对其实施24小时跟踪监视。

这天晚上，轮到艾小美与杜英雄当班，与前几个晚上一样， 孙大成早早睡下了，漆黑的小院静寂无声。

10点多，因为来例假，艾小美肚子很痛，杜英雄便让她回去休息。艾小美本想坚持，但实在疼得难以忍受，只好扔下杜英雄独自执行任务。没想到她前脚刚走，后脚孙大成就出门了。

孙大成没有开车，晃晃悠悠地在马路上溜达，看起来挺悠闲，不过这大半夜没来由地出来散步，肯定不会干啥好事。杜英雄在其身后注意保持距离，小心翼翼地跟着，不多时便随他走到案发多起的“梯形地带”。

前面介绍过，“梯形地带”附近有几间工厂，孙大成上班的冷库也在其中。不过孙大成好像并不是要去单位，他只是在大门口贼头贼脑张望了两下，便闪身快步走进距冷库不远的一个公共厕所里。躲在对面一棵杨树后的杜英雄纳闷极了，心想，这家伙有病吧，大半夜跑这儿上厕所来了？但转念一想，他立马明白了：“这死变态，准是想偷窥别人撒尿来着！”

杜英雄掏出手机，正想把情况跟韩印说一下，突然听到路边草丛里传出类似某种喘息声，他打开手机照明功能，循声照去，只见黑洞洞的夜色中，突然冒出两只墨蓝色的眼睛。杜英雄定睛再看，原来是个纯黑色足有半人高，不知是狗还是狼的大家伙，在手机发出的光束的照射下，一双鬼魅的眼睛发出凶狠的光芒。

那似狼似狗的大家伙显然是被杜英雄的举动激怒了，凶相毕露，嘴里发出呜呜几声，随即“汪”地吼了一声猛扑向他。

原来是一只大狼狗，可是这家伙看起来比狼还要凶暴，这要是被它逮到，说不定还真打不过它。杜英雄略作斟酌，转身撒腿就跑。虽然事发突然，但他脑子还算清醒，知道明智的选择应该是向最前面的213省道上跑，那儿车来车往的，也许能把大狼狗吓住。

他脚下玩命地飞奔，不时回头瞄着大狼狗的距离，眼看着就要踏上213省道了，一不留神被路基绊了个踉跄。他刚要伸直身子，只觉肩膀被什么东西重重剐蹭了一下，身子便无法控制，向前方猛地摔出去，紧跟着脑袋“嗡”的一声，意识便开始模糊。不知为何，在完全失去知觉的一刹那，他眼前似乎浮现出一张好似外星人的面孔……

杜英雄睁开眼睛已经是次日上午，他看到自己躺在洁白明亮的房间里，周遭是几张熟悉的面孔，上面都写着焦急不安。

“我这是在哪里？”杜英雄眯着眼睛，喃喃地问。

见他终于苏醒过来，众人都松了口气。韩印微笑一下，上前说：“这里是市区医院，你被车撞了，幸好被在村里乱溜达的冯根看到了，跑村主任家报了信，我们才找到你。”

“噢，我可一点印象也没有，只记得被一只大狼狗追到213省道上摔倒了，之后就断片儿了。”杜英雄费力地吐出一口气，忍着身上的疼痛说，“我伤得严重吗？”

“没事，没大碍，肩骨有点骨裂，后背软组织和额头上有些擦伤，各缝了几针，还有点轻微的脑震荡，其余一切正常。”顾菲菲凑到病床前说，“你还真幸运，从车祸现场看，肇事司机反应比较机敏，及时打了方向，所以只是右侧后视镜剐到你肩膀把你带倒了，不过肇事汽车看起来就没那么幸运了，路边的一棵行道树和电线杆都被撞倒了。”

“那司机怎么样了？”杜英雄关切地问。

“不太清楚，应该伤得不重，我们去的时候，车子已经不在了，估计是司机以为把你撞死了，所以逃逸了。”顾菲菲摇摇头，叹息道，“可惜那冯傻子也说不出个所以然来，交警方面正在勘查现场。”

“算了，其实责任主要在我，就算找到司机，也别难为人家。”杜英雄轻轻晃了晃脑袋，可能感觉到疼痛，便皱起了眉头。

“英雄哥，等你额头上的伤好了，一定很酷，我就喜欢男生脸上有点疤痕什么的，看起来特别MAN（男人）。”艾小美一边摸着杜英雄额头上的纱布，一边眨着大眼睛煞有介事地说。

“呸，你非得要我破相啊！我都差点光荣牺牲了，你还挤对我。”杜英雄苦笑着说。

“谁挤对你了，我说真的，你不知道你一直没醒，人家有多担心你，生怕你‘眼一闭，不睁，这辈子就过去了’！”艾小美故作一本正经地说。

被艾小美这么没心没肺地一逗，韩印和顾菲菲都忍不住笑了几声，杜英雄被气得彻底无语了，恨恨地从牙缝里挤出一个字：“滚！”

“好了，别闹了！”顾菲菲抬腕看看时间，板起面孔对杜英雄说，“医生说你得留院观察48小时，如果没有别的症状才能出院。我和韩老师先回村里，专案组那边还等着我们讨论下一步的侦破方向，你这边就让小美留下来看护你吧。”

“不是吧，顾姐，你让她陪我，别说养病了，我怕被气死啊！”杜英雄故意装作没好气地说。

“哎呀，你还不乐意了，以为本小姐愿意伺候你啊……”艾小美也不管杜英雄有伤在身，上去就推搡了一把。

“哎，疼啊，轻点……”

“活该！”

由于监视中出了意外，连累杜英雄受重伤，专案组方面决定不必再慎重了，干脆就利用孙大成在公厕中欲行偷窥的由头，直接把他拘了。

随后，专案组对其住处进行搜索，结果除了发现一些带有男性裸体照片的淫秽杂志以及两小包毒品外，未发现任何拘禁和行凶痕迹，屋内屋外都喷洒了“鲁米诺”，也未发现血迹残留。

前面的分析中，支援小组和当地专案组基本达成一个共识，那就是所有失踪者可能都已经遇害，这就牵涉一个尸体如何处理的问题。可以肯定的是，整个作案中杀死失踪者，只是满足凶手欲望的一部分，必须通过虐尸或者碎尸才能让他完完全全地释放，否则他根本没必要冒着巨大的风险将失踪者带离作案现场。

但自失踪案出现至今，失踪者生不见人、死不见尸，恐怕只能用两点解释：要么抛尸地特别偏僻隐蔽，加上他运气不错，所以一直未案发；要么是他根本未做过抛尸的举动，尸体或者残肢被就地掩埋，可能是在凶手的住处，也可能是他单独拥有、少有人光顾的某个地方。例如“小丑杀手约翰·维恩·加西”以及“连环虐童杀手宫润伯”，这两人就是几乎把所有受害者都埋在自己的住所中。由于专案组在孙大成家一无所获，韩印不得不承认，他应该和连环失踪案无关。

那么下面的调查该如何着手呢？韩印告诉专案组，凶手必定居住在村内，接下来恐怕就要将罪犯侧写在村里公布，一方面，发动村民踊跃到派出所提供符合侧写的嫌疑人线索；另一方面，调集人手到村民中间集中走访。专案组方面经过一番研究，同意按照韩印的建议将任务布置下去。

傍晚，宁静的乡村小路，质朴空灵，一股自然流淌的浪漫气息，不自觉地包围着并肩走回村主任家的韩印和顾菲菲，尤其那俩小家伙不在，整个世界一下子安静了不少。

这样的机会，好像不多，屈指一算，两人单独相处的机会，这是第三次。头两次，一次是他们俩结伴到尹爱君老家，提取其父母的DNA样本；再有一次，便是“1·4”碎尸案取得重大突破那一晚。韩印还记得当时，他情不自禁拥抱了顾菲菲一下，而素来高傲拘谨的她，竟然没有拒绝。

也就是从那一次拥抱之后，韩印对顾菲菲的感觉有了微妙的变化，只是那时他心里的位置，已经被叶曦占得满满的，所以并未认真想过那到底是一种什么样的感觉。现在他好像有些感悟了，那是“心动”的感觉。

当然，韩印不是见异思迁的人。将叶曦从他的人生中分离出去，其实与顾菲菲并没有关联，是因为他自己无法确定对于叶曦的感情，究竟是爱，还是“想念”。

叶曦的气质和性情太像母亲了，以至第一次见面，韩印便不可抑制地生出无限好感。他一头扎进追逐的旋涡里，根本来不及去想叶曦对他到底是怎样一种吸引。直到他回到学院，当母亲的身影重新在梦中显现，他才恍然想到，与叶曦相处的日子，他很少做梦，也从未梦见过母亲，因为叶曦的出现，似乎让他觉得母亲从未离开过。

“你和叶曦到底怎么样了？”沉默半晌，顾菲菲忍不住先张了口。只是连她自己也很纳闷，怎么一开口就提到了叶曦，也许在她的潜意识里，在她和韩印的关系中，叶曦始终都是一个无法逃避的影子。

“上次说过了，我和她从未真正开始过，所以还是做回朋友吧！”韩印也是沉默良久才应道，他不想对任何人提到母亲和有关母亲的梦，所以故意避开母亲的因素，语气淡淡的。但说到“朋友”二字，有意无意稍微扬了些声音，其实就是想在顾菲菲心目中，将他和叶曦的关系做个了断。

顾菲菲似乎明白他的心迹，哑然笑笑，没吭声。两个人又无言地走了一段路，顾菲菲才试探着说："那我们呢？除了合作关系，是不是也可以成为朋友？你有没有觉得我不好相处？"

韩印这次答得很快，他停住步子，温和地望向顾菲菲说："你应该是高干家庭出身，家庭成员中，最有可能是父亲服务于警队或者军队高层。我在你身上看到了很强的纪律性，同时也看到一种与生俱来的优越感。当然，这也是你耳濡目染得来的，而在此基础上，我相信你的家人在你很小的时候，就在你脑海里灌输了非常远大的目标和理想，以至于你的眼界一直都要远远高于同龄人。再加之经济条件优越，你与身边同龄人的距离拉得越来越大，直至养成一种'独'的性格。而这种'独'的性格，最终会造成你与他人交流时，产生一定障碍。慢慢地，你也会感觉到一种自卑和缺乏安全感，所以当你与他人交流感觉力不从心时，便会采用一种伤害他人的方式。其实，你的内心，要比其他人更加单纯，遇到心仪的人，你的心也可以是炙热的。"

"没想到你竟然侧写过我！"顾菲菲佯装恼怒的样子，其实早已心花怒放，韩印竟是如此了解她，甚至比她自己还要了解。她真的无法再控制对这个男人的倾心，内心欢快得竟如小女生一般。她羞怯地眨眨眼睛，俏皮地说："我知道你们圈里的规矩，除了罪犯从不侧写身边的人，既然如此，我又不是罪犯，那只能证明你特别在乎我是不是？"

韩印没想到顾菲菲会这么直白地一问，以他的性格，一时间根本不知道该怎样回应，只好尴尬地笑笑，快走几步落荒而逃，憨憨羞涩的样子，在顾菲菲眼里就更加可爱了！

当天晚些时候，自觉身体无碍的杜英雄，在医院待得实在难受，加上艾小美的怂恿，偷偷溜出医院，回到鑫成村。

从出租车上下来，两人即被村里异样的氛围包围——空气中满是夹杂着烧酒气味的烟熏味道，泛黄的碎纸屑被阵阵阴风吹起，飘在半空中，黑暗的角落里，冥火若隐若现。整个村子好似一个大的祭祀场，尤其是头顶上那轮血红满圆的月亮，似乎隐含着某种腾腾的杀气。

阴气重重，艾小美也有感觉，不自觉地紧紧揽住杜英雄的胳膊，而杜英雄此时也无心消受美女亲昵的举动，脚下加快步子，拖着艾小美，一心只想快点走到村主任家。

村主任家在一条僻静的乡间小路旁边，小路的另一边是一大片玉米地，高高的玉米秆随风摇曳，玉米叶发出沙沙的声响，像有人跟在两人身后似的。杜英雄不安地回头张望，心里有种不祥的感觉，好像即将有事发生！

好在远远地已经能看到村主任家的房子，只有三四十米的样子。可是突然，身后的“脚步声”似乎清晰了，两人不约而同转过身子，只见背后不远处，一具白里透红的“干尸”，正摇摇晃晃向他们走来——白的是骨骼，红的是肌肉，真真切切。那干尸手里还拎着什么东西，右手是个长条的物体看不太清楚，而左手好像是一张白布，上面有三个窟窿眼，中间好像有什么东西是凸起的……

啊！那是一张撕下来的脸皮！

艾小美身子剧烈抖动，随之双脚便不听使唤了，杜英雄毕竟是男人，竭尽最后一丝气力，拽起艾小美转身就跑，可没想到那干尸竟也摇晃着身子加快速度追赶上来。

终于，终于，杜英雄硬扯着艾小美跑到村主任家门前，顾不上叫门，几乎将整个身子撞向院门，生生把门撞开了，随即惊慌失措地叫嚷着：“来人啊！快来人啊！有僵尸，有僵尸……”

韩印和顾菲菲本来正在讨论案子，听到惊呼齐齐从房内冲出来，村主任和老婆也披着衣服惊恐万分地从正屋中跑出。没等他们盘问，艾小美“哇”的一声大哭起来，泣不成声地指着院门外：“有僵尸在追我们，吓死我了……呜呜……”

“僵尸？你们俩神经了吧？大晚上的闹什么幺蛾子！”

顾菲菲瞪着眼睛冲两人吼了一嗓子，可见两人坐在地上脸色煞白，身子不住地发抖，看似的确被吓得不轻。她和韩印对视一眼，满面狐疑，拔出腰间的配枪，打开保险，走到院门外，可视线中空空如也，连个人影都没有，更别说什么僵尸了。

她反身回到院里，冲韩印摇摇头，犹疑地打量着惊魂未定的杜英雄和艾小美。这俩孩子虽然平时说话大大咧咧的，但都非常正直，应该不会说谎，可怎么会出现僵尸呢？

正纳闷着，只听村主任轻咳两声，二人随声望去，见村主任皱紧眉头，望着空中的圆月，声音低沉地说：“今儿是阴历七月十五，满月之夜，莫非真的是僵尸出现了？邪门，太邪门了！”

◎第三章　耶稣门徒

杜英雄和艾小美冷静下来，将从进村子开始一直到遇见僵尸的诡异遭遇，一五一十地讲述一遍，并再三强调他们看见的肯定是一具僵尸，绝不是有人假扮或者模型之类的东西。

一个人说倒也罢了，两人竟然异口同声，韩印和顾菲菲一时间也甚为迷惑。沉默一阵，韩印缓缓开口说："作为警察，咱们首先必须要明确一点，你们俩今晚见到的绝不会是所谓的僵尸。这一点无须讨论，我觉得主要还是你们的心理作用。"见杜英雄和艾小美不服气，欲张口争辩，韩印摆摆手，示意听他把话说完，"今天是鬼节，农村可能习俗和讲究都比较多，所以你们一进村子便被大规模的祭祀氛围感染和震慑，以至当人为制造的灵异事件出现时，你们心里会不由得产生认同感，并对此深信不疑。"

"对，是这样的。"顾菲菲接着强调，顿了顿，又说，"关键是这种人为制造的恐吓，只是单单的恶作剧，还是刻意针对咱们支援小组？如果是后者，那咱们必须要对这个问题重视起来！"

"难道有人不想咱们住在村子里，想借着鬼节的气氛把咱们吓跑？"艾小美目光呆滞道。

"小美说得有道理，这村子确实有些不对劲，怎么乱七八糟的事，全叫咱们赶上了呢？"杜英雄咬了咬嘴唇，郁闷地说，"先是我被狼狗追，接着就被车撞了，然后又和小美被僵尸追，我觉得这一系列事件都不是巧合这么简单，说不定是有人精心策划的，目的就是不想咱们把案子办下去。”

“这样看来，狼狗和肇事车辆的调查，还是不能忽视。”韩印斟酌了一下，道，“就从狼狗开始着手吧！”

“就这样决定。”顾菲菲抬腕看了看时间，说，“不早了，睡觉吧。”

“嗯。”艾小美从椅子上站起，带着怨气冲杜英雄娇嗔道，“都怪你，不好好在医院待着，非要回来，差点把本小姐魂吓没了！”

“怎么又怪我了，不是你提议说要回来的吗？”杜英雄争辩一句，摸着后脖颈心有余悸地说，“其实……其实我也吓得够呛，不管是不是心理作用，反正当时感觉特别真实，尤其是僵尸手里拿着那脸皮，实在太吓人了！”

“等等，你是说那僵尸手里拿着他自己的脸皮？”本已起身走到屋门口的顾菲菲，突然停住步子，转身问道。

“对啊，怎么了？”杜英雄摸着脑袋不明所以。

“他另一只手是不是也拿着一个物件？”顾菲菲继续反问道。

“是，是！”艾小美抢着说，“可惜太慌乱了，我和英雄都没看清是什么东西，不过我觉得是一个长条状的东西。”

“对，对，是个细细长长的东西。”杜英雄附和着说。

“像不像宝剑、匕首之类的东西？”顾菲菲手里比画一下，试探着问。

杜英雄和艾小美互相看了看，点点头，转过头齐说：“还真有点像。”

顾菲菲哼了下鼻子，讥诮地说：“这回麻烦了，你们看到的不仅是僵尸，而且还是一‘外国僵尸’。”

“外国僵尸？什么意思？”韩印也有些摸不着头脑。

顾菲菲哂笑一声，道：“《圣经》中说，耶稣有十二门徒，其中一个叫作‘巴多罗买’。据说耶稣升天之后，巴多罗买带着马太福音到处传教，有传说他在亚美尼亚传道时，被钉在十字架上殉道；也有传说他在印度传教时，被暴徒剥皮而殉道。所以在一些教堂以及艺术作品中，他的肖像便是一手持一把割皮刀，一手举着自己的皮。”

听顾菲菲这么说，几个人面面相觑不知所以，顾菲菲接着说：“如果真的如我所说，那就更证明所谓僵尸一说，是人为制造的。”

“可那玩意儿是哪儿来的呢？要是一座塑像的话，那得多大力气才能搬动啊？”韩印接连问道。

“这还真是个问题。”顾菲菲沉思一下，说，“情况真是太乱了，还是先睡觉吧，等明天问问村主任这附近有教堂没。”

“那也行，今天就到这儿，赶紧睡觉，要不然明天也没精神办案了。”

韩印话是这样说，但这一夜谁都没睡好，又是僵尸，又是耶稣门徒，实在让人费解。这小小的鑫成村，究竟隐藏着什么样的惊天秘密呢？

次日，询问村主任，他表示村子附近乃至镇上根本没有什么教堂。不过说起“大狼狗”，他倒是留意到村里有人好像养着一条。

村主任介绍，该村民叫于明远，是个孤老头子，偶尔会看到他牵着一条大狼狗在路上遛弯儿，关键是他家距离梯形地带也不远，或许就是他的狗追伤杜英雄的。

韩印决定和杜英雄去一趟村主任说的村民家，而顾菲菲和艾小美则协助专案组坐镇派出所，负责接待提供线索的村民。

昨日中午，专案组通过村委会将罪犯侧写和相关举报电话传达到村民中间，可出乎意料的是，村民们似乎都比较消极。当然也许他们心目中确实没有怀疑人选，也有可能是不想得罪乡亲，反正，一个下午，没有举报电话，更没人主动前来提供线索。

与之相比，在以往的办案中，若是警方有此行动，乱七八糟的电话那是络绎不绝，虽然面对的情况比较复杂，可是终归让警方怀有一丝希望。眼下这种情况让专案组感到十分郁闷，不过支援小组方面比较冷静，提醒专案组只是刚刚开始而已，要多点耐心，线索不在于多，有些时候哪怕只有一条，也足够指引到凶手身上……

村主任带韩印和杜英雄去找于明远，路上问起于明远的情况，村主任说：“他是本村人，今年应该将近60岁了，父母早亡，前年哥哥也去世了，在村里，嫂子算是他唯一的亲人，但关系不好，从不走动。这也不能怪他嫂子，于明远这人性格比较怪，而且早年杀过人判过刑，平时和村里人也很少交往。他父母过世后留下一个老房子，自他出狱住进去后，几乎没人再进去过。不过他在村里也从不招惹是非，总体来说还算本分，多数时间都在田里干农活。这几年他倒是比较悠闲，因为修路，镇里征了他一部分田地，他每天基本就是上午干半天农活，下午在村委会门前的小广场上，和一些村民打打扑克、下下象棋什么的。”

没多久，三人便来到于明远家门前，相比较周围的邻居纷纷盖起的新房，于明远家便只能用破败不堪来形容了。灰白色土砖垒砌的院墙，眼瞅着就要塌了。不过院墙很高，从外面看不到院内的样子，两扇破旧的木门，木头已经开始腐烂，感觉推一把就能掉一地木渣似的。

村主任叫了一阵门，惹得院内狂犬乱叫，但一直没人应门。以为于明远未在家，三人正要离开，木门却“吱”的一声，敞开一条缝，随即于明远带着花白胡须的清瘦面庞，阴森地由门缝中探出来，韩印心里不由得生出几分寒意。

村主任勉强挤出一丝笑容，说：“老于啊，开开门，上头来的警官有话要问你。”

于明远缓缓将木门打开，迅速从里面走出来，随即反身带上木门，木讷地说：“咋了？”

“我们想看看您的狗。”韩印笑笑，客气地说道。

“为啥？”于明远又是简单地只吐出两个字。

“呃，老于啊，人家上头来的警官说看看，你就给看看呗，这有啥嘛。”村主任见于明远当着外人的面一副生硬的样子，觉得面子上过不去，便抢着催促说。

见村主任急赤白脸地发话了，于明远微微怔了一下，回手轻推了下门，门便稍微敞开一条缝，淡然道："看吧！"

从门缝中，韩印和杜英雄看到，院子中间一个葡萄架下拴着一条大狼狗，正在汪汪地狂叫。杜英雄仔细打量了一会儿，撇着嘴冲韩印微微摇头："不是，这条爪子上有黄毛，我那天晚上看到的狗，全身纯黑油亮，没有一点杂色。"

听罢，韩印转头，冲于明远说："不好意思，打扰了！"

"你看，给警官看一下不就完了吗？多简单的事！"村主任带着一点怨气，摆出领导的姿态。

于明远没接茬儿，只是从兜里掏出一把铁锁将院门锁上，然后淡漠地说："没事了吧，那我打扑克去了！"随后，在三人的注视下，于明远旁若无人地慢悠悠走了。

"别理他，就那怪脾气。"村主任笑着，一脸尴尬，然后像突然想起什么，说，"对了，不是老于的狗，说不定是养狗场的。"

"村里还有一个养狗场？"杜英雄问。

"是啊，是城里人开的，老板是两兄弟，姓黄。"村长轻拍了下前额，说，"我刚刚忘了这茬儿，那狗场的狗时常偷跑出来，有一阵子把村里的鸡都吃光了！"

"那咱去一趟？"杜英雄冲正在发怔的韩印说。

"他有汽车吗？"韩印望着于明远干瘦的背影，冲村主任问。

"哪有啊！他买不起！"村主任不屑道。

单独居住；与村民交往不畅；家中鲜有人光顾；尤其刚刚来时他注意到，于明远家距案发地点很近；再加之其有过犯罪前科，于明远的背景信息均在侧写范围内，只可惜缺少一个非常重要的环节，他没有车，上午9点到11点之间，如果没有一辆车，是根本无法将受害者悄无声息带离第一作案现场的。

韩印驻足远望，凝神片刻，他头也未回，扬扬手，说："英雄，你跟村主任去趟狗场。”说罢，便抬步，冲于明远前行的方向跟了过去。

在村主任的带领下，杜英雄来到养狗场。

养狗场坐落在村子以西一片水洼地旁，距村民密集居住区两公里左右，三面水泥高墙，北面挨着一条河沟盖起一排红砖房。从正面大铁门的缝隙中，能看到围着几间红砖房装有铁丝栅栏，里面圈了十几条大狼狗。

村主任介绍，养狗场开了已有三四年的光景，地方是租村里的，房子和院墙是后来黄氏兄弟俩自己盖的，据说生意还不错。

村主任使劲拍了拍大铁门，扯着嗓子冲院里喊了两声。不多时，从一间偏房中走出一个睡眼惺忪的光头中年人，他一边应着村主任的声音打开大铁门，一边用狐疑的目光打量着杜英雄。

“这位是黄家兄弟的老大黄炳成。”村主任指着光头中年人介绍，接着又指向杜英雄，“这位是上面来调查失踪案的警官。”

“幸会，幸会，不知道我有什么能帮上您的？”黄炳成显然也听说了失踪案，与杜英雄握手客套道。

“这场里就你和你兄弟两人吗？”杜英雄问。

“对，就我们两人。”黄炳成搓着手解释，“我兄弟不在，去城里见客户了。”

“你们这儿都养些什么狗？”杜英雄接着问。

“大多是狼狗，什么德牧、黑背、狼青啥的都有，不过主要还是本地的狼青狗。”黄炳成指着铁丝栅栏中一条毛色又黑又亮、个子高大、体态健硕的狼狗，说，“喏，就是那种，是由德国牧羊犬和本地的杂狼狗交配出的品种。”

杜英雄顺着黄炳成的手指，仔细打量了一番，觉得那条所谓的本地狼青狗，跟那晚追他的大狼狗外貌姿态极其相像。杜英雄指了指，问道：“你这狗前天晚上跑出去没有？”

“没有，绝对没有！”黄炳成头摇得跟拨浪鼓似的，斩钉截铁地说道，“你们也看到了，我们有铁栅栏，还有这大铁门，围墙也足有两人高，是不可能有狗偷跑出去的。”

杜英雄走进院中，犹疑着，又向前走了几步，靠近铁栅栏，仔仔细细观察了一遍，接着又转头盯向黄炳成，却见他光光的脑袋上已经冒出了一排汗珠，不禁冷笑道：“招了吧，是就是，我也没别的意思，你这狗前晚跑出去，差点咬到我，我来就是提醒你，注意把狗看好了，下回别再让它跑出来，以免咬伤人！”

见杜英雄没有难为人的架势，黄炳成使劲吸了吸鼻子，大大松了口气，摆出诚惶诚恐的样子，说：“真……真……真是抱歉，前晚确实疏忽了，铁栅栏忘关了，有几只狗就偷跑出去了，还好它们能自己回来……把您咬得严重吗？要不这样，我赔您医药费，再给您补偿一些营养费怎么样？”

“不用了，你拿我当什么人了，既然你大方承认了，我也没啥好说的，先这样吧！”杜英雄大度地挥挥手，转身准备离开。

“那您慢走，有事您尽管吩咐！”黄炳成一边相送，一边客气地应承道。

韩印加快脚步来到村委会门前的小广场，其实说是广场，里面啥休闲设施都没有，只有几棵年数已久的老槐树。一些上了年纪干不动农活的村民，拿着马扎三三两两聚集在树下的阴凉地，打着扑克，下着象棋，也有围在一起闲聊天的。

正值八月，虽说只是上午，太阳已火辣辣的，韩印装作乘凉随意坐到一棵老槐树下，树荫下凉爽宜人，好不惬意，他竟一坐就是几个小时。

在这几个小时里，韩印看到，与刚刚的对话不同，于明远举止言谈，显得有礼有节，客套有加。他下棋的风度很好，从不悔棋，也不跟人争执，甚至对手耍赖也是一笑了之；和村民们一起玩扑克牌时，也表现得很是谦让，有时还会打完一局后起身，让给晚来的牌友玩。

此种情景，在别人眼里恐怕无法体会其背后所映射的心理，但韩印不同，他分明看到了骨子里的于明远。正当他觉得收获满满可以离开之时，兜里的手机响了起来，接听，里面传出顾菲菲低沉的声音：“你在哪儿，快来派出所一趟，有‘失踪者’出现了！”

◎第四章　黑窑奴役

是的！失踪者中年龄最小的12岁男童突然现身了，不是一具尸体，而是一个大活人。

这一天情况略有改观，特设的举报专线电话开始零星响起，也有几个村民赶到派出所提供线索。他们基本都是失踪者家属，举报嫌疑人时呈现出很大的分歧，各有各的怀疑对象，没有两家人或者两家以上怀疑同一个对象的，这说明主观性太强，所以要特别谨慎地对待。也许是因为经历了早先的忽视和敷衍，家属们大都不愿轻易离开派出所，好像商量好了要监督警方办案似的。顾菲菲能理解家属们寻找亲人的急切心情，但是他们这么待着也无济于事，而且还干扰派出所正常的工作，便和艾小美劝他们先回去等待消息。

就在此时，派出所大厅走进来两个人，是一个脏兮兮的老人，领着一个浑身上下黑不溜秋的孩子。几乎就在那一时刻，一个女家属突然疯狂地扑过去，一把拽过孩子，紧紧搂在怀里，嘴里叫嚷着，瞬间泪如雨下——她失踪几个月令她牵肠挂肚的儿子，竟然奇迹般出现在眼前，虽然孩子有些脱相，但做母亲的还是一眼便认出自己的儿子。

现在，那孩子就坐在韩印对面的椅子上，嘴里已经填满食物，但还执拗地往里面硬塞。

此时韩印终于明白，为什么刚刚在电话里，顾菲菲没有为失踪者的现身而激动，反而情绪异常低落——那孩子已经瘦得不成人形了，像根麻秆儿一般；头发乱糟糟的，衣服碎成一缕一缕，勉强可以遮体；露在外面的胳膊上，留着一道道被棍棒抽打过的疤痕；那双没穿鞋子的脚上，满是被烫伤过后留下的红疮；最让人不忍直视的是，孩子那双本该精灵乖巧的大眼睛里，写满了对这个世界的恐惧与警惕，让人看了鼻子直发酸。

是什么人？究竟对孩子做了什么？泪水开始止不住地在韩印眼眶中打转……

吃饱喝足，身边多了父母呵护，木讷的孩子开始有了些生气，再加之将他送来派出所的老人从旁补充，孩子由失踪开始的遭遇逐渐呈现出来：

三个多月前的一个中午，孩子去姥姥家的果园。在经过213省道时，突然感觉身后衣领被人拽住，紧接着双脚离地被拖进路边一辆白色面包车里。等他反应过来想要挣扎时，一把五十多厘米长的大砍刀抵在了他脖子上。随即面包车启动开走，半路上不知道在什么地方，车子停了会儿，又接上三四个比他大点的孩子，然后继续行驶。一直到傍晚，车子驶进一个大院停下，他和车里另外几个孩子被带进一个房间关了起来，那时他才知道他们被卖进了黑砖窑。随后，噩梦般的生活拉开帷幕……

孩子毕竟才十多岁，理解能力和表述能力都很有限，接下来的大多数内容，都是由那位“老人”讲述的。

他叫宋吉良，其实他一点也不老，才四十出头，是短短一个星期黑砖窑的非人遭遇，让他外表看起来比实际年龄苍老了二三十岁。与孩子被强行绑架不同，他是一个星期前主动进入黑砖窑的，当然不是为了讨生活，他有一份令人肃然起敬的工作，他是报社的记者。

一段时间以来，在市区生活的市民发现，平常在火车站附近以及街道上沿街乞讨的智障人员和流浪儿童越来越少，并且有人看到他们陆续被一辆面包车接走。善良的人们以为那是地区救助工作做得到位，而作为记者的宋吉良，那份职业的敏锐让他捕捉到这其中的不寻常，于是他开始装扮成智障人员在火车站一带乞讨。在那里，他不惜与真的乞讨者一起捡垃圾箱中的盒饭吃，还争抢掉在地上的烟屁股抽，晚上也同那些人一道睡在火车站的露天广场。终于，三天后他被“面包车”选中了，就如先前被拐骗的智障人员和流浪儿童以及被强行绑架的孩子一样，他也被“黑中介”像牲口一样卖到黑砖窑，其实还不如一头牲口的价钱，每人大概也就值500块钱而已。

进入黑砖窑的宋吉良，仿佛置身在古希腊的奴隶场。那里有四十多个劳工，有孩子，有智障人员，也有二十多岁的小伙子，他们通通都是被强行绑架或者拐骗进来的，没有一分钱工资。他们早上天不亮就要开工，一直做工到半夜才让睡觉。而睡觉的地方只是一个四处透着风、冬天也不生火的黑屋子，打手们像赶牲口一样把他们反锁在屋子里，没有床只能睡在草席上，门外则有一群打手和多条大狼狗巡逻。一日三餐，就是吃馒头喝凉水，而且每顿饭必须限时吃完。劳工们只要动作稍慢，便会遭到毒打，几乎每个人都遍体鳞伤。由于经常被逼迫下窑，去背还未冷却的砖块，劳工们脚部被烫伤更是家常便饭，没有药只能烂透了自愈，接着再伤，个中滋味，非常人所能想象……

卧底期间，宋吉良用藏在内裤里的微型摄像机，记录下一幕幕震撼人心的画面：七八岁的童工，双手抱着沉重的砖块，显然重量已远远超出他的能力范围，他半蹲着双腿，一点一点地挪动。打手们心情不爽，上来就抽几个嘴巴子，孩子的泪水挂在眼角，嘴边流着鲜血，仍机械地重复着搬砖的动作；十八九岁的少年，步履艰难地拉着装满砖坯的车子，皮带深深陷进肩膀的皮肉中，可打手还是觉得他不够卖力，照着少年的裆部便是一顿踹；患有先天性痴呆症的劳工，因手脚慢，打手拾起地上的砖头便猛砸过去，觉得不过瘾又拽过一把铁锹，照着脑袋便是几下重锤，硬生生将一个大活人打到死去为止……对宋吉良来说，那一双双或惊恐，或胆怯，或麻木，或呆滞，或茫然的眼睛，不仅记录在他的视频里，也深深印在他脑海里。他暗暗发誓，一定要将这些无辜受虐的劳工，从这个“奴隶场”中拯救出去。

整整一星期，宋吉良完全摸透了砖窑的情况，对打手们的作息规律有了相当的了解，也到了他该离开的时候。由于昼夜巡逻，到早上四五点钟劳工开工时，打手们便特别疲倦，大多开小差找地方睡觉去了；而值早班的打手也特别懒散，随便找个地方就能打盹；还有大狼狗，在那个时候也会被关回笼子里；再加上那时天还没亮、光线昏暗，所以说早上刚开工时，是打手们守卫最松懈的时候，也是最佳的逃生机会。不过要想在这个时候偷逃出去，还需要借助时机，那就是早上有车队来拉砖。

这天早上，便迎来了那样的时机。宋吉良趁打手们不注意，偷偷爬到一辆已经装满砖封好缆绳的货车顶端，身子紧贴着趴在上面。可就在那时，他看到一个十二三岁的孩子，因为不小心摔坏了一块砖，被几个打手追赶着一顿棍棒相加，孩子最后躺在货车旁边，奄奄一息，没人搭理。宋吉良心一软，担心孩子性命不保，便冒着生命危险，又溜下车将孩子抱了上去，就这样，他们一道逃出了那个如噩梦般的地方。

随后，事情发展得比较顺畅，在拉砖货车司机停车解手时，两人偷偷溜下车。宋吉良找到一处公用电话，与一直在外围焦急等待接应的同事联系上。接着，怕再生出意外，不敢有丝毫耽搁，他和同事们决定先把孩子送回家再说。好在孩子虽小，总算还能说清自己住在鑫成村。宋吉良他们是这样想的——黑砖窑这般有恃无恐，恐怕缘于老板背景深厚，所以这次卧底行动，最终结果如何很难预料，甚至也许因为某种阻力，这次报道无法公开发表，但终归还解救出一个孩子，这就值了！

如今黑砖窑虐待劳工事件，已在国内发生多起。有些地方政府由于担心影响当地形象，或者因砖窑老板在当地有足够的势力，相关部门对事件的解决态度并不积极，也不够负责任，所以宋吉良和同事们的担忧并非杞人忧天。

不过那只是少数地区的做法，此次事件由派出所上报至市公安局直至当地市政府，政府方面第一时间接见了卧底记者宋吉良一行人，并详细了解了事件经过。随后政府责令市局立即部署打击黑砖窑以及解救劳工行动的工作任务，强调不管老板是什么身份、有多么深厚的根基，都要严惩不贷。

接到指令，市局连夜制订计划，由公安方面联合武警特警组成行动小组，于次日上午正式展开解救行动。最终成功解救出数十名受虐劳工，所有参与虐待劳工的砖场工作人员包括老板在内被当场逮捕，黑砖窑被依法查封。随后，在当天晚些时候，行动小组又顺藤摸瓜，成功将多次贩卖劳工的黑中介人员也一并抓捕归案。但遗憾的是，除被卧底记者解救的孩子之外，未有证据显示其他失踪者与此次行动打击的黑砖窑和黑中介有关，专案组只能继续将目光锁定在鑫成村。

◎第五章　本我杀手

“本我”，是奥地利精神分析学家西格蒙德·弗洛伊德提出的一个心理学名词，与“自我”和“超我”组成一个完整的人格。弗洛伊德认为，“本我”是人格中最早出现的部分，是一种潜意识形态下的思想。“本我”按“唯乐原则”行事，不理会社会道德以及外在行为规范，它不顾一切寻求包括性方面、生理方面和情感方面的满足和快乐。简而言之，“本我”其实就是人格中最为原始的、最为本能的冲动和欲望。

韩印所做的工作就是在不断向同行解释，那些变态连环杀手为什么会变成这样，他们是如何由一个正常人蜕变成杀人恶魔的。而他所秉持的理论，有很大一部分是由统计学意义上大概率事件的总结加之适当演绎而来，当然最终的结论，还要综合社会学、心理学、犯罪学等学科方面的知识。但总有些研究对象是在大概率统计之外的，也许只有那么百分之零点几，但他们确实存在。包括他们自己以及所有的犯罪心理学家，都无法解释他们因何杀人。他们生长在正常的家庭；童年和青春期没有遭受父母虐待的经历；他们也没有精神方面的病症；脑部没有做过任何手术；“额叶”没有受过损伤；成长过程中从未出现过所谓“麦克唐纳”症状，包括超龄尿床、纵火、虐待小动物中的任何一种症状；反正，他们就是突然间没有任何来由地开始杀人了，而且一发不可收拾。对于这种连环杀手，韩印认为是他们的“本我”，在人格中占据了主导地位，他通常称他们为“天生杀人狂”。

年龄最小的失踪者突然现身，让专案组看到一丝曙光，其实不管是家属还是警方，都宁愿先前判断错了，如果失踪者都是被黑砖窑抓走，那起码意味着还有生的机会。不过，犯罪特征摆在那儿，事实证明，孩子的遭遇只是例外，其他失踪者都与黑砖窑无关。

杜英雄上次走访完狗场，回来将情况一一汇报，基本排除了狗场故意放狗咬人的嫌疑。现在嫌疑最大的是于明远，在打击黑砖窑行动的同时，支援小组开始对他展开全面跟踪调查。

于明远日常活动范围非常有规律，也极为狭窄，通常都是上午去菜地里干活，下午到村委会附近的小广场里休闲。与韩印那次看到的一样，他总是一副谦卑客套的姿态，而在韩印看来，那其实是一种深入骨髓的“自卑”在作祟！而“自卑”，又几乎是所有连环杀手必有的特质，那么于明远心底的自卑感是因何形成的？是因为生活中某段经历造成的吗？

确实如此！专案组方面为韩印提供了他的档案，事实上先前他也在专案组的排查范围内，但觉得他年龄过大，且无自有车，于是很早被排除了。

于明远，现年57岁，第一次伤人时年仅18岁。那是1974年12月的一天晚上，他邀请曾经的小学同学，也是他唯一的好朋友到家里做客，后来好友留宿下来与他睡在一张床上，而他父母当时睡在同屋的另一张床上。

到了后半夜，不知何故，于明远突然从厨房里拿来一把菜刀，向好友脸部和头部疯狂地一顿乱砍，好在他父母听到动静惊醒之后及时将他拉住，好友才侥幸捡回一条命。而于明远因这起伤人事件，被劳动教养半年。

1978年冬天，距离他第一次伤人过了4年时间，那年他在一处砖窑做工，与一个16岁的少年相处得不错。后来他把少年骗回家，毫无缘由地用绳索将其勒死，然后弃尸到村外一处洞穴中。当时少年的尸体是蜷缩的，没穿衣服，手脚都被折断了。他因此被判处死刑，缓期两年执行，但后来改为有期徒刑，于1998年9月刑满释放。

可以说，以上的背景调查，让于明远与“罪犯侧写”更近了一步，他不但具有犯罪前科，而且是杀人前科，这无疑为他多年之后的连续杀人积累了相当的经验和胆识。可是为什么他再次杀人，会出现在获释整整10年之后呢？

通常犯罪心理学家认为，连环杀手前两次作案中间相隔的时间，是最难判断的。可能是几天，也可能是几年，甚至几十年。而对于连环杀手再次作案的原因，往往都归结于反复经历“挫折”，但于明远的情况恰恰相反，他再次作案正是他生活开始滋润的时候。对于这一点专案组有些想不通，因此对于明远是不是凶手，还心存疑虑。

其实这一点，在韩印看来是可以解释得通的。它涉及一门叫作“闲暇社会学”的学科，简单说来，就是指人闲暇下来，便总要找点事情打发时间。对于那些因没有工作、经济窘迫等原因被动空闲下来的人，如果他们有反社会人格，在这个时候容易被激化，比如“小径杀手杨树明”；而因经济转好、收入增加等正面因素闲暇下来，可以自由掌控时间的人，理所当然会追求享乐，即如中国人常说的一句俗语“饱暖思淫欲，饥寒生盗心”。于明远显然属于后者，出狱10年间，他迫于生计，只能把精力和气力都放到田间劳作上。而从2008年开始，由于田地被征收了一部分，他不但农活少了许多，并且还得到一笔数目可观的补偿款，因此进而产生享乐需求，只是他人生中最大的乐趣就是“杀人”！

于明远家距离梯形地带不足一公里，而他承包的菜园离那儿更近，位于梯形地带后面新修成的柏油马路西侧，距离失踪多发区域的土路只有五六百米。在跟踪于明远时，支援小组欣喜地发现，他偶尔在结束上午的劳作后，会在土路上逗留一阵子，才往家返。他大都会点上一支烟，脸上没有任何表情，怔怔地蹲在路边，像是在回味，又好像在等待什么。其实回家途中，歇歇脚抽根烟，没什么可大惊小怪的，问题是他回家根本没有必要经过那段土路，这就值得玩味了。

另外，一直困惑韩印的转移尸体的工具，于明远似乎也给出了答案。他确实没有汽车，但有一辆手推平板车。他每天推着那辆足够装下一个成年人的平板车，往来住处与菜地之间，而那辆平板车上除了装载务农工具，也必放一张蓝色苫布。

由以上两点，于明远的作案过程便基本理顺：他于土路上等待目标，伺机作案，得手后将受害者搬到平板车上，用苫布盖好转移走。从这一点也可以看出，当时受害者已彻底死亡，否则他是不敢在光天化日下用板车拉的。当然，作案这么多起都未被目击，运气也确实太好了。还有，从他活动范围如此狭隘来看，毁尸现场也许就在他的住处。

据住在于明远家周边的一位村民说，经常在深夜里听见他家里放着很大的电视声响，而那时候他家的狗总是叫得特别厉害，邻居们大都不敢招惹他。加之院墙特别高，他深更半夜在院子里做什么没人知道。韩印和专案组分析，那个时候应该是他分尸的时段。

“上午杀人，下午下棋，晚上分尸”，这也许就是于明远“作案日”一天之中的活动。只是让人难以想象的是，究竟怎样的恶魔才需要那样的生活呢？当然现在还不是分析这个的时候，眼下重要的是应该采取什么样的行动，将于明远在证据确凿的情形下抓捕归案。

刚刚分析过，于明远作案多起未露出马脚，运气好是很大一个因素。但好运气总有用完的时候，而且一旦厄运降临，便如倒塌的多米诺骨牌一般，所有不利因素会接踵而来。

就在专案组基本锁定于明远，正讨论抓捕方案时，一个二十多岁的小伙子为他们提供了一个很好的切入点。据他讲，大概两年前，有那么一天，他经过案发区域时，被人从后面用皮带勒住脖子，他被拖着退行了三四米远，后来被树根绊了一下，两人一起摔倒了。转过身来，他看到勒他的人是于明远，当时他要报警，可于明远一再解释说是和他闹着玩的，他看到是本村人，自己也没有受伤，便没再追究。之后没多久，他就外出打工了，这次因母亲病重赶回来探亲，听家人说起警方正在征集线索的事，他越想越觉得不对劲，所以赶紧到派出所找专案组反映情况。

于明远的宅院。

多辆警车和警用面包车突然停下，数名警员陆续从车上下来，他们是本次特大连环失踪案专案组的侦查人员，还有多名身穿背后印有“勘查”字样制服的现场勘查警员，当然还有当地派出所民警和支援小组成员。

派出所民警按程序迅速在周围拉起警戒线，专案组组长一马当先，敲响院门。在一阵狗叫声中，院门敞开了，于明远面色铁青、眼神诧异地站在门里，他显然没料到门外会有如此大阵势的警察出现。

专案组组长拿出一张搜查证让于明远过目，接着又拿出一张传唤证举到他眼前，道：“因涉嫌两年前一起故意伤人案件，现在我们依法对你进行传唤，请你在传唤证上签字。另外，由此案，我们怀疑你与近年来在本地发生的一系列失踪案件有关，所以依法对你的住所进行搜查。”

“我回屋换件衣服。”于明远没理会传唤证，愣了一下，表情冷漠地说。

于明远自顾自转身朝院内走去，专案组组长带着警员随后跟进去，便见院内一条黑色大狼狗，嘴里正叼着一根骨头，眼露凶光呜呜低吠，蓄势待发。

组长高声命令于明远立刻将大狼狗锁起来，于明远便磨磨蹭蹭走向大狼狗，嘴里呵斥两句。他在狼狗身边蹲下，拽了拽狼狗的脖套，像是要稳定狗的情绪，却突然冲狗屁股狠劲一拍，高叫着：“上，大黑，咬死他们！”

大狼狗训练有素，听见主人的指令便腾空跃起，犹如一道黑色闪电从半空中划过，以雷霆之势猛地将走在最前面的专案组组长扑倒在地，转瞬它张开血盆大嘴，露出满嘴獠牙，凶狠地朝着组长的脖颈咬去……

霎时间，空气仿佛凝滞了……于明远面目狰狞，挥舞着双臂，疯狂嚷叫。这个杀人恶魔，显然已预料到他的结局，在他失去自由的最后一刻，尽显嗜血的本性……众警员被突然的波折惊得目瞪口呆，一时手足无措，愣在原地。就连组长自己也一时发愣，没做出任何抵抗动作。

千钧一发之际，人群中犀利地飞起一只脚，角度、力度拿捏得刚刚好，只见大狼狗脑袋一歪，身子急速向一侧倒去，在地上滑行了一段距离才停下。待它挺起身子再反扑回来，组长已经反应过来，身子顺势朝另一侧一滚。而大狼狗的脑袋又一次被飞脚踢中，嘴里嗷嗷乱叫，身子飞了出去……

当然，在这一刻，能够迅速做出反应又身手了得的，只能是杜英雄了。卧底毒窝前的地狱式训练，造就了他超人的实战本领，也正是这一点才让他进入重案支援部掌舵人吴国庆的视线。在吴国庆看来，年纪轻轻的杜英雄，有了这身底子，再于实践中不断积累刑侦经验，假以时日必成大器。

此刻，连出两脚的杜英雄，顺手拾起地上的小马扎挥向大狼狗，其余警员纷纷掏出配枪拉栓上膛。而那大狼狗好像懂得审时度势一般，见劣势明显，随时可能丧命，慌乱间以冲刺般的速度奔向院门口，把守门边的警员本能地避让开，大狼狗便飞冲出门外，逃掉了。

专案组组长稳下心神，指派一部分警员赶紧去追狗，以免有村民被咬伤；而他则带领几名警员，亲自押解于明远回市局受审；现场搜查任务便交给支援小组和一众技术勘查员。

于明远住的是祖屋，一座由三间屋子组成的土砖平房。与大多数老式农宅一样，中间是做饭吃饭的地方，东西两边都可以住人。

院子是长方形的，有三十多平方米，与别家的宅院不同，除了中间过道搭有一个可以遮阴的葡萄架，两侧没有种些花花草草或者蔬菜什么的，只是胡乱地堆了些木头柴火、废纸箱子、咸菜坛子等杂物。

其实刚一进小院时，顾菲菲就注意到那条大狼狗嘴里正叼着半截骨棒在啃咬。此时狼狗落荒而逃，骨棒掉在地上，她拾起来，仔细观察一番，然后冲众人扬了扬，说：“这应该是一段人类的小腿胫骨，股骨体和股骨头上有很明显的砍创，创缘平直，创口较大，我想你们应该能够搜到一把斧刃锈了的铁斧。”

虽说韩印早已指出受害者有可能遭到分尸，并很可能被就地掩埋，但任谁也没想到于明远竟会随意把骨头扔到院中给狼狗吃。而随后，当更多“证物”被一点一点挖掘出来，这座农家小院，便变成一座白骨尸场。

整整用了三天时间，警方在院子过道两侧慢慢挖出两个大坑，数颗头颅、人体躯干以及四肢、内脏、骨头等，零零碎碎地显露出来。有的躯干和四肢上还带着腐烂的皮肉，上面布满蛆虫，有的则只剩下骨架。鉴于埋在地下的尸体要经过五到七年才能完全白骨化，可以想象，于明远不仅肢解尸体，还残忍地剔骨除肉。

随后，警方又在于明远的菜园地里挖了两天，陆续又挖出多具骸骨以及数件受害者的衣物……

证据充分，接下来便是正式提审于明远，然后让他交代案情以及作案动机、确认受害者的身份和数量、指认现场等，直至案件完结。虽然这一过程说起来简单明了，但实际执行起来没那么容易，好在审讯还相当顺利。

据于明远交代：自2008年至今，他在其住处附近的“梯形地带”内，趁人不备，对单独行走的受害者，施以扼颈以及绳勒，总计致死11人，并将尸体用平板车运回家中肢解和掩埋。而关于作案动机，经过审讯人员反复讯问，他才交代了一点——报复社会。

所谓“疯狂报复社会”，算是一直比较多见的犯罪动机。但专案组方面，都觉得本次案件只此一点解释太过笼统，便提出让韩印就目前掌握的信息，深入挖掘一下于明远真实的犯罪心理。

前面韩印分析过：于明远自2008年再度作案，是因闲暇时间多了，生计无忧，欲追求享乐造成的。那么，他为什么要把伤害目标锁定在青少年男性身上呢？而这一选择，并非从那时才开始，其实远从1974年他第一次杀人未遂，就已经在遵循这一原则。也就是说，伤害青少年男性，会满足他的某种心理需求。似乎从这一固定规律中，可以捕捉到些什么。但那是什么呢？

综合以往一些案件中经常出现的心理动机来揣测，于明远之所以选择年轻同性作为目标，可能与他在童年和青春期，曾被那样的人侵犯或者侮辱过有关；当然，最大的可能性，是缘于他是一个同性恋者，由于缺乏与同性沟通和交往的能力，所以只能通过极端手段满足欲望。似乎于明远的一些背景信息也可以佐证这后一种猜测，比如他一辈子独身，从未有过恋爱史；再比如他初次伤人以及后来被定罪入监的杀人案件，受害者都是他当时唯一可以交流的男性，伤或者杀，也许是基于爱慕。

可就算上面两点分析有一种符合真实的心理动机，但于明远在作案中体现出来的与生俱来的杀手气质却很难解释清楚。尤其最初的两次犯案，他把作案地点选择在家里，初次还当着父母的面，也并不刻意掩饰；第二次杀人后，家属去他家中寻找，竟然发现受害者的衣物，很明显地与其母亲的头巾放在一起……似乎取人性命，在于明远的骨子里，是非常理所当然且轻而易举的行径。所以在韩印看来，他也许就是那种所谓的“天生杀人狂”吧！

可以想象，有些人对韩印的分析，同样会觉得非常笼统，认为他可以亲自审问于明远，利用攻心策略打开他的心结。但韩印很清楚地认识到，那也无济于事。

变态杀手之所以被称为“变态”，是因为他们的思维逻辑异于常人，也是正常人所无法理解的。比如“小径杀手杨树明”，你无法想象，在交代案情时，他还会提出让政府帮他父母解决房屋居住问题。再比如“吃人恶魔李宝祥”，你怎么可能想象得到，他会这样为自己的杀人行为辩解，他说：“我不是故意杀人，掐她们（受害者）脖子只是防止她们喊叫，没预见到死亡；我的手段并不残忍，因为我肢解的只是她们的尸体，已无生命和知觉，社会危害性不是极大。”由以上两个案例可见，变态杀手那种畸形的人生观和价值观，以及他们对犯罪行为的荒谬认知，是深入骨髓的，是不可能轻易被撼动的。尤其如于明远那样，无父、无母、无妻、无子、无女，可谓真正了无牵挂，这种人更愿意“把真相带入坟墓中”！

◎第六章　人形标本

有关心理动机，大可以在日后慢慢研究，眼下要回到现实当中来。

虽然于明远记忆很好，案件细节交代得也很清楚，但最终需要证据确认。法医和技术科要先清理尸骨，再进行分类，然后再提取所有失踪者直系亲属的样本做DNA比对，工作量可谓前所未有地庞大。即使所属省厅紧急调配法医人员给予协助，即使当地市局法医部门能24小时高效运转，最终结果也要等上十天半个月才能出来。

案件至此，支援小组的工作基本结束，除去在黑砖窑解救的孩子，还有5名失踪者下落不明。但目前的证据无法将5起失踪案做并案调查，支援小组也不可能长时间逗留在此地，支援部里还有很多工作等着他们去做。可是有一点令他们很纠结，就此打道回府也觉得非常遗憾。

在于明远的供述中，大学生许健的失踪跟他无关。可整个专办案件，之所以能够引起各方关注，并得以立案调查，完全是以许健的案件为契机的。若最终没有解开真相，各方面都会觉得无法释怀，案件也谈不上真正完结。由此支援小组考虑再三，成员经过讨论，再加之当地警方极力挽留，经上级批准，支援小组得以再停留几日。

缺乏有效线索指引，那便只能广泛撒网。支援小组希望专案组能对当地各县市区以及乡镇近几年发生的失踪案件加以统计，再逐一排除，找出许健失踪的最大一种可能性。

据相关统计表明，该地区已破获的失踪案主要有这么几种动因：首先，是一些非法传销组织强行拐带受害人，目的是勒索其家人，或通过洗脑迷惑受害人骗取钱物，而许健被掳走时身无分文，并且这么长时间以来并未有索要钱财的电话打到他父母那里，所以该动因可以排除。其次，便是前面提到的黑中介绑架受害人，将其转卖到黑砖窑做苦力的恶劣行径，不过自记者宋吉良冒死卧底获得第一手资料之后，当地公安部门不但及时捣毁其指证的黑砖窑，并抽调一部分警力对隐身在该地区周边偏僻乡镇的黑砖窑进行集中打击，解救的劳工当中目前还未有与连环失踪案有关的信息。最后，由于我国南方地区某些富裕人家出于迷信心态，在家人死后不愿按国家殡葬管理条例将其火葬，所以催生了倒卖尸体、偷梁换柱、顶替真身火化的隐秘交易。其中，有些人家是通过个别丧尽天良的殡仪馆工作人员买卖尸体，有的则是从一些专门从事杀人卖尸的犯罪集团手中购得。而距蒲宁镇不远的一个乡镇，就曾发生过一起团伙杀害当地村民倒卖尸体的案例。支援小组认为，许健的失踪也许就和这样一种动因有关。鉴于此种案例的犯罪团伙大多是流窜作案，所以眼下支援小组正积极地与该地区周边省市联系，希望能够找到近段时间发生的相似案例，从中找到切入点。

另外，关于杜英雄车祸的调查，眼下还未有大的进展。从轮胎的刹车印迹判断，肇事车应该是一辆中型货车，并且可以肯定车辆有一定程度的损毁，交警部门正积极在附近乡镇以及车辆修配厂进行走访，希望能够找到肇事车辆。不过车祸发生路段不仅是当地乡镇进入市区的路径，也是周边省市出入该市的路径之一，所以若是后者，恐怕一时间很难找到车辆。

还有一个事情，让支援小组很担心。有证据表明，于明远曾用尸体训练过其所养的大狼狗，那只大狼狗很可能与他的主人一样嗜血成性。可自从那日它夺路而逃之后，便一直未见踪影，当地派出所也在尽全力寻找，但始终没有消息。韩印和顾菲菲一直悬着一颗心，生怕它会伤害到无辜村民。于是这几日晚间，两人便会带上杜英雄和艾小美在村中巡视，格外留意于明远住处附近，说不定大狼狗会偷偷潜回老窝来。为此杜英雄还特意向防疫部门借了一支麻醉枪，见到大狼狗绝不客气，必须把它撂倒。

这天晚上10点多，几个人照例巡视到于明远的宅院附近。隔着很远，便听到院中传出“哼哧哼哧”的声音，再走近点又听到一些撕扯和拖行物体的响动。众人快步走到院门前，发现院门上的大铁锁还挂在上面，但两道木门中间被硬生生拱出一道缝，地上还落着朽木残渣，韩印用手电筒顺着门缝往里面这么一照，正是那条大狼狗立在院中。听到响动，大狼狗身子打了个激灵，墨蓝色的眼睛里闪着凶光，警惕地望向手电光束，它口中赫然叼着一截人腿。

说时迟那时快，杜英雄猛地一脚踹开木门，抬手就是一枪，果真是弹无虚发，大狼狗踉跄几步，便缓缓倒在地上，嘴里还死死咬着大腿不松口。

众人进到院中，走到狼狗身前，发现不远处有一具衣衫褴褛的残尸，俯卧在地上，背部遭到不同程度的撕咬，尤其是下体，两条腿基本上被狼狗咬断，一条腿稍微还连着点皮肉，另一条腿已经完全脱离躯体，且被咬得一截一截的。

杜英雄小心翼翼地将残尸翻转过来，几支手电齐照在尸体脸上，众人看到死者为男性，面色极度苍白，肌肉萎缩明显，整个人显得极为干瘦。韩印掏出随身携带的照片进行比对，正是失踪的大学生许健。

顾菲菲蹲在尸体前，仔细打量一阵，又用手轻轻戳了戳，道：“尸体断裂处没有血液循环，血液凝固程度较高，尸温极低，有被冷冻过的迹象，估计在狼狗残尸之前，许健已经死去相当长一段时间了。”

“他是怎么死的？”韩印着急地问。

“没看到致命伤，不过从表征来看……”顾菲菲轻抿着嘴唇，痛惜地晃了晃头，说，“他有可能是被饿死的！”

“饿死的？”这太出乎众人意料了，杜英雄赶紧拿手电筒冲院子四周照照，嘴里嚷道，“难道这里还有一个密室不成？”

“瞎说什么，也不过过脑子，顾姐都说许健已经死很久了，就算于明远这里有密室，死人怎么可能自己爬出来！”艾小美白了一眼杜英雄说。

“对，小美说得是，这个问题值得咱们仔细分析一下。”韩印凝着神，说，“一个饿死的人，而且死后还被冷冻过一段时间，怎么会出现在这小院里呢？还有，是什么人，为什么要将尸体转移到这儿？他囚禁并饿死许健的动机又会是什么？”

“这案子还真是特别怪异。”顾菲菲皱了皱眉，说，“尸体四肢以及腕处都没有发现约束痕迹，许健若真是被饿死的，给我的感觉是凶手既想让他死，又不想留下任何他杀的迹象。”

“也许咱们先前的思路是正确的，也许又有杀人卖尸团伙出现，只不过这伙人要聪明和谨慎些，愿意浪费时间掩盖尸体真实来源。”杜英雄接下话说。

“未必，如果真是那样，把尸体转移到这里又怎么解释？”顾菲菲摇摇头说。

“是啊，动机太令人难以捉摸了，我有种感觉，掳走许健的凶手应该就是村里的人。”韩印顿了顿，犹疑地说，“不过这么大点的村子，哪儿能悄无声息饿死个大活人呢？”

“这个也许尸检过后能给咱们一些提示，通常被饿死的人胃里都会留下一些环境证据。”顾菲菲掏出手机，说，“还是赶紧通知专案组来收尸做尸检吧！”

大约半小时后，专案组组长带领警员赶到，顾菲菲简单介绍了情况，专案组组长用商量的语气说：“顾警官，跟你说个事。我们法医科现在的情况你也知道，所有人的精力都放在于明远的案子上，人手实在太紧了。我知道你是著名的法医，能麻烦你帮帮忙，亲自给许健做次尸检吗？”

“没问题。”顾菲菲痛快地应道。其实即使组长不发话，她也会主动要求的，她很清楚，这是并不复杂却极为关键的一次尸检。

尸体运走后，韩印等人与勘查员一道，支起照明灯在农宅里继续搜索，虽然不大可能会找到物证，但也一直持续到天亮才收队。

早晨，冯傻子冯根的母亲牛桂花，做好早饭便要到田里干农活。

丈夫失踪后杳无音信，唯一的儿子又是个傻子，养家糊口的重担必然落在她的肩上。牛桂花也是五十多岁的人了，整天忙里忙外，还要照顾傻子的穿衣吃饭，累得她实在没精力多注意傻子的活动，只是大概知道他吃饱睡足便满村子转悠找他爸。好在村里的乡亲时不时帮她留意着，傻子也不至于走丢。

今天也不知怎么了，牛桂花心里一个劲地直发慌，觉得出门前要看一眼傻儿子才安心。于是，她边吆喝着饭在锅里，起床后别忘了吃，边推开傻子睡觉屋子的门。可这一看不要紧，吓得她一屁股坐到地上，疯了一般大喊大叫起来——傻子躺在床上睡得正香，怀里搂着一个好似被剥了皮的人！

村主任和韩印等人闻讯赶来时，牛桂花正哭着劝儿子赶紧将怀里抱着的吓人玩意儿扔掉，可傻子却缩在墙边越抱越紧，嘴里小声嘟哝着："爸爸……爸爸……"

冯傻子口中的爸爸，貌似用木头刻制的人体模型，全身上下都被剥去了表皮，露出一根根棕红色的血管和肌肉组织，骨盆部位没有皮肉只剩下骨架，男性生殖器官和睾丸赫然裸露着，左手边擎着一张"脸皮"，右手则握着一把长匕首……

韩印仔细看了看，发现那其实就是传说中将真实人体通过"生物塑化"处理制成的一个人体标本。可冯傻子怎么会拥有一具人体标本呢？

◎第七章　“标本工厂”

“通过生物塑化制成的人体标本又叫‘塑化人’，其原理是采用硅橡胶、环氧树脂等活性高分子多聚物，对尸体标本中的液体和脂肪进行置换，从而形成了无味、无毒，既保持干燥又有一定韧性的人体标本。此项技术由德国纳粹后裔最先发明，后经美国人改良，技术更加成熟高效。制成的人体标本多用于世界各地巡回展览，美其名曰科普人体组织结构，其实不过是通过制造轰动效应牟取暴利而已，说白了就是打着医学启蒙的幌子，赚人尸的钱。因此他们会对标本进行各种姿态的造型，比如冯根手上的标本，造型应该就是顾组长先前提过的，模仿耶稣十二门徒之一——‘巴多罗买’的肖像。”韩印因为一次出国的机会，曾参观过所谓的“人体世界”展览，所以对这方面了解得很详细。

“鬼节夜，我和小美看到的，肯定就是这具人体标本啦！”韩印话音刚落，杜英雄瞪着眼睛，急不可耐地嚷嚷起来。接着他又凑近冯傻子，佯怒道：“那天晚上你是故意吓我的是不是？”

冯傻子不搭话，使劲搂紧怀里的标本，眼睛不时偷瞄着杜英雄，窃笑了一阵，结结巴巴地说：“和爸爸……一起打你……你是坏人……”

韩印笑了笑，从旁说：“噢，我知道了，肯定是你那次把人家踹疼了，人家记仇了，专门埋伏在村主任家路边吓唬你。”

“哟，你还一肚子心眼儿啊！你可把我吓坏了，要赔我精神损失费哦！”杜英雄板着脸，故意逗冯傻子玩。

“得了吧，别不依不饶的，你应该感谢人家才是，你出车祸还是人家报的信呢！”艾小美试探着凑近冯傻子，左右摸了摸裤兜，翻到一包口香糖，举在手上说，“你告诉姐姐，你在哪儿找到爸爸的？姐姐给你糖吃。”

冯傻子眼睛一亮，使劲点点头，放下标本腾出手，飞快夺过口香糖，打开包装纸抽出一个送进嘴里。

“记着不能咽下去啊！”艾小美叮嘱了一句。

“嚼了吐……”冯傻子嬉皮笑脸，满足地说，“我比你大……是哥哥！”

“嗯，对，冯根太聪明了，你是哥哥！”艾小美继续哄着他说，“说吧，怎么找到爸爸的？”

冯傻子点点头，使劲嚼着口香糖，一边吞咽着口水，一边指着杜英雄比画着说：“狗追他……大汽车撞……他倒……撞树……后门开了……抱回家……去大爷家报信……”

冯傻子比画着，断断续续描述着，众人先是听得一头雾水，不过仔细将冯傻子的话来回斟酌，反复梳理，韩印觉得情况有可能是这样的：冯根大晚上在村里乱溜达，恰巧目睹了车祸，肇事车辆应该是一辆载着人体标本的厢货车，厢货车先是剐蹭倒了杜英雄，接着撞到路边的树桩上，因此货厢后门被震开。要么是厢货车仓皇逃逸甩出了一具标本让冯傻子捡到了，要么就是冯傻子看到厢货车中的标本感到好奇，上去偷了一具抱回来，然后又到村主任家报信……

此种解读大家都觉得比较说得通，问题是人体标本真的就是冯根的父亲吗？这具标本又会跟大学生许健的失踪有关联吗？

先前大家判断，凶手之所以要将许健饿死，可能是想不露痕迹地倒卖尸体来顶替火化名额，那么也完全有可能将尸体倒卖到尸体加工厂，也许许健和其余四个人真正的失踪原因就是如此。可是有一点还是无法解释，为什么许健的尸体会出现在于明远家呢？

先不管许健尸体被转移的疑问，先来假设有人在杀人卖尸给尸体加工厂，当然也有可能尸体加工厂的人就是元凶或者是同伙，而尸体加工厂的厢货车又从村边的213省道经过，这样综合起来看：尸体加工厂应该就设在周边的村子或者乡镇里。如果这种假设成立，只要找到尸体加工厂，基本上案子就破了。那接下来，一方面，要让专案组向工商部门查询本地区是否存在制作人体标本的工厂；另一方面，对原本并未作为重点寻查的车祸肇事车辆，要立即重视起来，当然最好是许健的尸检能提供一些有效的环境指引……

说什么来什么，就在众人七嘴八舌讨论之时，顾菲菲打来电话，通报许健的尸检结果：先前的判断完全正确，由于长时间空腹蠕动，许健的胃黏膜极薄，属重度营养不良导致多器官功能衰竭死亡，也就是说他确实是被饿死的。解剖其胃部，发现多根狗毛，经技术鉴定，不属于同一种狗。

顾菲菲在电话里喜不自禁，众人也大为激动——方位偏僻、可以遮人耳目囚禁一个大活人，再加上“狗毛”的证据指引，养狗场的经营人黄氏兄弟，具有重大作案嫌疑。

专案组火速赶到鑫成村，与支援小组会合，数辆警车风驰电掣般赶往养狗场。

为避免黄氏兄弟狗急跳墙放出狼狗负隅顽抗，专案组先派一名便衣侦查员佯装买狗前去敲门，待黄氏兄弟中的老大黄炳成大大咧咧打开大铁门时，才发现门外是一群荷枪实弹的警察。

霎时间，黄炳成身子一震，下意识欲转身逃跑，组长举着枪，沉声威严道：“你最好老实点，否则我们可以省去对你在法庭上的审判了！你兄弟在哪儿？”

“在……在那屋睡觉呢！”黄炳成身子定在原地，一动不敢动，指着身后一间平房说道。

未等组长发话，杜英雄带着两名侦查员快步冲进屋内，不大一会儿，便将还在睡梦中迷迷糊糊的黄家老二黄炳耀从床上硬生生拖拽出屋来。那黄炳耀冷不丁没辨明情况，甩着膀子，皱眉瞪眼正想破口大骂，便感觉脑门上抵着一支冰冷的枪。他即刻认清了哥俩当下的处境，双手抱头，老老实实蹲在地上。

“该你们了，先从仓库和他俩睡觉的地方开始，重点找一下冰柜！”顾菲菲对身边的勘查员发令道。

警员们立刻各司其职，很快便在一间存放狗粮的仓库里发现一台长条大冰柜。经缜密勘查，发现冰柜内壁集结的一处细冰碴中，冻着一小块灰色碎布，现场鉴别应该是衬衫的一角，而大学生许健失踪时正是身穿一件灰色短袖衬衫。情况很明显，尸体肯定在这台冰柜中冷冻过，由于是一台旧冰柜，可能上面的柜门有些透气，或者总有人来回开关，导致冰柜内壁集结了很多冰碴，恰巧冻住许健衬衫的一角。在黄氏兄弟将许健从冰柜中转移出来的时候，没太注意这一细节，衬衫被撕碎了，冻住的一角便裹在冰碴中。

真是天网恢恢，疏而不漏，就是这小小一块碎布，让恶魔现了形。当然这只是第一步，更重要的还是要找到囚禁许健的地方。面对眼前证物袋中的那一小块碎布，黄氏兄弟明白大势已去，只好乖乖指认了囚禁之所。

那是大院围墙西侧紧挨着的两间红砖房，房子都只有一扇木门，没有窗户，其中一间敞着门，另一间则紧闭着。房子外围用铁丝栅栏圈出一块空间，几只大狼狗正在栅栏里和敞着门的那间养狗房中蹿来蹿去。不用问，紧闭房门的那间，便是囚禁受害人之所。

专案组让黄氏兄弟将狼狗都赶到狗房里，警告他们不要怀有侥幸心理，若是敢耍花招放出狼狗，警方绝对不会客气。不过这只是恐吓他俩而已，谁也不想看到那种情况发生，毕竟狗也是一条生命。

黄氏兄弟老老实实按照组长说的，将狼狗都赶到狗房里，拿出钥匙将旁边狗房上的门锁打开。

众警员进到房间，见屋子有八九平方米，空气中弥漫着一股刺鼻的臊臭味，四周墙上都钉着厚厚的用来隔音的海绵，屋子墙角边摆着一个大狗笼，想必受害人就是被关在那里活活饿死的。狗笼呈四方形，左右高矮不过一米五，成年人关在里面只能一直弓着身子坐着——炎热高温下，屋门紧闭，臭味扑鼻，黑漆漆的空间里，受害人蜷在狗笼里饥肠辘辘，叫天天不应，叫地地不灵，即使有轻微的求救声音传到外面，也会被狼狗的狂吠淹没，直到停止呼吸。想着这样的场景，在场警员愤恨难抑，恨不得立马就毙了黄氏哥俩。

随后，勘查员在狗笼周边提取到大量毛发和干巴的粪便，还有数枚指纹，以及可能来自某个受害人自残时留下的血迹；在养狗场院中停放的面包车里，发现一把大砍刀、数米绳索……

刑警队审讯室。

黄氏兄弟承认，包括许健还有另外一女三男总共5名蒲宁镇村民，都是被他二人所害，并详细交代了作案动机以及整个作案过程。

大概两年前，有一名操着外地口音自称姓姜的老板，在黄氏兄弟经营的养狗场陆续买了4条狼狗幼崽，说是他在外村新建了个工厂，要把小狼狗养大好看厂护院。自此，那姜老板经常向哥俩请教养狗的方法，有狼狗生病了也拉回养狗场让他们帮着诊治。这么一来二去，彼此就熟络起来，闲暇时还在一起喝过几次酒。

今年3月，黄氏兄弟在市区办事碰巧遇见姜老板，三人便找了家酒店喝酒。问起最近生意如何，姜老板愁容满面，但不愿多说，后来喝醉了，把持不住，开始大倒苦水。黄氏兄弟这才晓得，这姜老板和外国人共同开办了一家生物科技公司，是做尸体加工生意的。由于当时媒体开始关注在国内开设的“尸体工厂”，大量报道工厂以亵渎人性尊严牟取高额利润的丑陋行径，且存在严重的尸体来源不清的问题，有关部门高度重视，严令彻查工厂的尸源，以至姜老板大部分的供尸渠道都不敢再进行交易。要命的是，姜老板的公司已经与国外一家著名展览公司签订了巨额合同，必须在10月份交付40具人体标本进行展出。可那时他还差十多具标本，也不知道啥时候风头能过，可把姜老板愁坏了。

可谓“说者无心，听者有意”，姜老板是借着酒劲发泄郁闷，可黄氏哥俩却有了算计。这哥俩原先是做长途运输的，后来有了一定资本，嫌长年省内省外出车辛苦，便把车卖了办起养狗场。可自打干上养狗这一行，也许是枯燥的原因，两人便染上赌博的恶习，直至他俩与姜老板喝酒的时候，已是债台高筑，正想着做点生意捞点外快，哪怕是偏门也无妨。没想到一顿酒，姜老板就把生意送上门了。两人回到狗场一合计，觉得“杀人卖尸”是个不错的生意，随后便开始筹划。

哥俩考虑事情还算周全，听说对尸体进行解剖加工的都是一些老外医学专家，担心会被看出“他杀痕迹”，所以考虑来考虑去，决定先把绑来的人囚禁在狗笼里活活饿死，然后再出手。为此他们还特意买了台二手冰柜，将尸体冰上几天再送出去，对姜老板谎称他们认识收容站和医院太平间的人，可以把一些无人认领的流浪者的尸体偷运出来转卖，由此拉开杀人卖尸的序幕。

他们在本年四五两个月先后害死4人，将尸体卖与姜老板，获利20万元。后在8月份的一个中午，又因为偶然的机会绑架了许健，在将其饿死后，准备再次倒卖之时，姜老板先是不接二人电话，好容易接听又表示自己人在国外出差，这次的生意就不做了。哥俩只好让尸体在冰柜里冻着，前天实在忍不住了，干脆拉上尸体直接找上门。姜老板先是表示工厂尸源已经足够，以后不会再做这种生意。后来被哥俩逼急了，姜老板才告诉他们，前几天夜里，工厂的车运送标本到码头时出了车祸，丢了一具标本，担心由此引发当地有关部门追查，所以工厂暂时先关闭，等风头过了再说。不仅如此，姜老板话里话外还旁敲侧击，询问尸体的真正来源。

黄氏哥俩顿时明白了，连环失踪案在当地引起震动，甚至专家都来参与侦破，姜老板当然也听到消息了，他开始怀疑尸体与失踪案有关了！这是要卸磨杀驴啊，哥俩心里这个恨啊，可又不敢把事情闹大，只好哑巴吃黄连，把尸体拉回来。哥俩都明白，这种买卖是不能再做了，当下要先把许健的尸体处理掉。哥俩本想拉回狗场，将尸体肢解了喂狗，可终究没那个胆子，后来商量一番，干脆扔到于明远家算了。于明远被抓，他们听说了，想着把尸体扔到他家院里，就算不能嫁祸给他，警方也肯定不会将尸体与哥俩联系到一块儿，不过他们没想到，这却是一个致命的昏招……

下午4点左右，靠山村。

靠山村与鑫成村相邻，村子南部一座方圆数百米没有人家的山坡下，孤零零矗立着一栋二层灰白水泥小楼。楼房四周筑着3米高的围墙，上面拉着铁丝网还插满碎玻璃碴，正面两扇大铁门紧闭，一侧门垛上挂着脏兮兮的招牌，标明这是一家瓷器厂。当然招牌只是掩人耳目而已，据黄氏兄弟交代，这家工厂就是所谓的“尸体工厂”。

专案组事先向工商部门查询过，得知省内尚未批准任何一家企业有资质从事加工和经营人体标本业务，所以这家工厂不仅存在违法买卖尸体的行径，还是一家地下黑工厂。专案组抽调市刑警队大部分警力，将整个工厂团团包围。

进入工厂大院，首先进入警方视线的，便是停放在院中的一辆白色冷藏厢柜车，右侧车头有明显的修补痕迹，不用多说，这肯定就是当日撞倒杜英雄的车。

与此同时，闻声从楼房中迎出一位顶着地中海式秃头的老外和一个瘦高个中国人。闻听瘦高个就是厂子的中方出资人姜老板，那外国人是他的外方合伙人，专案组组长向他们出示了相关证件，并宣读了对其工厂采取查封、强制传唤二人的暂时处理通告。

随后警方进入工厂楼内，看到一层是尸体加工车间和办公区域；二层则是通透的，没有隔断，整个就是一个大的展示厅，里面摆着几十具姿态怪异的人体标本。

所谓“逝者为尊”“逝者为安”，是对人类生命的尊重，无论生前做过什么，当一个人失去生命的时候，都应该保有足够的尊严。没有人会愿意让自己的躯体成为投机商人手中牟利的工具，更不会愿意成为猎奇者眼中的宠物。何况为了吸引眼球，追求利益最大化，有些人尸则被定做成匪夷所思的惊悚姿态。

望着眼前这一切，众警员心情颇为复杂，并不单单是恐惧和惊诧，内心更多的是一种愤怒。就如人体标本在英国展出，被一位民众手持铁锤打翻在地时说的那样——这是对人类的公然“猥亵”！

◎尾声

姜老板最终配合地交出已经被制成标本的蒲宁镇失踪者，姜老板也承认当日撞伤杜英雄的车辆正是厂里的车，由于车上装着标本，工厂又系违法经营，所以便逃逸了。直到回到工厂，才发现厢货车后车门被震开，少了一具标本。事后经法医部门证明，那具丢失的标本，确系冯根的父亲。

姜老板表示愿意为肇事逃逸负责，不过他的麻烦远未终止，除去从黄氏兄弟手中购买尸体的违法行为，其他购买渠道也存在严重违法问题，有关部门正逐一彻查，他也将为此负法律责任。而且由于尸体加工已超出其企业在工商注册的经营范围，不但工厂被工商部门责令关门，他和他的外国合伙人还要面临巨额的处罚金……

踏上返程的路途，韩印第一次感觉心力交瘁。杀人享乐、杀人谋财、猥亵人尸，这种种丧心病狂的行径，折射出的是人性的冷酷和堕落，人类的爱、信仰、理想，在那些人身上变得毫无价值，被随意地抛弃和出卖！

韩印不知道总是不断地面对这些人性的阴暗面，自己的人生会走到何方。他必须承认，此时内心那种无法言说的无力感，让他万分沮丧，可他仍然坚信一点，那就是正义必将战胜邪恶！

未来，他一定还会出现在这条与恶魔搏斗的战线上，他要把他们一个个都关进监狱。当然还有一些人，他们游走于法律边缘，做着无耻的勾当，不仅没有得到应有的惩罚，反而混得风生水起、名利双收。相信随着法律逐渐完善，他们总有一天会沦为阶下囚。但是现在，就先诅咒他们早日下地狱吧，因为恶魔只配待在地狱中！

我的痛苦恒久而深切，我不希望世界为任何人变得更好，实际上，我要将我的痛苦加诸别人的身上，我不希望谁能幸免……

——《美国精神病人》

◎楔子

幽暗的房间，烟雾腾腾，荧光忽闪忽暗。

角落里，男人细瘦的身子窝在松软的沙发中，旁边红木茶几上摆着红酒、八角酒杯，还有一支未熄灭的雪茄。男人时而端起酒杯轻啜，时而又捏起雪茄缓缓抽上几口，贪婪的目光紧紧盯着液晶电视屏幕。

电视画面中，一个赤身裸体的女子，躺在一张“屠宰长凳”上，火辣丰盈的身子软塌塌的，没有一丝生气。在她身旁，站着手持长刀的男人，与透着阴森之气的长刀相反，男人满眼都是温柔，他注视着女人的脸庞，似有万般不舍。少顷，他俯下身子靠近女人双唇，轻轻地吻了下去。

久久的一个吻，犹如最后的诀别——果然，男人直起身子，深深吸了一口气，脸上迸发出兴奋的神采，他迫不及待地将一只手伸向女人的胸部，颤抖着握住了一边的乳房，随即挥动另一手臂，手起刀落……

画面晃动了一阵之后又平稳下来，摄像镜头聚焦在煤气灶上的煎锅上。蓝色的火苗噌噌蹿起，煎锅里的油渐渐发出噼里啪啦的响声，男人端起白色盘子，将盘中带着血水的某样东西倒入锅中。许是油温过高，一入锅那盘中物便顿时烧焦成一团，男人赶紧用锅铲翻动两下，随即便将黑乎乎的一团盛到盘中。

画面再次晃动几下，男人坐到一张经过精心布置，用鲜花和蜡烛点缀的餐桌旁，他拿起一瓶红酒，缓缓倒入手边的勃艮第杯中，接着又拿起餐刀将盘中“美味”切成几块，用叉子叉起一块放到嘴里。他闭上眼睛，慢慢咀嚼着，享受着他期盼已久的一顿盛宴……

窝在沙发中的男人，观赏着自己的表演，呼吸越发急促，他忍不住一手撩开裤带，一手摸索到裆部，使劲揉搓起来……

◎第一章　“蛙人”打捞

刑事侦查总局，重案支援部。

每一次的出发，目标自然是触目惊心的罪恶。看惯了癫狂与凶残，经历过无数起挑战人性极限的犯罪，如今的顾菲菲自认为很少有案子能令她有惊悚之感，但当她看到吴老师递上的案件卷宗时，竟一时间后脊梁冒出阵阵寒气。

案发一沿海城市，有外地游客在一淡水湖边游玩时，不慎落水身亡。随后警方组织“蛙人”打捞尸体，竟意外捞出两个大编织袋，让人难以想象的是，两个袋子中各装有一颗人类头颅以及大量骸骨。经法医鉴别，碎尸来自两名女性，比对分尸痕迹和抛尸手法，可以认定为同一犯罪嫌疑人所为。由于未打捞到衣物和相关证件，且头颅均有不同程度的腐烂，故目前两人身份仍未确定。不过法医在多块骸骨上发现有明显的牙齿咬痕，经谨慎辨别，确认为人类牙齿所留，且骨头边缘存有煎炸过的迹象，所以当地警方怀疑，这也许是一起连环杀人食肉案件……

缓缓合上卷宗，顾菲菲眉头紧蹙，陷入沉默，而坐在对面的吴国庆，同样也皱着眉头默默无语，两人好像沉浸在相似的情绪之中。静默了好一阵子，顾菲菲才开口说道：“吴老师，我一直都自认为内心足够强大，但现在总是面对这些疯狂的案子，我真的不知道自己还能坚持多久！”

“我懂你的意思，令你恐惧的并不是某个案件，而是人性的扭曲和蜕变！”吴国庆点点头，感同身受地叹道，“可是总要有人面对这样不光彩的一面，总要有人负责扫除社会的污垢，才不会让阴霾的沉积毁掉生活的美好。”吴国庆顿了顿，冲顾菲菲温和地一笑，继续说：“我知道你只是说说而已，以我对你的了解，即使所有人都选择放弃警察这份职业，你也是最后一个离开的。”

“是啊，我只是徒生感慨罢了。”顾菲菲叹了口气，表情变得坚毅起来，“就算我真的想甩手不做，那也要等罪犯都死绝了之后！”

“不多说了，去吧，案情紧急，下边还等着你做尸检指导呢！”吴国庆一脸正色地说。

“好，我让那俩孩子准备下，然后就走。”顾菲菲说罢，转身离开吴国庆的办公室。

云海市，地处东部沿海，四季分明，此时正值10月中旬，秋意绵绵，气候不冷不热，空气也格外舒爽宜人。

不过对支援小组来说，可没有心情享受这样的好时节。他们到达云海，与当地警方做过相关沟通之后，便马不停蹄分工展开工作。

稍晚些时候抵达的韩印，与杜英雄一道，随云海市刑警队队长高进来到位于市区边缘的一个自然生态景区。景区内山峦高低起伏、错落有致，各种繁茂的植被透露着旖旎的绿意。一座名为“南山湖”的淡水湖，在夕阳余晖的泼洒下，显得极为恬淡惬意，只可惜如今它亦是一个抛尸现场。

“两具尸骨大致就是在那个方位被发现的，彼此之间相距不远，由于湖边经常有游客走动，周边的环境遭到破坏，先前的现场勘查未有任何收获。”高进站在湖边，一手夹着香烟，一手指着湖中的方位说。大概心里觉得此行纯属多此一举，白白浪费时间，语气中多少有些不耐烦：“具体情况，我们上报到刑侦局的卷宗上记载得很详细，你们应该已经了解过了，我就不多介绍了！”

“辛苦！”韩印未理会高进的懈怠，客气地冲他笑笑，接着便把视线转向湖面，悠悠地说，“这湖边景色真是不错！”

“是啊！如果不亲自来一趟，怎么可能感受得到呢！”杜英雄年轻气盛，自然没有韩印的好修养，对于高进的态度，心里很是不服气，他语带讥诮地接下话，实质上是想告诉高进实地考察现场的重要性，“凶手选择在这里抛尸，应该有他的用意吧。”

“你有什么感受？”韩印扭头冲杜英雄问道。

“也许……从凶手的角度来说，这里是受害者完美的归宿。”杜英雄稍微想了想，找到了一个合适的形容词，“是‘爱’，好像带有些爱的意味！”

“有点意思！”韩印玩味着杜英雄的话，赞许道。

“那您怎么看？”杜英雄没有飘飘然，谦虚地问。

“凶手抛尸使用的是塑料编织袋，袋内除了装有尸骨，还填有海绵和石块，表明凶手有比较成熟的阅历和不错的智商水平；且两次都选择于湖泊抛尸，其主要目的很明显是掩盖尸体和销毁证据，这进一步表明，凶手是一个头脑清醒、有组织力的人。

“通常来说，有组织力的凶手实际所处方位会远离抛尸地，但‘湖泊’是一个特定的能够完美掩饰和销毁证据之所。而且我注意到，两起抛尸方位距离相当接近，如果这是刻意所为，也许表明凶手会时常来此重温记忆，所以第一作案现场，应该不会距离这里很远！”

韩印说完上面一番话，转过身子，背向南山湖，仰起头，将目光投向远处……

几百米外是一条灰白色的公路，这一侧风景秀美，恍若梦境中的世外桃源，另一侧则瞬间穿越到充斥着人工商业气息的繁华都市，各种风格迥异的建筑林立，布局相当庞大，一直延伸出视线所及，不用问，那一定是地产精英们的杰作。背靠郊区自然风景区，打着“环保多氧”的旗号，发展住宅楼盘和商业项目，似乎是近年来一些城市的风潮。在地产商获取暴利的同时，也直接导致每个城市的绿色地界越来越少，自然环境遭到极大破坏。

“噢，那边是市政府近年来着力打造的‘科技生态城’，里面包括星级酒店、旅游度假村、学校、医院、中高档住宅区、豪华别墅区等，各种生活和商业配套设施一应俱全。同时，生态城中很大一部分土地被规划成‘科技园’，作为省级高新技术和现代服务技术的产业基地，目前已有数百家创新型和环保型企业进驻园中。”高进循着韩印的视线适时介绍道，紧跟着又诧异地问道，“凶手会住得这么近吗？难道你觉得他会住在那边的小区里？”

“为什么不可以呢？”韩印意味深长地笑道。

云海市公安局，法医科解剖室。

由南山湖中打捞出的尸骨，已经拼凑成两具人形，分别摆在两边的解剖台上。其中一具，头颅呈高度腐烂状态，软组织也基本液化，大部分躯干都已露出白骨；而另一具，腐败程度相对较轻，容貌大致能够看清，面部和下颌部留有锐器切口，躯干上也留有一个Y字形缝痕，显然当地法医已经做过相应检验。经验丰富的顾菲菲能够看出，该受害者头面上的锐器切口并非凶手造成的，而是法医用于释放腐败胀气以图恢复死者容貌所致。当然，这是由于最初发现这具尸体时，死者的面部和躯干都鼓鼓的，充满胀气，犹如一个庞然大物，也就是法医学上称为“腐败巨人观”的现象。不过要最大限度地恢复受害者容貌，只排除腐气是不够的，之后还要将青绿色硫化血红蛋白充分洗去，再以浓升汞酒精液浸泡12小时以上方可。

另外，从尸骨组成来看，凶手将尸体主要肢解成这样几大部分：头颅，大腿根以上躯干，双乳，四肢，手掌和脚掌。目前未发现两名受害者的双乳，臀部区域也有皮肉缺失，四肢则完全呈白骨化，并被锯成若干段，上面残留着被猛火烧焦或烤焦的痕迹。由此判断：凶手主要吃掉了受害者的乳房、臀部以及四肢上的肌肉。

案件主检是一名李姓女法医，从外貌上看要年长顾菲菲不少。她留着齐肩短发，鼻梁上架着度数很深的近视镜，镜片背后是一双布满血丝透着深深疲惫的双眸，看起来她应该已经连续工作很长时间了。

李法医站在两张解剖台中间，轻咳一声，嗓音沙哑地介绍说："由牙齿以及耻骨联合面特征判断，两名死者年龄相仿，都在23岁至26岁之间，身材高挑，都在一米七以上。综合环境、气候因素，考虑到水下尸体腐烂速度相比陆地较慢等，就目前尸状看，我左手边台子上的应该在水下浸泡了一个半月左右，属凶手首次抛尸，而右边的只有一周左右。当然，受害者的死亡时间恐怕还要再推远一些，凶手既然是连同吃过肉的骨头与其他尸骨一同抛出，便表明尸体曾经被存储过一段时间，所以我大致推测：首名受害者差不多死在两个月之前，应该在8月中旬左右，最近这名受害者则大概死于9月底。"

李法医说到这儿，特意停顿下来，用征询的目光望向顾菲菲。想来她对顾菲菲在法医圈内的名号早有耳闻，所以虽然年长，但仍摆出一副谦虚的姿态。

其实，在李法医介绍的同时，顾菲菲也没闲着，视线一直停留在两具尸骨的残骸上。时而拿起某块组织凑到眼前端详，时而又拿起X线扫描照片插到灯箱上反复审视，甚至还拿起摆在解剖台边上的手术刀，利落地割开第二受害者躯干上的Y字形缝合线，对着裸露出来的内脏器官仔细观察。当她感受到李法医的声音停顿下来时，头不抬眼不瞅，继续着自己的动作，冷冷地说："继续说。"

顾菲菲如此回应，李法医脸色自然不会好看，站在一边的艾小美很是过意不去，赶忙对李法医露出一脸笑容，打着圆场说："您说，您请继续说，我们听着呢！"

李法医皱皱眉，苦笑一下，刚要张嘴，未料顾菲菲突然把话头接过去，径自说道："从切创上看，属死后分尸，分尸工具应该来自一把电锯。除此之外，尸表未发现锐器伤，颅外未发现钝器伤和出血状况，尸表和内脏器官未表现出窒息死亡的症状，也未见有大的损伤，只是有一点轻微淤血。如果不出意外的话，很像是巴比妥或者苯二氮䓬类药物致死案例……"

顾菲菲话还未完，李法医已忍不住使劲点头，一脸钦佩地说："对，判断很准确，我们提取两名死者的肝脏和肾脏组织做毒理检测，均发现20毫克以上的'三唑仑'残留，所以怀疑她们是被凶手骗服或者强迫服用'三唑仑'过量致死的。"

"'三唑仑'应该是处方药吧！有没有可能追踪来源找到线索？"艾小美插话问。

李法医无奈地摇头，说："队里正在追查，不过估计希望不大，现在从许多黑诊所和小药店，还有网络上都能买到这种药。"

李法医停顿下来，顾菲菲接着刚刚被打断的话说："受害者腕上未见绑痕，也未有皮外伤，看来自始至终她们都没有机会反抗；下体有一定损伤，应是被强奸征象，但发生在受害者死后。"

见李法医频频点头，顾菲菲接着问道："两名受害者身份追查到什么程度了？"

"在失踪报案中未查到相符合案例，队里已经在报纸上刊登寻找尸源启事，现在还未有回应。不过她们失踪这么多天，都未有家属报案，估计不是本市人，很可能是外地游客，或者是外来打工人员，这范围就太大了。尤其是首名受害者面部腐蚀无法辨认，我正准备联系专业人士对其做容貌复原……"

"你不必操心了，接下来的工作我来做，我带来了最新的三维颅相重构系统，只需通过网络，远程连接到刑侦局犯罪研究所的数据库就可以了。"顾菲菲打断李法医的话，又抬头面无表情地瞅了她一眼，淡淡地说，"你先回去调整一下吧，有需要我会找你的。"

"那好吧。"李法医怔了怔，犹疑地脱掉乳胶手套，似乎有些不解其意，难不成顾菲菲是嫌弃自己能力太差，不愿一起共事？

正暗自不忿地揣测，便听艾小美柔声说："李法医，我们顾组的意思是，见您太辛苦了，想让您回去好好休息一下。"

闻言，李法医舒展眉头，谦逊道："有什么工作要我帮忙，随时给我打电话吧！"

顾菲菲的视线停留在解剖台上，扬扬手表示知道了，一旁的艾小美实在看不下去了，等李法医走出解剖室，忍不住吐槽道："顾姐，你说你明明是好意，偏要摆出一副咄咄逼人的臭脸，怪不得人家总是误会你，其实你心地真的很好……"

"闭嘴吧，又给你脸了是吧！"

◎第二章　食肉心理

由于线索实在有限，尤其是受害者身份无法确认，案件侦破工作难以有效展开。吃晚饭时顾菲菲与韩印沟通了一下，希望他能就目前掌握的资料，先做出一份粗略的罪犯侧写报告，不管是针对犯罪人还是两名受害者，能将范围缩小多少是多少。于是晚餐后韩印回到宾馆房间，便开始着手起草报告。

总结以往出现的因畸变心理杀人食肉案例，大致可以分为三种类型：第一种，是认为食人肉和内脏器官可以滋补身体的，比如韩国头号变态杀人狂柳永哲，他在法庭上坦白，认为食人肉可以提神，所以曾吃掉四名受害人的内脏；第二种，是具有虐待狂心理的，比如被称为俄国“红色开膛手”的安德烈·奇卡缇洛，他声称受害人痛苦的喘息声能够更加激发他的性欲，以至他会咬下受害人的舌头吞到肚子里；第三种，是追求控制权力的，比如德国食人恶魔阿明·迈韦斯，他自幼生活在单亲家庭中，母亲性格强势暴躁，控制欲极强，造成其性格软弱自卑、缺乏主见，同时又由于生活中缺乏男性榜样，造成其性别偏中性化，并极度缺乏安全感。心理压抑对母亲的抵触，又极其渴望父爱，致使他对同性产生爱恋，并最终吃掉一名男性。值得注意的是，阿明·迈韦斯是选择在该名男性尚存有一定意识之时割掉其部分肉体进食的，从这一点来说，他同时也具有虐待狂的特征。总结来说：第一种类型属于幻觉和妄想型犯罪，第二种和第三种属于性犯罪。

以往的谋杀案中，凶手选择镇静类催眠药物致死的方式极为少见，虽然从丧失意识的角度来说，“三唑仑”具有吸收迅速、起效快、作用强等特点，但致死过程要相对漫长许多，甚至可能还需要在酒精的助力下才可以完全致死。不过这也许正是本案凶手所需要的，他应该非常享受女性尚存一定意识但可以任他摆布的局面。不过即使这样，他却仍然选择在受害人完全死亡之后，才切割肉体进食以及奸尸，则充分显现出他极度的自卑感和恋尸癖好，当然这毫无疑问属于性犯罪的范畴。

从理论上说，女性释放性压抑的方式和渠道相对较多，且性欲表现大多是被动性的、接受性的，所以由性动机导致暴力犯罪的女性连环杀手非常罕见；况且本案中凶手分尸和抛尸的老辣手法以及阅历和气力，都非一名女性所能及。由以上分析不难总结，凶手是一名男性，其杀人食肉是为了追求控制感来获取性满足，也就是说，他与阿明·迈韦斯同样是一个控制狂。不过与阿明·迈韦斯不同的是，本案凶手没有体现出虐待特征，而更多的是体现出一种“占有”心理，当然从他的角度来说，那是一种“爱”的表现。整个犯罪过程，其实就是追求一种永不失落的爱——吃掉她们，他和她们便融于一体，永远不会分离了！

另外，从案情特征来推测，凶手两次选择同一地点抛尸是经过充分预谋的，符合“地理稳定型”杀手的特征。不过，凶手烹食人肉的行径，加之抛尸时让受害者赤身裸体，并有隐藏遗物的举动，这一系列行为特征，又与“地理移动型”杀手特征相符。所以，如果从地理学的犯罪侧写角度分析，本案凶手属于介于上面两种连环杀手类型之间的混合体。那么综合起来考量，韩印认为凶手背景特征可能如下：

男性，单身，未有过婚史，年龄和阅历处于成熟阶段，受过良好的教育，从事偏技术类工种。其选择的杀人方式，除了映射出他寻求控制的欲望，同时也可能与其身材弱小或者身体患有某种残疾有关（通常投毒案凶手多见于女性）。这也因此造成他过度自卑的心理和内向的性格，尤其缺乏与女性交往的能力，致使其成长过程中缺少女性角色的存在和关爱。甚至由于外在原因，他可能经常被自己的母亲忽视。他也许自幼与母亲分离，又或者和母亲生活在一起，但母子关系很紧张。他外在的表现会给人平和谦卑的感觉，但内心极度孤独和压抑，具有不为人知的双重性格。

凶手应该系独居，抛尸地与其住处相距不会太远，因为他需要时刻感受“爱人们”的存在，同时也便于他光顾抛尸地重温快感。

凶手对受害者的选择不是随机的，一定经过精心挑选，可以肯定的是两名受害者的某种特质吸引了他，而他与受害者先前并不相识，或者只是偶尔有过接触，但不会有利益交集……

这个夜晚，顾菲菲同样也在通宵达旦地紧张鏖战，以期通过尸体证据来缩小受害者的排查范围。

首先，她要对首名受害者进行容貌复原。程序大致是这样的：先用CT机全方位扫描受害者的颅骨，将得出的扫描图像和数据输入颅相重构系统中；接着通过专业软件计算出颅骨面部软组织厚度、获取人种与骨龄数据；然后再向三维颅骨上添加骨龄特征以及肌肉和血管等软组织；最后在刚刚制作出的面部雏形上，构建面部表情以及修饰五官，最终便得出一个接近于受害者的容貌。当然，该项技术背后，有一个集合国内56个民族五官特征的强大数据库在支撑。

这项工作用了两个多小时，当顾菲菲拿到受害者容貌复原照片时，她相信与受害者的真实面容，起码有70%的相似度。

正如先前李法医所分析的，两名受害者失踪多日，仍未见相关报案，估计她们都不是本地人，所以容貌复原只是第一步。接下来还是要在尸体上下功夫，寻找突破口。幸运的是，目前可以采集到两名受害者的头发。

在法医学上，头发是非常重要的物证，它能够忠实记录每一个人的生命信息，这种信息可以储存数月甚至数年，即便头发脱离身体，信息依然会被保留。所以通过检测头发储存的信息，便可以推断一个人的饮食习惯和居住环境等各种因素。比如头发中85%的氢氧同位素变化是由当地饮用水所决定的，那么分析头发长度和生长时间，就能判断研究对象近几周甚至近几年的居住地……

通过质谱分析，将近天明时，顾菲菲获得了一组信息：两名受害者头发中都含有大量乙醇和甲醇，同时在头发中也检测到乙酸乙酯、丙酸乙酯、丁酸乙酯等酯类化合物以及苯胺类化合物等。

乙醇和甲醇是工业酒精的主要成分，酯类化合物为酒类香精的主要成分，而苯胺类化合物是人工合成色素的主要原料，所以这看似繁多的化合物，其实就是一个东西——假洋酒。

关于生产销售假洋酒事件，国内媒体曾多次做过相关报道：某些无良商人，在利益的驱使下，以工业酒精、香精以及色素勾兑出劣质酒，冒充品牌洋酒向娱乐场所出售。这种事件，在国内各省区市都有出现，屡禁不止，因此顾菲菲推测，两名受害者生前应该经常混迹于本地的酒吧和夜总会等娱乐场所。

随后，韩印和顾菲菲碰了碰各自的分析结果，顾菲菲指出受害者应该频繁出没于各种娱乐场所，而韩印则指出凶手是没有能力在这些场所交往到心仪对象的。综合考量：如果女孩愿意跟凶手走，只能是金钱的作用，也就是说，两名受害者很可能是娱乐场所的陪酒小姐。

就支援小组指出的受害者背景范围，云海市公安局立即进行相关部署，全市各分局、派出所，对辖区内有过从事色情服务前科的酒吧和夜总会展开大规模排查行动，几天之后两名受害者身份终于得以确认。如支援小组分析的那样，两名受害者确系外地人，遇害前分别在夜总会和KTV练歌城从事陪酒服务。

警方查封了夜总会和KTV练歌城，控制了两家娱乐场所的老板以及服务人员。他们仔细回忆后交代：两名受害者均提供“坐台”和“出台”服务，分别于本年8月19日和9月25日晚间离开夜总会和练歌城后便再未出现。相同的是，两人都是在上班期间突然向老板请假，表示要去见一个重要朋友便提前早退的。查询二人通话记录，最后一次通话来自两个不同的号码，两个号码都只有一次通话记录，不难判断凶手是购买了一次性手机卡拨打的。

就以上信息，警方一方面追踪手机卡销售点，希望有人能够回忆出购买人的模样；另一方面，警方推测凶手有可能曾经在夜总会和练歌城中与受害者有过接触，所以在老板和店员的配合下，对一些曾经光顾过受害者的客人展开排查；再有，还须对全市各大出租车公司进行走访，询问经常在两个娱乐场所附近载客的出租车司机，看是否有司机在失踪时间段载过受害者；此外，对二人所租住的出租屋，警方也做了仔细搜查，结果未找到有用线索。

在根据受害者信息追查凶手的同时，对凶手居住方位的排查也在积极进行。听从韩印的建议，刑警队将南山湖附近的“科技生态城”作为主要排查区域，重点排查男性独居住户。不过实际执行起来，并不是那么容易。

目前生态城投入使用的住宅小区只有规划中的一半左右，相当面积的楼盘还处于热火朝天的建筑中。因此整个住宅小区虽以中高端定位，但目前实际状况是小区根本做不到封闭管理，有多个进出途径，保安监控方面做得很不到位。更大的难点是已入住的住户身份构成非常复杂，有部分来自本地，也有很多外地迁移户，而绝大部分是在科技园中工作的租房者。又由于是新兴城区，居委会和社区服务方面建设还不够完备，派出所对该辖区人员情况也不十分清楚，逐一到户排查，需要耗费大量时间和精力，因此进展相当缓慢。

可让警方未料到的是，就在他们费尽心机寻找凶手的踪影时，一份特别的“礼物”悄然而至。

◎第三章　特别礼包

10月的最后一天，黎明时分，天空微微透亮，带着寒气的露水打湿了寂然的大地，凄凉和落寞充斥在深秋清晨的每一个角落，一如云海市刑警队队长高进此时的心境。

看了一整夜案件卷宗，脑袋昏昏沉沉的，高进走出刑警队办公大楼来到院中，他想抽支烟，透透气，让脑袋清醒一下。

作为一个有着三十多年警龄的老刑警，面对接连发生的两起杀人食肉案件，内心第一次涌出茫然和束手无策之感。其实不单单是他，凶手毫无破绽的作案手法，让整个市局都感到万分棘手。迫于市里领导要求尽快破案的压力，局里只好将案件呈报到刑侦局请求支援。可当支援小组风尘仆仆赶到时，让高进未料到的是，就是这几个在他眼里毛都没长齐的小孩，竟然迅速进入角色并一夜间为案件带来飞跃性的突破，他们的专业精神和科学的办案手法，都让他打心眼儿里为之赞叹。同时也让他自觉廉颇老矣，对许多新的科学的办案手法缺乏足够认知，所以萌生了在案件了结之后退居二线的想法。

连续抽了两支烟，在院子里茫茫然来回踱步，高进感觉有点冷，便决定回办公室稍微眯一会儿，养养精神。可转身之时，不经意间瞥见大院门口的电动栅栏门上，摆着一个纸箱子。他有些好奇，走过去，见是一只装方便面的箱子，他伸手想要打开，但手伸到一半又警惕地缩了回去，顺手从裤兜里掏出手机拨到技术科，让值班人员立即带着红外线探测设备，到刑警队大院门口报到。

支援小组接到电话赶到刑警队时，纸箱子已经被转到法医科，因为那里面装的不是炸弹，而是一只血肉模糊的手臂。

“手臂应该来自一名年轻女性，从手臂长度推测，身高大概在1.63米；从创口分析，凶手砍下手臂时，其已经死亡一段时间了，通过手臂和血液的新鲜度判断，死亡时间超过24小时，大概是在10月30日凌晨之后。我们在手掌上采集到了精液，同时也发现手臂上肢留有明显的血指印，不出意外的话，精液和血指印应该都属于凶手。”李法医说着话拿起手臂，看似要比画什么动作，但随即脸上现出一抹绯红，又将手臂放回尸检台上，面色尴尬地轻声说，“从血手印的方位推测，凶手可能抓着这只手臂自慰过。”

“啊！真是个变态！”艾小美忍不住惊呼道。

“受害者和凶手的指纹比对过了吗？”顾菲菲皱着眉头问。

“已经做过了，前科犯数据库中，没找到匹配的。”李法医摇摇头说。

“那失踪报案呢？”韩印问道。

“已经派人向各分局派出所查问了，目前还未有消息反馈上来。”高进接下话说，“我让你们过来，是想让你们帮忙分析一下，这起案子和前面的食人案有没有关联。”

“那您觉得呢？”顾菲菲谨慎地反问道。

“前面的案子是用电锯分尸，而这只手臂上留下的很明显是砍创；并且前面的凶手低调谨慎，眼下的则高调张狂，还留下指纹和精液。所以从表面证据看，应该不是同一凶手作案。”高进不假思索地说道，但顿了顿，又换成一副疑虑的口气，“不过，两起案子都表现出性欲倒错的特征，所以我又想，凶手是个变态，行为本来就是混乱的、不可预见的，有没有可能，通过前面的作案，增强了信心和欲望，于是激发他向咱们警察发起挑战呢？”

“确实，这种先例很常见，有些连环杀手在作案后期，会通过向警方挑衅来获取更大的控制感。不过，眼下的案子，我觉得应该来自两个不同的凶手。”韩印与顾菲菲交换了一下眼神，说，“从犯罪心理上分析，前者作案主要是性压抑所致，这种人活在自己的世界里，更在乎自我的感受，不需要他与受害者以外的人群关注；而后者表现出的不惧追查的挑衅行为，很明显带有极其愤怒的情绪，虽然案件中也显露出性宣泄的特征，但根源我认为是来自挫败以及存在感的缺失。”

韩印语毕，高进神色严峻，无奈地叹道：“前面的案子还没有眉目，这又来一变态的，我哪来那么多人手同时解决两个大案子！”

“别着急，我们会帮忙跟进的，您只需随时协调人手，配合我们就好。”顾菲菲说道。

“那没问题。”高进讷讷地点点头说。

“目前凶手身份不明，‘手臂’的消息一定要严格保密！”韩印最后一脸严肃地叮嘱大家。

午后，有派出所上报消息，接到外语学院保卫科报案，该校有一名女生失踪了。失踪者名叫宋楠，今年21岁，身高1.61米，是外语学院A国语三年级的学生，照片显示她有一张青春靓丽的面孔。在学院保卫科的配合下，支援小组在教师办见到了她的班主任，一位A国籍男外教，中文很流利，名字叫佐川一健。

佐川，看模样三十多岁，个头不高，骨瘦如柴，头发很厚，鬓角遮住耳朵。脸也尖尖的，单眼皮，肿眼泡，三角小眼，鼻孔朝天，嘴唇很厚，还有一脸粉刺疤痕，脸上的笑容让人觉得有几分猥琐。一身藏蓝色西装，白衬衫，蓝领带，典型的A国上班族模样。

佐川的相貌让顾菲菲感觉很不舒服，边打量着他，边皱着眉头问：“是你向校方报的失踪？”

“对。宋楠同学已经近两天没在学校出现了，打她手机总是关机，她不是本地人，在本地没有亲戚和朋友，也没交男朋友，所以我觉得她可能出什么意外了，便向学校做了汇报。是我没把我的学生照顾好，我应该负责任。”佐川身子前倾，微微做了个鞠躬的动作。当然，这只是A国人惯有的礼貌姿态而已，并不代表他真的认为该为宋楠的失踪负责。

“你好像对宋楠特别了解。”韩印饶有意味地盯着佐川说。

“我特别喜欢这名学生！”佐川迎着韩印的目光，表情坦然地说，“她来自偏僻的乡村，家境非常贫寒，她能够来学院上学真的是很不容易，因为她要靠打工来维持日常开销和交学费，即使这样她也从来没有旷过一天的课，她很珍惜学习的机会。”

“她每天还要出去打工？”顾菲菲诧异地问。

“对啊，是学校鉴于她的情况特别批准的。她通常都回来得很晚，学院的门卫和宿舍管理员都会给她方便。”佐川说。

“那你知道她打工的地方吗？”艾小美接着问。

“当然知道，还是我帮她介绍的工作呢！”佐川爽快地说，“我有一位A国同乡在这里开了家酒吧，宋楠在他那儿当服务生。噢，对了，酒吧我也问过了，同乡说她昨晚没去酒吧上班。”

“你最后一次见她是什么时候？”韩印问。

“前天下午，在学院门口，她骑着单车正要去酒吧上班！”佐川回答得很顺，好像对警方所有的问题都做过准备。

“我们需要酒吧的地址。”顾菲菲说。

“我这儿有同乡的名片，上面有他的手机号码和酒吧的地址。”佐川从办公桌的抽屉中拿出一张名片，双手送到顾菲菲面前。

“那好，暂时就到这儿吧，有问题我们再找你！”顾菲菲接过名片，与韩印交换了眼神，伸出手与佐川道别。

佐川弓着身子依次与每一个人握过手，做出一副谦卑的姿态问：“恕我冒昧，你们是不是已经有宋楠的消息了？她真的出意外了？”

“有消息我们会通知你们学校的！”顾菲菲用她一贯说话的方式，拒绝回应佐川的问题。

“大概的失踪时间、性别、年龄、身高都对得上，也许手臂就是这个宋楠的。”走在教师办公楼走廊里，杜英雄说。

“我也觉得像。”艾小美望向顾菲菲，“接下来咱们去酒吧吗？”

“不，分头行事。”顾菲菲说，“我和小杜去宋楠的宿舍，找找可以鉴定DNA的检材，酒吧那边你和韩老师去一趟吧。”

“行，就这样，车留给你和小杜，我和小美打车去，反正路也不熟。对了，找学院方面和宋楠的同学聊聊，了解一下佐川的情况。”韩印叮嘱说。

“嗯，我心里有数。”顾菲菲点头应道。

云海市，与A国隔海相望，地理位置距A国相当近，因此在这座城市工作和生活的A国人，较国内其他城市要多出不少。众所周知，A国人在海外特别善于抱团，所以凡是A国人聚集较多的城市，逐渐都会形成一个A国人集中活动的区域，云海市也有这么一条街，被命名为友谊街。

围绕友谊街，有几座A国独资和两国合资兴建的商务大厦以及星级酒店，里面租用写字间和住店的客人也以A国人居多。而这些A国人除了工作和住宿，当然还要吃饭、喝酒、娱乐，于是在几座商厦之间长一百多米的一段马路两边，便被A国餐厅、酒吧和KTV娱乐场所占满。

宋楠打工的那家酒吧门脸不大，只有两扇棕色木门，门楣两边各挂着一个A国长条灯笼，上面分别用A国文字和中文标着酒吧的名头——横滨酒吧。

酒吧内要宽敞许多，装修完全是A国风格，泛黄的圆形吊灯，经典的长条吧台，古香古色的木质桌椅，朴素简洁、淡雅温馨，给人以家的感觉。

此时离下午4点营业还有一段时间，里面很安静，几个服务生在轻轻擦拭桌椅和酒杯，一个领班模样的高个男生迎上来，用A国语礼貌地冲刚刚进门的韩印和艾小美说：“万分抱歉，我们现在还没开始营业，请二位稍后光顾可以吗？”

韩印虽不懂A国语，但还是能听得出男领班的A国语比较生硬，估计是同胞，便微笑一下，淡淡地说：“我们是警察，想见见你老板！”

一听是中国人，还是警察，男领班诧异了一下，随即也改用中国话说：“那二位稍待片刻，我去叫一下。”

不一会儿，男领班从一扇侧门中引出一位个头中等、相貌还算周正的中年男人。他朝韩印这边指了指，又冲中年男人鞠了个躬便退到吧台里，不用说这中年男人就是老板了。

“欢迎光临，我是小店的老板苍井宫，请二位警官坐下喝杯茶吧，有事情咱们可以边喝边聊。”老板走过来，脸上挂着A国人惯有的殷勤笑容，指着身边的椅子，用带着一点A国腔调的中国话说。

韩印摆摆手婉拒道：“谢谢，不必了！我们找您是想了解宋楠的情况。”

“宋楠，好孩子！工作认真、勤奋，我很满意！”苍井宫随即竖着大拇指说。

“她前天晚上来上班了吗？”艾小美问。

“来了，不过昨天晚上没来，我以为她课业繁重，所以耽搁一晚，难道她做了什么坏的事情吗？”苍井宫反问一句。

“她什么时候走的，走时是一个人吗？”艾小美没理会苍井宫的问题，继续问。

“噢，我前天晚上因为临时有事，走得早，不太清楚，我让黄达来回答你们的问题吧！”苍井宫转身冲吧台方向招招手。

黄达就是那个男领班，听到老板招呼，他赶紧从吧台里快步走出来，毕恭毕敬地站在老板身边。显然他已经听到艾小美的问话，便主动说道：“前天晚上打烊后，有一个欧洲人模样的老外喝醉了赖着不肯走，又哭又闹的，情绪有些失控。他说英语我听不大懂，便让也会些英语的宋楠过去劝慰他。后来宋楠回来说，老外喝多了，看来一个人是没法走了，她得送他回住地，于是我和宋楠一起把老外搀扶出去，帮他们打了一辆出租车，之后便再没见过她。”

“外国客人的容貌和出租车牌照你还记得吗？”韩印说。

“出租车牌照我没注意看，不过客人的样子我还有印象。”黄达想了想说。

“老外以前来过没？”

“没有，先前从未见过他！”

“你们几点打烊？”

“凌晨两点半。”

“她一个女孩子，你怎么能放心让她单独跟一个外国男人走了呢？而且她当晚没回来，你不觉得反常吗？”

“我以为老外是游客，就住在附近的酒店，宋楠应该很快就回来的。后来一直没见到她，以为老外给了小费，她直接打车回学校了。”黄达咬了咬嘴唇道，“宋楠怎么了？我一直联系不上她。”

“这个目前还不方便透露。”见黄达一脸担忧，韩印说，“你们关系很亲密吧？”

黄达下意识地扭头看了老板一眼，然后轻轻点了点头，说：“我们正在交往。”

辞别苍井宫和男领班，韩印和艾小美坐上出租车回刑警队。车子刚启动，韩印便冲艾小美淡淡地问道：“怎么样？刚刚的问话，有什么感受？”

“黄达与宋楠一起工作日久生情很正常，不过这就与佐川一健的表态相矛盾了！”艾小美稍微考虑了一会儿，说，“先前从佐川的话语中，明显能感觉到他对宋楠的态度十分暧昧，所以我大胆揣测，佐川对宋楠心怀爱慕，所以处处关照她。可假如宋楠拒绝与他交往，他又在暗中得知宋楠有交往对象了，又或者宋楠是脚踩两只船，那么他会不会心生嫉妒，在冲动之下杀了宋楠呢？”

“小美现在真是越来越成熟了，分析得很透彻，这个动机是成立的。”韩印点点头，又摇摇头，顿了一下，继续说，“可是这没法解释凶手将手臂送到刑警队的举动。当然，现在的推测，只能作为参考，一切的一切，都是建立在受害者是宋楠的前提下，若另有其人，那所有的分析都要推倒重来了！”

艾小美和韩印说话的当口，出租车已经驶出一段距离了，艾小美回头隐约还能看到酒吧老板的身影。此时，苍井宫正以A国人的送客习惯，站在酒吧门前目送出租车驶离，直到出租车不在视线内了，才一步一回头，“依依不舍”地回到店中。

◎第四章　消失无踪

顾菲菲和杜英雄在宋楠的宿舍搜索，在其枕头上采集到几根带有毛囊的头发，并在水杯上提取到唾液，这些检材已足够支持DNA的检测。

顾菲菲二人询问宋楠的室友，她们对宋楠的人品评价都很不错，几乎没有任何不良嗜好，人缘也很好。至于宋楠和班主任佐川一健的关系，几个室友异口同声地表示两人走得较近。佐川一健也确实对宋楠表现出超乎寻常的关心，这一点连宋楠本人也曾在私下向室友们表示有些不太适应，但宋楠同时也强调，佐川一健从未对她有过分的举动和骚扰。不过在问话中，顾菲菲注意到，其中一个室友说话的神情很不自然，隐隐表现出一副欲言又止的模样，便特意将她单独留下来问话。

这位室友自我介绍叫李小含，睡在宋楠的上铺，是宋楠在学校里交往最多，也是关系最好的朋友，宋楠有什么心里话都愿意向她倾诉。李小含表示，事实并不是宋楠在表面上跟大家伙说的那样，其实佐川一健曾多次向宋楠发出想要“交往”的暗示，但都被宋楠拒绝了。宋楠为此十分苦恼，不过碍于佐川一健确实对她帮助很大，尤其是在打工方面给予她足够的支持，所以便忍着未向学院反映，还再三叮嘱李小含不要把两人的私房话透露出去。

听了李小含的反映，顾菲菲觉得有必要回过头再与佐川一健聊聊，并按正常程序询问他在过去两日晚间的活动情况。佐川一健从容地表示，学院在附近为他提供了一处公寓，这两日下班后，他都独自待在公寓里，未曾出过门。

次日上午，DNA检测结果出炉，证实手臂确属宋楠，也即表明宋楠被杀害了！

关于凶手，支援小组为云海警方指出两个嫌疑人：第一个，即在横滨酒吧醉酒的外国人。或许宋楠将老外送回住地之后，因为某些原因和老外发生了争执，结果被老外杀死了。在酒吧女领班的协助下，警方专业画像师画出了嫌疑人的素描肖像，支援小组推测他有可能是游客，那么酒吧附近的各种酒店和宾馆便是首要排查区域，同时还要走访全市各大出租车公司，寻找30日凌晨载过宋楠和老外的出租车。

第二个嫌疑人，指的是宋楠的班主任佐川一健。“因爱生恨”是很常见的杀人动机，既然宋楠的同学已经证实佐川一健在“追求”宋楠，而宋楠不仅未接纳他，反而与别的男孩谈起恋爱，那么佐川一健理所当然地就要被列为嫌疑人了。不过碍于他是A国人，就目前掌握的材料，无法贸然入室搜查取证，以免引起无谓的国际争端，暂时只能从其住所外围调查入手，并对他实施24小时跟踪监视。杜英雄主动请缨接下监视任务，刑警队派出一名当地警员予以协助。

除以上线索，刑警队也调查了宋楠手机的通话记录，没发现异常通话。另外，刑警队方面也希望宋楠尸体的其余部分能尽快被发现，也许尸体上的证据能带来更多有关凶手的信息。

任何时候，破获一起案件，都离不开反复细致的排查走访。在极其枯燥、单调和琐碎的过程中，警员们要时刻保持一份敏锐的观察力和洞察力，在千头万绪的信息中，抽丝剥茧，捕捉蛛丝马迹，所以这虽说只是一项最基本的工作，但其实也是最耗费心力和气力的工作。

就如先前，刑警队将全市各大出租公司走了一遍，但并未找到“食人案”

中有关受害者的更具体的失踪地点，现在又要从头再走一遍，可以想象会有多么磨人。好在办案人员早已习惯了，不会有什么怨言，按部就班地展开工作，而这一次他们终于有所收获。

在一家叫“通大”的出租车公司里，一位出租车司机向办案人员表示：几日前的一个晚上，凌晨两点半左右，他曾在横滨酒吧门前载过一个中国女孩和一个喝醉了的外国人。外国人的模样他没看清，但中国人的长相与宋楠很接近。随即该出租车司机将警员带到宋楠和老外下车的地方，是在一个叫作天波小区的住宅小区内，而小区距南山湖竟然只有两三公里的样子。

天波小区是一个开放式的住宅小区，住宅楼就建在纵横交错的马路两边，楼层普遍都不高，看起来应该是砖混结构的，建造年份至少在10年以前。本以为找到出租车便离嫌疑人很近了，没想到还是要费些周折，小区里既没有保安，也没有任何监控设备，只能靠摸索式排查。可目前刑警队大部分警力都进驻到生态城，寻找“食人案”的线索，可供调配的人手实在有限，顾菲菲和韩印只好带着艾小美亲自上阵。

困难很多，但也有有利的一面，西方人的面部特征比较明显，在这样的小区里应该很突出，凡是见过嫌疑人的都会有些印象，更何况顾菲菲等人手中还有一幅嫌疑人的肖像画。

足足在小区里走访了两天，线索逐渐明朗起来。有多名群众表示，在小区内见过一个外国人，最终有群众指认，有一个外国人住在147号楼2单元的顶楼。详细询问同住在该单元楼的居民，得知顶楼7楼共有两户人家，701室住户两个月前搬走了，房子一直空着，据说准备卖掉。702室租住着一个外国人，面貌正如肖像画上画的那样，白种人，脸形瘦长，高鼻梁，蓝眼睛，有一头不算长的鬈发，总的来说模样算是英俊。

其实从一开始接触这起案子，韩印就隐约感觉到，凶手将手臂送到刑警队的举动，不仅仅是有意挑衅，可能还带有某种私人恩怨的意味！可为什么要选择宋楠？尤其一个外籍犯罪嫌疑人又能与警方有什么恩怨呢？答案当然要由嫌疑人来揭晓，可是他已经消失了。

顾菲菲让一名警员装扮成物业工作人员前去702室叫门，敲了很长时间都未获得回应，不过楼梯间弥散的淡淡的漂白剂的味道，似乎印证了这702室很可能就是杀害宋楠的第一现场。

顾菲菲和韩印试图通过物业联系房主，可房主若干年前登记在物业的资料显示是无业、没有联系单位，登记的手机号码也早废掉了；周围邻居对他也不是十分了解，只是偶尔照过面。联系不到房主，顾菲菲通过手机与高进沟通了一下，决定让技术人员先将房门打开，进行搜查。

大约半小时后，李法医和现场勘查员赶到，通过技术开锁打开房门，众人进到室内。

室内漂白剂的味道更浓了些，里面收拾得很干净，两间卧室和一间客厅里都铺着原木色的木质地板，上面一尘不染，卧室里的大双人床也铺得很整齐，米色的床罩和床单看起来都是全新的，整个房间里找不到任何可以联系到老外租客的物证，甚至就好像从来没人住过一般——很明显室内被彻底清理过。

不过对经验丰富的警察，尤其是像顾菲菲、韩印这样优秀的法医和行为分析学家来说，犯罪者的掩饰行为，恰恰是一种有效的指引。凶手整理过床铺，换过床单，意味着宋楠很可能是在床上被杀死或者分尸的，而顾菲菲和李法医都很清楚，床垫上的血迹清洗起来，可不会像地板上那样不留一丝痕迹。两人齐力将床单和床罩掀到地板上，果然在床垫上发现多处颜色浅淡的污迹，不过联苯胺检测显示非血迹。顾菲菲和李法医简单讨论了一下，认为床垫应该被凶手用漂白剂洗刷过，所以检测结果出现了假阴性。

随后，李法医将窗帘挡上，在卧室的各个角落尤其是床的附近喷洒了“鲁米诺”试剂，包括地板上、床板上、墙上，在试剂喷过之后，立即有部位闪现出蓝色荧光。李法医和顾菲菲不免有些失望，这是漂白剂擦拭血迹的反应，如果是未被污染的血迹，荧光不会显现得那么迅速，而且蓝颜色会更深，有点接近于紫色，看来嫌疑人有一定的反侦查经验。

由于漂白剂会破坏血液中的血红蛋白成分，不仅会干扰联苯胺测试结果，也直接导致DNA检测难度加大，需要对污染的血迹做技术分离后才能进行检测，但这要耽搁很长一段时间。所以遵循谨慎原则，目前只能暂时推测702室为杀人现场，但并不能确认与宋楠有关。

同样，这样的结果，也令韩印大为困惑："尸体哪儿去了？外国租客哪儿去了？死者是不是宋楠？凶手到底是谁？"

"怎么，你真的认为这起杀人案与宋楠无关？"顾菲菲听到韩印的喃喃自语，不解地问道。

"从行为分析的角度说，这间屋子里的凶手与将手臂送到警局的凶手，在个性上差异实在太大。"韩印缓缓点头道，"一个连指纹和精液留在手臂上都不在乎的凶手，难道会在乎尸体和血迹被发现？"

"确实有些矛盾，可会有这么巧的事吗？"顾菲菲双眸现出一丝疑云，道，"宋楠送外国人回家，然后遇害了，而恰巧外国人租住的房间里又发生了凶杀案，但受害者不是宋楠，这可能吗？"

"有一种解释，也许可以说得通。"站在两人身后的艾小美瞪着眼睛，插话说，"会不会是双人作案？也许老外有帮凶呢？又或者他是从凶？"

"这种思路不错，有双人作案的可能。"韩印扭头冲艾小美赞许地微笑一下，说，"总之，清理现场和送手臂到警局的绝对不会是同一个人！"

◎第五章　B国杀手

刑警队，会议室。

目前，两起大案的各项侦破工作都在有序推进，只是进展不甚理想，云海警方和支援小组都觉得有必要开个会，将各条线索汇总一下，集思广益，寻找出突破瓶颈的调查手段。

刑警队长高进首先介绍了“食人案”的侦破进展：

“对南山湖附近的生态城区域现已排查过半，一度圈定了几名嫌疑人，但深入调查后又都排除了，目前排查工作仍在继续。两名受害者生前于工作场所接触过的客人当中，未发现有符合作案时间的，当然有些客人只是偶尔光顾，老板和店员们也说不清他们的身份和样貌，所以不能完全排除凶手曾在受害者工作的地方出现过。

“不过，关于凶手和受害者接触的渠道现在又有了新发现，队里的网警发现两名受害者不仅在实体娱乐场所提供色情服务，也曾在多个私人网络论坛和一夜情网站上，散播色情服务信息，她们将个人资料、QQ和手机号码以及半裸自拍照都留在网络上面。如此，凶手完全可以通过网络将她们选定为‘猎物’，我已经让所有网警24小时上岗，希望能够找到可疑的浏览IP。”

高进合上报告，仰起头，若有所思地盯着韩印看了一会儿，缓缓说道：“以行为分析来指导办案，我以前接触得不多，也从未有过在没有任何实际证据支持下，便近乎孤注一掷地将大部分人手都放到某个特定区域去进行排查。当然这是基于我对你们支援小组，尤其是韩印老师的信任，但是说实话，我心里是有些打鼓的，还是觉得应该将办案手段再丰富一些，除了居住地和接触方式这两个调查方向，韩老师还能不能想点其他手段？”

“您的担忧我能理解，我也正想再说点建议。”韩印轻轻颔首道。

“那快说来听听。”高进使劲扬扬手，催促说。

韩印迟疑了一下，才说：“我先前提过，凶手选择受害者是因为她们的某种特质，就目前信息看，两名受害者的相同点，就是她们的‘卖淫女’身份，我认为凶手再次作案应该仍会选择这样的群体，咱们能不能通过恰当的方式对她们做一些警告和提醒？首先提醒她们在暗地交易时提高警惕，当然，最主要是要寻求她们的配合，如果发现可疑的客人，要及时向咱们汇报。”

“这有些超常规了吧！卖淫是触犯法律的行径，如果我们公开向她们发出警示和寻求帮助，好像有些支持她们从事这种勾当的意味，恐怕影响不太好！”高进咂了两下嘴，有些犯难地说。

“不管她们做过什么，也终归是这个国家的公民，那咱们警察就有义务保护她们，而此时她们的生命正遭受着连环杀手的威胁，所以我觉得韩老师的建议不算过分！”顾菲菲一脸严肃地说道。

“从正常渠道沟通应该不太方便，我只能尽量利用一些线人，将消息散播出去吧！”高进稍微琢磨了一会儿说。

“这样也行。”韩印稍做停顿，接着说，“还有一点，凶手肯定会再次作案，当然最理想的是在作案前期将其锁定，不过也要做好面对他再次作案得手的准备，这就要牵涉抛尸地点的问题。我认为凶手仍然会选择‘水路’，因为他已经找到了可以完美清洗所有罪证的方法，是不会轻易改变的……”

“你是想，除了南山湖，对市区内的水库和湖泊都要全面监控？那怎么可能，我去哪儿找那么多人手啊！再说，如果凶手选择在郊外或者海边抛尸呢？”同时侦破两起案子，人手的问题早把高进搞得焦头烂额了，没等韩印把话说完，便急赤白脸地抢白道。

“您别着急，我只是说一种可能的抛尸选择。”其实韩印本来的确想提出监控“水路”，但见高进一副吹胡子瞪眼的模样，只好退而求其次，“人手的问题我知道您有难处，所以咱也不必派专人来监视，可以让各派出所的巡警和联防队员夜间巡逻时，尽可能地加以注意就行。”

“哦，这是可以做到的。”高进缓和了口气，转而冲顾菲菲问，“宋楠的案子你们有什么想法？”

“宋楠案，我们认为首要嫌疑人是住在天波小区的外籍租客，也基本可以认定他有一个同伙。鉴于案发当晚嫌疑人在酒吧表现出的精神状态，他应该是案件主导者，杀人和挑衅行为都是他所为，而他的同伙则只负责清理现场。”顾菲菲回应道。

“那么你们认为这个外国人现在会不会已经逃离云海，或者已经逃到境外了呢？”高进又问。

“他应该还滞留在本地。”韩印进一步解释道，“从狂妄挑衅的行径来看，凶手寻求关注和存在感的渴望，已经达到丧心病狂和不计后果的程度，所以我认为他很可能具有‘表演型人格障碍’。此种人格障碍，也可以称为‘寻求注意型人格障碍’，是一种以过分感情用事或夸张的言行来吸引他人注意为主要特点的人格障碍。它与‘反社会人格障碍’的潜在人格特质有相似的一面，一旦普通的行为方式屡屡受挫，满足不了此种人格潜在的心理需求，那么寻求关注的诉求就很可能通过‘反社会型’的暴力行为来表达。我相信，这种人一定更愿意近距离感受自己‘表演’的成果，这就是我一再叮嘱您不要把任何案件信息向外界透露的原因。凶手没有达到他心理预期的效果，相信他不会急着跑路，甚至还会接着‘表演’，不过就目前状况看，他还是挺沉得住气的！”

“关于那个同伙，我们手中也掌握了一条线索。”顾菲菲紧跟着韩印的话头说，“据与外籍嫌疑人同住一个单元楼的一名住户反映，由于工作应酬，他经常深夜回家，曾两次撞见外籍嫌疑人和一个朋友一同返回出租屋，那个住户没有看到‘朋友’的正面，只是从背面感觉个子不高，身材很纤瘦，应该是一个女人，而且是中国人。”

“你们认为这个女人是老外的同伙？”高进问。

“从清理现场的细致和缜密度来看，确实像是女人所为。”顾菲菲说道。

高进抬手，搓了搓额头，想了一下，说：“也有可能是男人吧！个子不高，身子很瘦，而且中国人和A国人粗略的气质也比较相像，这不是很符合那个A国人佐川一健的背影吗？你们觉得有没有可能会是这样：老外和佐川一健是朋友，为了替朋友出气，所以杀了宋楠？”

“您的意思是说老外的同伙是佐川一健是吗？这个我们也考虑过，不过还不好下判断。”韩印回应高进道。

“对了，说到这个佐川，小杜的监视有没有什么发现？”高进问。

“你来说吧。”顾菲菲冲一旁的艾小美扬扬下巴。

“好。”艾小美点头道，“目前还未发现他有异常活动，英雄调看过公寓电梯的监控录像，证实佐川在案发当天下班后便乘电梯返回住处，可这不能全面说明问题，他可以回家之后又从安全通道偷偷溜出去。而且英雄发现公寓门口的保安并不尽责，经常有空岗现象，所以说佐川的嫌疑还不能排除。英雄也试着在他的同事中间打听，没听说他有一个欧洲人模样的朋友。”

高进“嗯”了一声，沉默片刻，皱着眉头说：“严谨点说，我们现在还未有任何证据支持老外是凶手的论断。会不会有另一种可能，老外和宋楠其实都是受害者，那个所谓清理现场的同伙才是真凶呢？”

“当然有这种可能，可我们手上掌握的有关同伙的信息，除了身材其余一无所知，所以恐怕还是要在外籍嫌疑人身上寻找突破口。”顾菲菲面露无奈地说道。

“任何嫌疑人都不能放过，佐川的监视工作还要继续做。至于老外，在身份比较敏感、证据不够确凿的情况下，只能向各分局以及各出入境关卡，发内部协查通告。那关于老外，你们有没有进一步的背景描述？”高进问。

“我们原先以为他是游客，不过既然在云海租了房子，就应该是在这边求学或者工作的，鉴于天波小区附近没有高等学府，所以较倾向于后者。又从租住条件分析，外籍嫌疑人若是工作于此，不会是特别高端的工作，而且既然患有‘表演型人格障碍’，他本身的境遇也不会太好。他有可能只是某个外资公司的小职员，或者是那种需要外籍员工撑门面的单位，比如涉外酒店前台和营销人员，还有高档品牌商店导购人员，也可能是高档会所和娱乐场所的服务人员等。”韩印说。

韩印的思路极其正确，几日之后，一家高档会所的负责人向办案人员指认了外籍嫌疑人。

韩印和顾菲菲在负责人那儿看到了嫌疑人的应聘简历，上面没有什么特别的介绍，只是简单写明了姓名、年龄和曾经从事过的职业——他叫约翰·马尼奥塔，现年28岁，来自B国多伦多，是会所通过海外中介招聘来的，在会所中担任首席调酒师。

“约翰·马尼奥塔最后一次在会所出现是什么时候？”顾菲菲将简历放回负责人办公桌上，问道。

“一个星期以前吧！”负责人不假思索地应道。

“一个外国人这么多天没来上班，你们不觉得反常吗？怎么不报警呢？”韩印满面狐疑地问。

“哦，是这样的。”负责人不慌不忙地解释，“约翰在我们这儿工作了将近一年的时间，就工作表现来说一直都还不错。可不知为什么从9月底开始，性情突然大变，时常迟到早退不说，工作也不用心，情绪特别暴躁，点火就着，尤其近段时间，上班时竟还带着一身的酒气，并多次与客人发生争执，所以大约一周之前，会所与他解除了合同。”

“解除合同具体日期是哪天？”韩印问。

“10月29日。”负责人拉开抽屉，抽出一份合同看了看说。

听清楚负责人所说的日期，韩印眼睛里闪过一丝光亮，随即低头思索起来：会所在10月29日与约翰解除了合同，当晚约翰于横滨酒吧买醉，后于30日凌晨被好心的酒吧服务生宋楠送回住处，紧接着宋楠便遇害了！从时间点和开除事件上，好像能够理顺约翰作案的前因后果，可是仅仅因为丢了工作便愤而杀人分尸，这动机好像有些牵强。而且从负责人的话语中，感觉约翰真正的刺激源应该发生在9月底，直至被开除的前一段时间，他的愤怒似乎达到了顶点，丢掉工作可能只是压倒骆驼的最后一根稻草，那么真正的刺激源到底是什么呢？

在韩印陷入沉思之际，顾菲菲接着冲负责人问道：“约翰在会所里有没有比较亲密的朋友？”

负责人凝神想了想，说：“客观上说，约翰调酒的手艺和总的工作表现还都能说得过去，不过可能是因为他瞧不起咱们中国人，平常在人际交往中，总是争强好胜，经常调侃嘲讽其他同事，又处处标榜自己如何优秀，搞得同事们大都不太愿意和他相处。而且本来会所为他安排了宿舍，不过住了一段时间，他表示私生活不太方便，于是会所每个月补贴一笔钱，让他自己出去租房子，那之后他跟同事接触的机会就更少了，所以基本上他在会所没有任何朋友。”负责人停顿了一下，补充说：“也有可能是他过于自恋吧，我记得他很喜欢自拍，然后把照片传到网络上。据他吹嘘说，他的自拍照在网络上很受追捧，已经拥有几十万的粉丝了。”

“会所里还有没有约翰用过的东西？”顾菲菲问。

“有，他走的时候很气愤，连储物柜中的私人物品都没带走。”负责人说着话，从老板椅上站起身来，“走，我带你们去看看，你们觉得有用就拿走。”

在储物柜中，有约翰穿过的工装和几本看起来翻过很多遍的色情杂志，这就足够了——可以通过工装上的汗渍来进行DNA检测，留在色情杂志上的指纹也可以与手臂上的指纹做比对。

离开会所之前，顾菲菲又向负责人要了约翰的手机号码，希望能够通过手机定位确认约翰的踪迹。

◎第六章　巨型老鼠

不出所料，DNA和指纹比对结果显示，约翰·马尼奥塔确系杀死宋楠的凶手。

证据确凿，经航空方面以及出入境管理部门确认，犯罪嫌疑人约翰·马尼奥塔仍在境内。鉴于其暴力和危害性极大，云海警方与支援小组讨论决定，将案情和嫌疑人的照片向社会通报，提醒广大市民提高警惕，注意人身安全。同时，经公安最高管理部门批示，约翰·马尼奥塔被列为A级通缉犯，展开全境追捕。

约翰·马尼奥塔的手机已经关机，无法定位，警方调查其通讯录，发现与嫌犯来往的通信并不多，值得注意的是几个固定电话的通话，警方追查到源头，发现都是街头的磁卡电话，由此推测这是他与同伙的联系方式，看来这个同伙非常谨慎，有一定反侦查经验，许是前科犯。

通讯录中还有一个疑点，约翰·马尼奥塔在10月31日上午7点左右，也就是他将宋楠的手臂丢弃到警局大门口后的几个小时以后，曾与一个手机号码通过一次话，也是他关机前最后一次通话。通过号码追查到机主，正是嫌犯所租住房子的房主，警方随即将房主召到刑警队问话。

“10月31日上午，你与约翰·马尼奥塔在手机通话中说了什么？”一个办案警员问道。

“哦，事情是这样的。”房主从容不迫地说，“老外租我的房子租金付到了年底，那天他突然给我打电话，说房子不租了，让我退他两个月的租金。我当时人在外地，就说让他等几天，等我回来再给他，然后他就把电话挂了。”

“当时你在哪儿？”警员紧盯着房主问。

“我在富阳市啊！”房主说出距云海市二百多公里远的一个周边城市的名字。

“你去那儿干什么？”警员接着问。

“我在一家建筑材料公司做销售，富阳一个客户欠我们钱，公司让我去催账。”房主刻意强调说，“我在那边已经待了半个多月了，直到昨天才回来，这事公司可以给我证明。”

“你对你的租客了解多少？”警员问。

“根本没怎么接触过……”房主说。

房主和警员对话时，韩印和顾菲菲以及高进，一直在单向玻璃背后的观察室仔细审视。问话还没结束，韩印突然冲高进轻声说：“查一下房主的背景信息，看他有没有前科。”

“怎么，你怀疑他是同伙？”高进反应很快。

“说不好。”韩印淡淡地说。

韩印含糊的回应，让高进有些摸不着头脑，他狐疑地打量了韩印一眼，转身出了观察室。不大一会儿，便返回来，将一份报告递到顾菲菲手里，然后说：“韩老师猜对了，这小子曾因盗窃罪被判了7年，去年才刑满获释的。”

韩印稍微看了一眼顾菲菲手上的报告，便转过头若有所思地盯着正在接受问话的房主。思索片刻，他哼了一下鼻子，对高进说：“先让他待在这儿，别急着放他，我想我知道宋楠的尸体在哪儿了！”

天波小区，案发现场对门，701室门口。

韩印蹲着身子，视线专注在门锁上，少顷他脸上浮出一丝微笑，对凑在身旁的高进说：“高队，您看这锁应该被‘动’过吧？”

高进点点头没吭声，直起身子扭头冲身后示意了一下，一名勘查员心领神会，立即着手对房门进行取证。

取证过后，打开房门，迎面扑来一股难闻的异味，有些发霉的味道，还夹杂着一丝腥腥的味道，众人捂着鼻子打量四周……

这是一个南北向两室一厅的挑担房，中间走廊尽头正对着房间大门的便是洗手间。可疑的是，洗手间的白色木门紧闭着，门缝四周被宽胶带死死封住，好像有人刻意不想让里面的味道从门缝中散出来，看来这洗手间里一定隐藏着什么！也似乎印证了韩印的判断：702室房主有过盗窃前科，一定是他撬开房门，将受害者宋楠的残尸，从702室转移到这间屋子的洗手间中。不过韩印绝不会想到，接下来他将见到怎样的一幅场景。

揭开宽胶带，拽开洗手间的门，才稍微敞开一条缝，一股令人眩晕的恶臭便猛地蹿了出来，紧接着房门从里面“砰”的一声被撞开……两只满身血污、身体浑圆的动物，以迅雷不及掩耳之势冲了出来，它们穿过众人脚边，在客厅中漫无方向地高速盘旋了几圈，紧接着冲向半开着的房间大门，一眨眼的工夫便没了踪影——那是两只被血液沾满身子，被残尸填满肚皮，犹如小猫大小的巨型老鼠。

一瞬间，缺乏心理准备的几个人同时发出惊叫，身子都本能地向一旁避让，而距离最近拽着门把手的勘查员，被惊吓得一屁股重重坐到地上，瞪大着眼睛，面如死灰……

望着两只大老鼠留在地上的血爪印，几个人摸着胸口喘了好一会儿粗气，才将目光投向洗手间中——六七平方米的空间里，遍地都是如老鼠留在客厅中的那样的血爪印，还有一些大概被老鼠撕咬得零零碎碎的衣物。在血迹斑驳的乳白色浴缸里，躺着一具没有头颅、缺少一侧臂膀的裸体女尸，尸体已严重腐烂，腹部周围布满了绿斑，大量的蛆蛹在上面蠕动，胸部和大腿等部位有多处被锐器砍过的创痕，周围也都被老鼠啃得皮开肉绽、血肉模糊。在浴缸和马桶中间的位置有一颗带着脖颈的头颅，从左边脖颈直至脸颊再到眼睑部位的皮肉全都没了，露出残缺的血脉和白白的骨架，鼻子也缺少了三分之二，想来应该都被老鼠啃掉了……洗手间地漏的盖子不知道哪里去了，估计老鼠是顺着下水道爬上来的。

经顾菲菲和李法医共同确认，尸体确系宋楠，是被扼死的，死亡时间大概在10天前，尸体肢解是发生在宋楠死后，有死后奸尸迹象。

再回到观察室。

隔着单向玻璃，韩印看到房主独自坐在审讯室里，梗着脑袋不住地东张西望，一条腿还不自觉地打着战，看起来很是心虚的样子。

过了一会儿，高进手里捏着几张照片走进审讯室，将照片“啪”的一声摔到房主身前的桌面上，声音冷峻地说：“看看你的杰作吧！”

“这……这跟我有关系吗？”房主瞄了几眼记录宋楠尸体惨状的照片，脸色旋即变得惨白，身子不由得向后缩着，装出一副无辜的样子，但还是禁不住慌张，声音发抖。

高进冷笑一声，从照片中挑出一张门锁照片，说道：“这是你家对面701室的门锁，上面有撬过的痕迹，我们比对了你先前的犯罪，手法如出一辙，你有什么可说？”

“这……”房主挠着头，支吾着说不出话来。

高进猛地一拍桌子，提高声音逼问道：“别装了，老实交代，你为什么要伙同你的外国租客，杀死这名女大学生？”

高进连续高压姿态的步步紧逼，收到了很好的效果，一听警方将他划归到杀人犯同伙行列，房主立即慌了神儿，从椅子上弹起身子，“扑通”一声跪倒在地，拼命摆着手，嘴里嚷着：“不不不，杀人跟我没关系，我只是挪动了尸体，我回去的时候，那女的已经被杀了，那疯子也早不见人影了。”

“起来，坐好，具体说说，到底怎么回事？”高进仍然冷着脸，严厉地指着椅子说道。

“‘我要走了，在房子里给你留了一份特别的礼物，你一定会喜欢的！’其实那天早晨，老外在电话里就丢下这么一句话，又阴森地笑了几声便挂掉了。”房主哆哆嗦嗦，摸索着重新坐到椅子上，垂下头，丧气地说，“当时我越想越觉得不对劲，担心老外临走前把房子祸害一通，便赶紧坐上时间最近的一班长途汽车回来了。然后，我就看到满屋子都是血，客厅地板上有一把带血的菜刀，一个无头还少了一条胳膊的女人，裸体躺在我卧室的床上，脑袋被扔在床下，脸缺了一半，脖子上还留着牙印，不知道是不是那疯子生啃了半拉脑袋……我当时就吓傻了，想着千万不能让别人知道我那儿出了杀人案，要不然房子肯定再也租不出去了，就是卖也卖不出价钱，便心一横买了些漂白剂把屋子彻底清洗一遍。之后我想起对门早搬走了，便撬开门，把尸体扔进洗手间里。返回富阳前，我把菜刀扔到了长途汽车站的公厕里……”房主说着话，羞愧得头越垂越低，却又猛然抬起头，急促地说，“我说的都是真的，你们到富阳我住的招待所一查就清楚了，当天早晨我接完电话还去前台问过汽车时刻表！还有转移尸体的事，你们也应该能够理解吧，我这样蹲过监狱的人，找工作太难了，现在这份工作说是做销售，其实就是替公司要账的，没有底薪只有提成，经常几个月也拿不到一分钱，就靠着房子那点租金过活，要是房子再没人租，那我可就没活路了！”

“说实话我能理解你的窘境，但你把尸体扔到别人的房子里，就没想过别人该怎么过？”

面对无言以对的房主，高进轻蔑地瞪了一眼，转身出了审讯室。

“怎么样，这小子这回说的是真话吧？”高进从审讯室转到观察室问。

“是，刚刚电话求证过了，这家伙当时确实在富阳。”顾菲菲紧跟着高进的脚步进来说道。

“那同伙作案一说，可以排除了吧？”高进盯着韩印问。

“应该可以了。”韩印回应道。

“还有，也没有那个佐川一健什么事了吧？让小杜撤吧！”高进说着话，人已经出了审讯室。

韩印冲高进的背影默默点点头，继续凝思，这让顾菲菲感觉他好像还有些顾虑，便问道：“你有不同的想法？”

“不是。”韩印轻轻摇头说，“我有些想不通，约翰·马尼奥塔为什么会有那么多来自公用电话的通话，曾经和他一起返回住处的朋友又会是谁呢？”

“会不会是他找的三陪小姐？”顾菲菲想了一下说，“还有，我注意到，他和磁卡电话之间的通话，全部集中在半年之前，估计和案子没什么关系！”

“也许吧！”韩印嘴上应着，但脸上还是有一丝疑惑，看来顾菲菲并没有说服他。

“对了，你是怎么把房主和尸体联系到一块儿的？”

“我也是猜的，起初接受问话时，他情绪表现得太过平淡，要是我的房子变成凶宅，我肯定着急上火啊！”

◎第七章　社交追踪

刑警队会议室，早间例会。

苦熬了大半宿的艾小美，顶着一双熊猫眼，端坐在会议桌的一角，脸上现出少有的正经表情。

艾小美与云海网警联手，在两名受害者发布色情服务信息的网络页面上，搜索本地的浏览者，结果还真发现了可疑的IP。说它可疑，倒并不因为IP地址显示在本市，而是因为显示在国外，而且中转过多个国家的机站，正常浏览是无须这样掩饰行踪的。还有，可疑IP浏览网页，都发生在受害者失踪之前。令人沮丧的是，浏览者应在IT技术方面十分擅长，网警和艾小美费尽周折也未追踪到真实的源头，只是一个追踪到韩国，一个追踪到印度，便无法再继续下去，不过由此基本可以倾向于凶手是通过网络来选择下手对象的。

然而，确认凶手选择猎物的方式，并非艾小美成为本次早会主角的原因。得到这样的瞩目，是因为她通过追踪 Facebook（脸书），不仅将犯罪嫌疑人约翰·马尼奥塔更深入的个人信息直观地展示出来，还挖掘出警方先前未掌握的关于嫌犯人际关系和逃窜方向的证据链。

Facebook是国外最著名的社交网站，拥有超高的人气和亿万注册用户。艾小美在获知嫌犯有自拍的喜好，又特别善于表现，还声称有无数粉丝和拥趸等信息后，便推测他可能在 Facebook 这样的社交网站留有注册信息。她登录到B国的 Facebook 分站，试着将姓名、年龄等条件输入网站进行搜索，由于网站要求用户必须实名注册，结果很顺利便找到了属于约翰·马尼奥塔的注册页面。

艾小美熟练地操作着笔记本电脑，看着会议室墙上的大屏幕连续闪过的照片，介绍道：

“正如韩老师分析的那样，这是一个为了寻求关注和存在感而愿意穷尽一切手段的人，甚至极端到不惜以他自己波折多舛的个人隐私，来博取网友注意的地步。我仔细梳理了他在 Facebook 页面上发表过的言论，也逐一看过他在留言板上留下的信息以及与网友的交流情况等，大致推测出他的个人成长经历。

“约翰·马尼奥塔，生于一个多兄弟姐妹家庭，父母关系紧张，家庭矛盾重重，又因他自幼性格内向，家人对他便格外忽视，因此他在十多岁时便疏远家庭，独自到社会上闯荡。为了生存，他做过酒吧服务员、调酒师、模特，还做过色情电影演员。他还曾经是一起轮奸案的受害者……

“同样还是如韩老师分析的那样，表演型人格障碍大多伴随着反社会的暴力倾向，约翰·马尼奥塔在自己的 Facebook 页面上，发表过很多关于死亡和暴力的言论，还上传了一些恐怖诡谲的吸血鬼照片，更离谱的是他把自己虐杀两只小猫的整个过程拍摄下来传到 Facebook 上，遭到无数网友的指责和唾骂。这些网友的言论至今还留在留言板上没有删除，可见他对自己的行为乐此不疲，根本不在乎网友的指指点点，更不在乎因虐杀动物而招致的留言诅咒。他反而极为享受地沉浸于广受网友关注的良好感觉当中，他甚至在页面上扬言——‘我想出更大的名，也许我可以试着杀一个人’！

“在他 Facebook 的页面上，占据空间最多的便是照片。大多是他身着各种奇装异服搔首弄姿的自拍照，还有他与朋友的合影，以及在某些场所的留念等。我试着将他来咱们国家之后上传的照片全部下载下来，分类后逐一剔除，去掉他与同事的合影，去掉他在某些酒吧与一些酒吧女的合影之后，发现了一个可疑女子。该女子是唯一一个三次出现在嫌犯合影当中的……”

艾小美在大屏幕上同时摆出三张照片：“就是这三张自拍照，各位可以看到，一张是两人在酒吧喝酒，一张是两人在风景区游览，还有一张是在室内。”艾小美去除前两张照片，唯独留下室内合影，并放大，“在这张照片的背景里，可以看到床头和一个床头柜，大家也应该都能看到床头柜上摆着的相框里，镶嵌的正是该女子的照片吧。所以不难推测：合影中的女人可能是嫌犯在本市交往的女友，而照片是在女子住所拍的。我想咱们找到这个女人，也许可以顺藤摸瓜发现嫌犯踪迹，甚至有可能嫌犯一直就潜藏在她的住所里……”

“这女人我知道，大家可能也都有一些印象，前段时间刚刚因贩毒被执行了死刑。”

其实艾小美刚将女子与嫌犯的合影显示到屏幕上时，会议室中便响起一阵低声的讨论，待她整个介绍完结，坐在高进身边的一位老警员，操着肯定的语气指认出照片中的人。这名老警员姓刘，是云海市公安局缉毒队的副队长，因人手短缺，被临时借调到刑警队协助高进工作。

“噢，竟然是她，我说咋那么眼熟呢！刘队，那案子是你主办的，说说具体情况吧。”高进恍然大悟，赶紧催促道。

“好，那我就说说。”刘队略微回忆一下，说，“这女人是A国人，叫小岛爱子，来云海差不多五年了。在A国就有贩毒前科，来咱们这儿继续干起老本行，并逐渐成为本地贩毒圈内最大的供货商。这女人非常谨慎，居所不定，行踪难觅，我们将她抓到之后才知道，她不仅利用假身份证购买了三处房产，另外还租了两个公寓作为栖身地，可谓狡兔三窟。还有，她从来不使用手机，所有发给下属的指令和交易，全部通过网络和街头磁卡电话来完成。”

“她归案应该在半年前吧？”顾菲菲跟着问了一句。

“对。”

“时间和公用电话问题，与约翰·马尼奥塔的通信记录，就能对得上了！”顾菲菲与韩印对视一眼，接着问，“她什么时候宣判的？”

“9月底吧！”刘队补充说，“一审宣判之后她提出上诉，10月中旬法院驳回上诉维持原判，几天之后便执行了注射死刑。”

“她落网的地方是不是在横滨酒吧？”韩印问。

“对啊！就是那儿，我们通过线人布了个局，好容易把她引出来……”刘队说着话，敲敲太阳穴，表情很是懊悔，“唉，这脑子太不灵光了。小岛爱子归案后，我们的线人反映，她在本地有一个交往的男友，可是我们审问时她矢口否认了。现在看应该是她怕牵扯到对方，看来他们的感情还真的挺深，我先前怎么就忘了把横滨酒吧与咱的案子联系起来呢。”

“不能怪您，这里面绕的圈子实在太大了。”韩印微笑着劝慰一句，然后整理一下思路，接着说，“好了，现在不管是刺激因素，还是作案动机都可以对上了！整个案子应该是这样的：约翰·马尼奥塔可能在酒吧偶然结识了小岛爱子，并迅速打得火热，当9月底女方第一次宣判后，他受到很大打击，以致工作时精神恍惚，之后差不多10月中旬女方被执行死刑，他便处在濒临崩溃的状态，开始酗酒，直接导致被会所开除。于是当晚，他来到女友入狱前最后出现的地方借酒浇愁，而宋楠偏偏在错误的时机闯入他的视野。也许是她送嫌犯回到住处后，嫌犯欲强行不轨，遭到反抗，便将她扼死；又或者是嫌犯因思念女友过甚，极端地把怨恨强加到女友出事的酒吧以及咱们中国警察身上，于是宋楠便成了他发泄和报复的渠道，也就有了他利用断臂挑衅的行径。当然这一切的促成，都源于他潜在需求关注的人格障碍和反社会的暴力心理……”

事实清楚，依据充分，时间点严丝合缝，在韩印的描述下，案件谜团随之层层解开，高进振奋地拍拍手，声音高亢地说：“从艾警官和韩印老师的分析里，我相信大家现在想的跟我一样，嫌犯很可能就躲藏在小岛爱子原先的窝里，各小组立即组织人手，进行密集搜捕。”

“小岛爱子租住的公寓，结案之后已经还给原房主，其余她购买的三处房产，现在只是被贴上封条还未做进一步处理。这小子还真够狡猾的，可能偷偷揭开封条躲了进去，待会儿我会调出具体地址，发给大家。”刘队补充道。

“好，我来分一下各组负责的搜捕点……”高进道。

刑警队集合现有警力，兵分三路，奔赴嫌犯有可能藏匿的地点。很快，前方传来消息，在小岛爱子的一处房产中，果然发现了嫌犯住过的痕迹，甚至嫌犯的衣物还放在那里，他可能就在四周活动。高进迅速布置人手在房子周围密切监视，同时将各路人手集中起来，以房子为中轴在附近街区采取地毯式搜索……遗憾的是，直到太阳落山也未搜索到约翰·马尼奥塔的踪影。

在回刑警队的路上，顾菲菲一脸忧虑地说：“我们捣了嫌犯的窝，他会不会做出过激举动？”

韩印点点头，同样不无担心地说：“可能性非常大，以他的人格一定会被激怒的！”

◎第八章　真实信仰

“宋楠案”的侦破似乎正朝着良好的方向发展，所有盘根错节的问题几乎都被解决了，可就在这时，云海警方内部开始对支援小组的信心产生了动摇。首要人物便是高进，大抵在他的潜意识里，还是对支援小组这些年轻人不太服气，所以一旦出现与他的逻辑相符的案件细节，便会生出欲推翻支援小组的分析的想法。

在先前的审讯中，“房主”的口供显示，宋楠的半边脸面，有可能被约翰·马尼奥塔吃掉了，于是高进避开支援小组，指示李法医将宋楠剩余脸部留有的创痕，与连环食人案中凶手留在骸骨上的咬痕做比对，希望这一比对可以作为并案依据。不过李法医仔细观察创痕后表示，老鼠已经破坏原有证据，故无法进行比对。但高进不死心，反而越来越倾向于并案，即约翰·马尼奥塔也是连环食人案的凶手。

高进的理由是：同样针对女性；同样有肢解尸体行径；同样选择死后奸尸；连环食人案案发时间，也同样发生在约翰·马尼奥塔遭受刺激精神濒临崩溃的时间段里；而且他的住处距南山湖也不远，这样一来他抛尸便无须车辆；至于犯罪手法、犯罪工具的改变，高进认为一个人处于极度愤怒之中时，发生任何改变都是非常可能的。尤其让他纠结的是：在云海这么一个只有三百多万人口的中小型城市里，几乎在同一时间段，突然冒出两个变态食人恶魔的概率能有多少呢？

大抵云海警方内部对支援小组的印象都差不多，所以高进的情绪很快便蔓延开来，这种氛围当然逃不过韩印的眼睛。他很清楚，必须尽快解决案子，拖得越久，对方的这种不信任感便会越浓，何况现在嫌犯就如一个定时炸弹，随时都可能引爆，伤及无辜。

艾小美通过网络追踪约翰·马尼奥塔的一系列动作，被顾菲菲和韩印大加褒奖。受到鼓舞的艾小美，除上厕所之外，几乎一刻也不愿离开微机室，她有很强烈的预感，嫌犯一定会在 Facebook 上面有所表现的，而她的预感，还真就应验了。

这天晚上，8点左右，艾小美第一时间捕捉到嫌犯上线的动态，很快她发现 Facebook 页面上显示有一个视频被传上来。她顾不上观看视频内容，迅速对嫌犯使用的IP进行技术追踪，竟出奇地顺利，信号是从本地发出的，IP地址登记在本市一家叫作奥博大酒店的五星级酒店名下。她立即将信息汇报上去，刑警队方面也以最快的速度组织警力前往抓捕，只是又晚了一步。

在酒店的配合下，刑警队搜索了整栋楼，未发现嫌犯的影子。调阅酒店监控室录像发现，嫌犯半小时前进入酒店，在大堂休闲沙发上坐了会儿，这期间他从背包里拿出笔记本电脑开始摆弄，估计那是在利用酒店的无线网络向 Facebook 页面上传视频，视频上传结束后他便收起电脑，大摇大摆出了酒店，前后也就用了不到10分钟。

回过头来，高进和由缉毒队借调过来的刘队，以及韩印和顾菲菲，来到微机室，让艾小美把嫌犯上传的视频播放出来。

这是一段血肉横飞、惨烈异常的视频：在节奏感强烈的音乐背景下，镜头对焦在一张大床上，床上仰面躺着一名裸体女子。不久之后，一个赤条条的男子手持菜刀跳上床，骑到女子身上，旋即他挥动手臂，用菜刀连续砍向女子上半身，菜刀落下并没有鲜血喷溅，看来女子已死去多时；少顷就见女子的脑袋与躯体彻底分离，被男子随手拨弄到床下，接着一条手臂也被扔到了床下；男人随之甩掉菜刀，伏在女人的躯体上疯狂啃咬起来，同时下体用力抽动；随着男子身体剧烈抖动几下，他猛地跳下床，拾起地上的手臂放到下体部位，紧接着仰天发出一声长吼……高潮过后，男人显得意犹未尽，双手捧起女人脑袋，满面狰狞地撕咬起脸颊上的皮肉……男人嘴巴用力嚼动，一截肉皮时隐时现露出嘴角，血丝顺着下巴流到胸前……画面最后定格在约翰·马尼奥塔那张带着一抹鬼魅笑容的脸孔上！瞬即，蹦出两行英文字幕——*I used to think that the day would never come. That my life would depend on the morning sun.*

“视频我反复鉴定过，画面没有做过剪接，音乐和字幕是后配上的，音乐叫作‘*True Faith*’，翻译过来意思是‘真实信仰’，是一部描写连环杀手的电影《美国精神病人》的主题曲。后面的字幕是这首歌的最后两句歌词，中文意思是：我一直以为这一天永远不会来临，当我只能靠日出的慰藉而活下去。”视频播放结束，艾小美简单补充了两句。

接着便是死一般的沉寂，电脑风扇飞速转动发出的风鸣声，宛如哀悼受害者宋楠的低泣。

韩印低着头，不忍再多看画面一眼；艾小美不住用手背揉搓双眼，强抑着不让泪水滑落下来；刘队默默地转身，呼吸沉重地走出微机室；高进早已忘记微机室不准吸烟的规定，别过身子颤抖着摸出一支香烟叼在嘴上，又颤巍巍地摸出打火机，但是打了几下也没有打着火，只好干叼着烟卷；只有顾菲菲目光仍冷冷地停留在电脑屏幕上，她甚至还坐到艾小美身边的椅子上，操弄起鼠标将视频重新播放出来……

“关掉！关掉！我他妈的叫你关掉，听到没有！”高进没有任何预兆地指着顾菲菲的鼻子怒吼，接着又猛然转身双手揪住韩印的外套狂叫道，“你他妈的给我看清楚了，这就是吃人恶魔！你还敢说前两起案子不是他做的吗？你觉得我们云海会一下子冒出两个这样的恶魔吗？你知不知道你白白浪费了我们多少时间和警力?！”

“高队，您冷静一下，听我说……”面对有些丧失理智的高进，韩印尽量让自己的态度显得平和些。其实高进这种不信任和推卸责任的举动，也令他非常恼火，只是他知道吵架并不能解决问题。再者，他也能够理解高进此时的心境，除了来自上级领导要求尽快破案的巨大心理压力，以及面对罪恶力不从心、束手无策的懊恼和沮丧，更多的是被刚刚那段超越他对人性极限认知的视频所激发出的对受害者的万分愧疚，身体与心理已经严重透支的他，在这一刻彻底崩溃了。他需要一个宣泄的渠道，韩印也不介意他将满腔怒火发泄到自己身上，可是绝不能因此任他误导调查方向。韩印只得忍着气，耐下心来解释：“高队，行为证据从来不会说谎！前面的作案，说白了是凶手需要一个女人，需要一个任他摆布的女人，一个不会给他带来任何心理负担的女人；而约翰·马尼奥塔，您好好看看这张脸，他缺少的不是女人，而是身份的认同。他觉得他被家庭、被社会所抛弃，他觉得世界上的每个人都看轻他，以至连他自己都厌恶自己，从而激发了他需要每个人都看到他的存在的极端欲望，所以他一切的变态举动，与女性、与爱、与恋尸癖都没有任何关系，他和前案的凶手真的是两种人！”

“去他妈的行为分析，甭跟我整这些虚无缥缈的废话，我要的是证据，你有吗？”

“你……要我怎么说才能明白……”

“都消消气，消消气，都是为了案子，咱有话好好说！”

正僵持着，刘队从门外进来将两人身子分开，不承想高进一根筋拧到底，连他的面子也不给，狠狠瞪着韩印说：“从现在起，案子和你没关系了！”言罢，正欲拂袖而去。这时，好像对两人的争执一直视若无睹的顾菲菲，突然用冰冷而又威严的语气说道：“想要证据，我给你！”

“别走，别走，咱先听顾警官把话说完好吧！”刘队拽着高进，高进只好不情愿地又转回身来。

“刘队，小岛爱子的案子，你们缴获的毒品中有没有一种叫‘浴盐’的新兴毒品？”顾菲菲眼睛仍盯着电脑屏幕问。

“对啊，收缴了好多这种毒品。”刘队回应。

“高队，以法医的身份，我可以负责任地告诉你，视频中的嫌犯当时正是服用了‘浴盐’！”顾菲菲转过身子，眼神犀利地盯着高进的眼睛，以不容争辩的语气说道，“‘浴盐’是一种新型致幻剂，主要成分为MDPV（亚甲基双氧吡咯戊酮），属药性强烈的中枢神经兴奋剂，吸食它除了会令人兴奋，也会导致心跳加速、烦躁、幻觉以及极端的偏执和妄想，并产生暴力倾向及侵略性，同时又会磨牙和想咬人，表现有如僵尸般。近年来，香港和台湾已经出现多起服食此种毒品导致的啃咬伤人案件。世界上最著名的此类案例我想您也应该有所耳闻，就是前段时间新闻报道过的美国迈阿密啃脸人魔！”

“你看，你看，这不就对上了吗？约翰·马尼奥塔是小岛爱子的男友，虽然女方进去了，但男方说不定还窝藏了一部分这种叫‘浴盐’的毒品，结果在肢解宋楠的时候就用上了，吃人肉只是药物致幻所致，跟前面的案子真的是两码事，前面的多享受啊，又烤又炸的。”这刘队做和事佬，就得让两头都能下得了台阶。说完高进，又接着替他打圆场，“不过小顾和小韩你们也得理解咱高队，自打案子出了，他基本上都是白天晚上连轴转，也就睡那么两三个小时，这觉一睡不好火气自然就大，再有上头的压力，这换成谁，谁也扛不住，你们多担待着点。”

在刘队的左右劝和下，双方最终冰释前嫌，一场内部纷争也算平息下来，可是让所有人都未料到的是，约翰·马尼奥塔竟也被碎尸了！

◎第九章　善恶有报

《圣经》上说："凡流人血的，他的血也必被人所流。"这句话的寓意大概与佛教中因果报应的思想类似。只是约翰·马尼奥塔这个丧失人性的肢解狂魔，一定不会想到他的报应竟来得如此之快，而所遭受的惩罚也比其施与他人的手段更加惨烈——纷争平息的次日早晨，郊外一个养鱼塘的老板，在撒网捕鱼时网到了一个大塑料编织袋，那里面装的便是约翰·马尼奥塔的尸体。

尸检由李法医和顾菲菲共同完成：尸体被一把电锯肢解掉头颅和四肢，阳具也被切下，但在编织袋中未找到，除此之外所有器官与皮肉未有缺失。躯干上阳具切创边缘发现有黑色血点，也就是血肿，是血液循环的迹象，并且死者手腕和脚腕有明显绑痕，手腕骨上发现应力性骨折以及严重骨裂迹象，综合判断：死者是在活着的时候被切掉阳具的。

死者身体里同样发现了"三唑仑"残留，但只是微量，不足以致死。内脏心肺部位见有明显皱缩现象，躯干上尸斑痕迹特别浅淡，死因疑为失血性休克。

分尸手法大同小异，装尸口袋和抛尸方式完全相同，尤其比对切创显示，分尸工具与先前连续发生的两起食人案为同一把电锯。李法医和顾菲菲一致指出：杀死并肢解约翰·马尼奥塔的凶手，即连环食人案的凶手！

另外，艾小美对凶手早警方一步找到约翰·马尼奥塔一直耿耿于怀，于是她再次对 Facebook 页面做了全面的技术分析，终于揭示出缘由——原来在她监视网页的同时，还存在另一个监视者，也同样，这名监视者的真实IP地址被完美隐藏了！

刑警队小会议室里，韩印独自一人站在白板前，手指托着镜框，双眼盯着粘贴于白板上的四个受害人的照片，怔怔出神。

这是韩印的习惯，当案件陷入极度错综复杂、诡异莫常，同时真相又似乎就隐藏于这些线索之中时，他便会沉静下来，让自己与众人分隔开，将所有案件细节在大脑中加以整理，而每每这个时候，他好像总能获得一些灵感，让真相呼之欲出。

凶手选择约翰·马尼奥塔，意味着犯罪心理发生转变，不仅仅是性别的问题，更主要的是犯罪手法。活体切割阳具，任其流尽最后一滴血暴亡，这体现出凶手在前两次作案中未曾表露过的虐待心理。可是为什么会发生这样的转变呢？阳具哪儿去了？是被吃掉了吗？如果是，那可能还是跟“性”有关系，难道他是一个双性恋？因为在新闻上看到约翰·马尼奥塔的“事迹”，而产生崇拜，并以吃掉阳具作为两人的交融？

韩印决定换一种思路。

他将宋楠的照片挪到约翰·马尼奥塔的照片上方，接着又在约翰·马尼奥塔的照片下面画了一个大大的问号——宋楠被约翰·马尼奥塔所杀，约翰·马尼奥塔又被食人凶手所杀，宋楠是这条直线上的第一个环节，莫非约翰·马尼奥塔的死与宋楠有关？那么食人凶手与宋楠会是什么关系呢？他是在替宋楠复仇吗？还是因为宋楠也曾被他视为“猎物”，但是被人抢了先，以致他要疯狂报复？

食人凶手在前两次作案中所选目标都是卖淫女，这在先前被韩印视为两名受害者共同的特质，那么除了她们比较容易被拐骗，还有没有别的原因呢？如果宋楠也曾经被视为“猎物”，那么她与卖淫女之间有什么共同点吗？是某种经历，还是身体器官？韩印仔细对比了卖淫女和宋楠的照片，个头不像，身材不像，相貌更加不像，一对艳丽，一个清纯。

韩印正进入忘我的境地，手机铃声猛地将他拉回到现实。他看了看来电显示，是高进的电话，犹豫了一下，才按下接听键。先前他已经嘱咐过，尽量不要打扰他，此时来电，想必是案子有了重大发现……

一次又一次的事实证明，韩印的判断和推测基本都是准确的，这让一直对他心有嫌隙的高进惭愧万分，他也更加懊恼没有重视韩印关于适当监控“水路”的建议。不过这世界没有后悔药卖，过去了就过去了，想弥补只能是做好当下事，所以他决定要更主动地遵循韩印的建议，对潜在受害者也就是本地卖淫女群体进行一些深入交流，没承想却为正处于头脑风暴中的韩印，带来了足够的“火花”。

此时高进坐在办公室里，正与一名红色头发着装艳丽的年轻女子谈话。虽然女孩是以卖淫为生，但人家是来提供线索的，高进觉得把她请到办公室，而不是问话室或者审讯室，能显得更加尊重和诚恳些，也好让女孩放下戒备，将线索如实反映出来。

见韩印走进办公室，高进赶忙让座，指了指坐在会客沙发上的女孩，说：“这两天我通过一些渠道，找了几个‘女孩’谈话，其中有人反映说这个女孩前阵子出了一档子事，我觉得挺可疑的，想让你听听有没有用，具体的还是让她跟你说吧。”

韩印自然知道高进所说的“女孩”的含义，便冲对面的女孩微笑道：“没事，你放松些，把事情说清楚了，就是对我们的帮助，你的问题我们不追究。”

听韩印这样说，刚刚还表情怯怯的女孩，轻轻呼出一口气，看似心情又放松了不少。她理理发梢，迟疑了一下，说道：“我在网上留了一些陪客人的信息，大概半个月前，晚上7点40分左右，我接到一个短信，说是在网上看到了我的信息，问我现在能不能为他服务，还说可以给我出高价！我当然同意了，接下来我们又通过短信谈好价钱，他让我到植物园侧门马路边第五个路灯下等他……”

“那条马路比较僻静，没有道路摄像监控，路灯也暗，如果发短信的就是我们要找的人，那么这也许就是他拐骗女孩的方式和地点。”高进适时插上一句解释，然后又冲女孩扬扬手，“你接着说。”

“我当时也没多想，还以为他想跟我进植物园里干那事……”女孩低下头有点不好意思，咬咬嘴唇接着说，“我在约定地点等了十多分钟也没见到人影，便给他发短信，他没有回，我就干脆拨打他的电话，可电话里提示机主关机了。我心想肯定是被人忽悠了，便准备离开，可刚走几步，就觉得身后有那种汽车加速的声音，感觉离我非常近。我顾不得回头，本能地向人行道跳去，结果还是被车蹭了一下小腿，掉了好大一块皮呢！”

女孩说着，顺手将左边裤腿撩起来，果然有好大一块伤疤。韩印看了一眼，示意她可以把裤腿放下了，然后说：“那车有什么特征？”

“没有，我当时吓蒙了，就觉得眼前全是黑的，根本没看清。”女孩吸了吸鼻子，眨了眨眼睛说，“不过我隐约听到他好像在车里大叫了一声‘骗子’。”

“骗子？骗他了？”高进问。

“没有啊！真的没有！”女孩稍微提高音量辩解说。

“会不会是以前……”

韩印话还没问完，女孩便使劲摇着头说：“以前我也没骗过谁啊！不信你可以向我姐们儿打听打听啊！”

“以前也没有……”韩印仰着头琢磨了一会儿，“那么你那天和往常有什么不同吗？”

“没有不同吧！”女孩犹疑地说，“就是妆比以前化得艳了点，还有平常都穿短裙，那天晚上天有点凉就穿了裤子，再……没什么变化啊！”

“裙子换成裤子？这有关系吗？”高进看向韩印。

“也许吧，前面两个遇害的女孩，失踪时确实都是穿着裙子的。”韩印也拿不准这个问题。

办公室内静默片刻，韩印冲女孩说：“你再仔细回忆回忆，有没有什么特别的细节你忘了说的？怎么就会激怒车里的人呢？”

“真的没有了……”女孩盯着自己的脚尖看似有些委屈，不过语气陡然急促起来，“对了，我想起来了，可能是我身高的问题！我在网上留的信息说我做过模特，身高超过一米七，其实都是我瞎编的，我才一米六多一点，不过平时都穿着‘恨天高’，哦，就是鞋跟超高的那种高跟鞋，看着就挺像那么回事。可那天晚上，我脚有些不舒服，穿的是一双半高跟的鞋，看着就比较矮，会不会是这个原因呢？”

“骗子……鞋跟……个头……一米七以上……”韩印皱着眉头反复默念，似乎身高和鞋跟确实是个问题，这说明女孩刚刚提到的信息触动了他的神经。果然，须臾，韩印自语的声音逐渐升高，眼睛里随之不可抑制地露出欣喜的光芒……

小会议室里，高进和顾菲菲等人目光热切，因为韩印即将揭示出食人恶魔的真实面目。

韩印用黑色水笔，在白板上画下一个圆圈，将两名受害的卖淫女照片圈起来，说：“我一直以为，提供色情服务的身份，是她们共同的特质，但事实并不是这样，真正吸引凶手的，是她们看起来火辣健康的身材和高挑的个头。所以在整个犯罪中，凶手除了欲寻求控制和占有女性，同时也妄想以此吸取她们的能量，因为健康的体魄和高挑的个头，是他所不具有的特征。因此我现在可以完全确认，也是我先前在侧写中提到过的一点，凶手必是一个相貌不堪、身材瘦弱、个头特别矮小的男人。”

“关于这一点我们先放放，再来说说他的死。”韩印抬手指了指白板上约翰·马尼奥塔的照片，“他当然是死不足惜，甚至因为这一点我对凶手产生了那么一点点同情，他成为今天这样的人，是蜕变于他多舛的成长经历的。当然，即使这样，他的所作所为也不值得获得一丝原谅，所以我的同情其实是来自他为宋楠讨回了公道。那么，这是他的本意，还是只是间接造成的结果呢？

“关于凶手虐杀约翰·马尼奥塔的动机，我曾考虑过很多种可能，可当我确认了上面的罪犯侧写，当某个人的身影开始在我脑海中晃动时，我突然恍然大悟，这也是‘爱’，是他向宋楠表达爱意的一种方式——约翰·马尼奥塔残杀他心头所爱，他便还上10倍的虐杀。”

韩印环视众人一眼，神色郑重地说道：“我想将刚刚分析的两点结合起来，各位也应该能猜出食人凶手的身份了吧……”韩印加重语气，“对！既在外在方面存有缺陷，又同时与宋楠存有交集的人，就是佐川一健！”

“不对！既然你认为他喜欢身材火辣、个头高挑的女人，那又怎么会爱上宋楠呢？宋楠个子很矮啊。”韩印话音刚落，高进随即忍不住提出疑问。

“想一想，人生最美的时光是什么时候？”韩印这个问题其实是他先前抛给自己的，当然他现在已经有了答案，“是青春期！而对于一个外在被所有人鄙视的少年，那将会是一段噩梦般的时光，是干涩、麻木、默默忍受的虚度年华！所以当他决定满足自己一切欲望的时候，他想要找回青春、找到自己从未拥有过的单纯和活力，而宋楠恰恰就给了他那样一张面孔！”

◎第十章　最后一刻

佐川一健嫌疑重大，警方依法对他进行传唤，不过仍只是试探性地问话。佐川一健操着老一套说辞对警方表示，约翰·马尼奥塔被杀当晚，他独自一人待在公寓里。这虽说只是一个不确定的说法，但警方手里毕竟缺乏证据，加上国籍身份敏感的原因，只好暂时将他放走。

接下来便是围绕佐川一健的活动范围展开全天候监控，除了流动贴身跟踪小组，警方还在他所住的公寓对面租了一间与之楼层和窗户相对的房间进行监视。再有，警方认为不能只是被动等待，还要主动在几处与案件相关的地点，展示佐川一健的照片让群众指认。比如南山湖、植物园侧门紧邻的马路、他有可能劫走约翰·马尼奥塔的奥博大酒店附近区域、郊区养鱼塘附近，还有警方认为佐川一健可能还租有一处房子，用于肢解尸体和进食人肉，而这处房子很可能就在韩印曾经圈定的“科技生态城”中。

深秋周末的傍晚，黑夜来得很快，才5点多，已是暮色漫漫。

佐川一健从公寓出来，没有开自己的车，而是坐上出租车，来到老朋友经营的横滨酒吧，跟踪人员随之而至。

A国人，尤其是A国男人，喜欢夜生活算得上世界闻名了，单单站在这A国餐饮娱乐一条街的街面上，便能感觉到各家店面生意的火爆，不断有簇拥的人群进进出出。有的店面外还排着长队，唱歌声、划拳声、醉酒吵闹声不绝于耳，甚至这才刚进入夜晚，已经有人事不省的醉酒者躺在街边了。与白天谦虚有礼、风度翩翩的气度迥然，夜晚流连于这条街上的一些A国人，仿若戴上一副下三烂的面具，当然也许那才是他们本来的面目，狂放不羁地将下流与糜烂的一面表现得淋漓尽致。

横滨酒吧里亦是座无虚席，从客人的打扮举止来看基本都是A国人，想必佐川一健早已订好了位置，才刚一进门，便被服务生引到墙角边的卡座里。由于周围都是A国人，加上没有座位，跟踪警员显得尤为扎眼，他们担心被佐川一健察觉，四下观察一番环境便撤出酒吧，回到街边的车里继续监视。不过，跟踪小组组长指示几名警员，要轮换着每隔半小时进酒吧探视一番，以防有失。可没承想，就是这半小时的时差，目标真的就消失了！

第一拨两名警员进入酒吧巡察时，佐川一健坐过的卡座已经空了，两人赶紧分头搜索，始终未见目标身影，只好抓住服务生询问。

“那里的客人呢？”警员指着墙角边的卡座问。

“您是说佐川先生吗？他跟我们老板是朋友，本来约好今晚一起过周末的，可老板刚才打来电话，说身体不舒服今晚不来店里了，嘱咐我们跟佐川先生说声抱歉，下次再约。然后佐川先生独自喝了两瓶啤酒后，十几分钟前从后门走了。”服务生说。

“后门？在哪儿？”警员问。

“您顺着那儿走到尽头便是后门了。”服务生指着吧台旁边一个小走廊，“我们酒吧后身还有几家酒吧，串场的客人都从那儿进出。”

大约在佐川一健脱离监视半小时前，也就是5点15分左右。

那时，艾小美正走在一条社区马路上，去向“科技生态城”住宅小区的正门……

下午，艾小美和杜英雄走访了“科技生态城”住宅小区的物业，以及各进出口的保安岗亭，物业工作人员和保安都表示，从未在小区里见过两人手中照片上的A国男人。出了小区大门，两人都心有不甘，便商量着再折回去，各自在小区里转转，询问一下在外走动的住户，说不定会有所收获。

天越来越暗，小区内亮起了万盏灯火，艾小美看看腕上的表，已5点15分，觉得该回队里去了。她站在社区马路边，掏出手机想打给杜英雄，可刚按下解锁键，手机便自动关机了。比手机没电更糟的是，她发现自己迷路了。此时，一辆轿车从她身边滑过，开出不远突然停下了。艾小美正纳闷，那车竟倒回她身边，放下了车窗……

"您怎么会在这儿？"

"我在执行公务啊！那您呢？您住这儿？"

"是啊！对了，提到公务，我有信息要向您反映，还有几张照片想给您看看，要不您上车来，去我家详谈……"

"嗯……好吧……"艾小美朝远处望了一眼，犹豫须臾，便打开车门上了车。

同一条社区马路交叉口，杜英雄刚从另一条马路拐过来，左顾右盼间，远远望见一辆黑色轿车正发动引擎，散出一股白色尾气，加速向远处驶去。

艾小美手机关机，门口保安也说始终未见到她的影子，杜英雄心里便萌生出一种说不出的焦躁和不安。他试着在小区里四处找寻，可并未碰见艾小美，只好一边嘟哝着埋怨小丫头太过好强，一边返回门口的车里耐着性子继续等待……6点多了，艾小美仍旧无踪，杜英雄开始觉得有些不对劲，刚刚那股隐隐的不祥的预感，逐渐弥漫了整个心间……

监视目标消失！艾小美失踪！间隔不到20分钟，行动指挥中心接连收到两个坏消息。

艾小美在这个节骨眼儿上失踪，肯定与食人凶手有关，会不会是她在查访过程中，与凶手正面相冲了呢？而佐川一健在这个时间点又突然摆脱警方监视，这其中会不会有着联系呢？高进赶紧调集警力，一路人马奔赴A国餐饮娱乐街，搜索嫌疑人佐川一健；另一路，迅速赶到“科技生态城”住宅小区支援杜英雄，搜寻艾小美的踪影。

6点40分。

搜索小组传回消息，仍未发现艾小美。查看各入口处监控录像，未发现可疑车辆。不过先前已经介绍过，小区仍有大部分楼盘未建完，进出途径比较多，如果凶手有心躲避监控，是非常容易的。

将近7点。

另一路小组在A国街的一家酒吧里，找到满面涨红的佐川一健。据被灌了几杯醒酒茶后勉强清醒过来的佐川一健说，从横滨酒吧后门出来，这是他今夜串的第三间酒吧。

艾小美和杜英雄折回“科技生态城”住宅小区是下午三点半左右，也就是说从这个时间一直到晚上6点之间，艾小美可能在任何一个时间点被掳走，而佐川一健五点半左右从横滨酒吧后门溜走，两个半小时之后才又出现在警方视线里，理论上说作为连环食人案重大嫌疑人，他还是有时间绑架艾小美，然后再返回酒吧装醉的。鉴于此，也因手中再无其他线索，高进便命前方警员立即将佐川一健带回刑警队。

7点20分。

顾菲菲和韩印以及高进，罕见地同时出现在审讯室中。

“你喜欢宋楠对吧？”顾菲菲问。

“当然，我可以为宋楠小姐付出一切，哪怕是生命！”佐川一健还未完全从酒意中醒过来，眯缝着双眼，拍着胸脯说。

“那么你知道她被一个B国人杀害了吧？”顾菲菲接着问。

“当然，新闻到处都是，我怎么会不知道，我会为宋楠小姐复仇的！”佐川一健挥动一只手臂，做出一个砍头的姿势。

“别装了，你已经那样做了，对吗?！”靠在审讯室门边的韩印，两步跨到佐川一健身前，双手猛地拽住他的外套，狠狠盯着他的眼睛，一字一顿地说，“你爱宋楠，所以你折磨约翰·马尼奥塔，你吃掉他的阳具，你觉得这样就等于拥有了青春靓丽的宋楠，现在你又想拥有更加洋溢青春气息、活力四射的艾小美，是不是？”

佐川一健显然不吃这一套，他借着酒劲将韩印一把推开，嘴里大声嚷道：“什么？那个坏蛋死了？还有艾小美是谁？她和我有什么关系？我只喜欢宋楠小姐。我可以为她杀人，但那个坏蛋不是我杀的！学校里很多人都喜欢宋楠小姐，你们为什么单单盯着我不放？你们根本是对我们A国人有偏见，我要向大使馆抗议你们的举动！”

“对啊，还有谁既喜欢宋楠又符合侧写呢？”因为牵挂艾小美的安危，向来遇事沉稳的韩印，刚才的确有些冲动，被佐川一健情急中的一句气话点醒，他放开手，强迫自己迅速冷静下来，调整情绪，开动大脑。

爱慕宋楠的同学不符合侧写，凶手不会是学生；如果说最恨约翰·马尼奥塔的，肯定当数宋楠的真命天子黄达，可他外在条件和年龄阅历也不符合侧写。难道黄达有外表无法窥探的身体缺陷？他有绑架艾小美的时间吗？韩印的脑海里，黄达的面孔被反复审视，他强迫自己去回忆与黄达交谈的每一个细节，直至梳理到与黄达“告别”的景象也未……

“不，等等……”韩印将思绪跳回与黄达告别前的最后一个问题，当时他问黄达与宋楠关系是否很亲密，而黄达在应答之前却先忐忑地看了老板一眼，貌似有些踌躇。怎么会有这样一个下意识的反应呢？为什么他在与宋楠交往的问题上会忌惮老板的反应？是因为老板苍井宫也喜欢宋楠对不对?！

良久思索的最后，韩印不自觉地从口中念出“苍井宫”三个字……

“苍井宫也喜欢宋楠？”顾菲菲敏锐地捕捉到韩印的情绪。

“有这个可能。”韩印迟疑着点头说，“可是他外表没问题，也不符合侧写！”

“不，不，不，苍井现在的样子，不是他原来的样子！你们难道不知道吗？”坐在椅子上看似快要睡着的佐川一健，突然眨眨眼睛，嘴里含含糊糊地说。

“什么？”审讯室中三双略显疲惫的眼睛，瞬间同时惊诧地瞪大了，高进使劲拨弄了两下佐川一健的脑袋，“清醒清醒，好好说说！”

“他做过美容了。”佐川一健揉揉眼睛，使劲晃了晃脑袋，长呼一口气，从屁股兜里掏出皮夹子，翻开来，拿出一张照片举到众人眼前，“这是我们高中时候的合影，这才是他本来的样子！”

宽阔豪华的卧室，灯光柔和迷离，CD机里传出清悠的音乐。

艾小美神色安详地躺在一张米黄色大沙发床上，全身上下只剩下窄小的白色胸罩和紧贴肌肤的内裤，呼之欲出的挺拔的双峰、雪白的肌肤、诱人的体沟以及迷惑万分的少女气息，让整个卧室里充斥着无尽的暧昧和遐想。

男人跪在床边，痴痴凝望着青春无瑕的胴体，一脸满足的猥琐淫笑——这个动作他已经保持将近两个小时了，他一点也不觉得累，他极为耐心，他要充分享受憧憬了无数个白天黑夜的这一刻，他要让它停留得更长一些。

男人终于觉得疲惫了，打了个哈欠站起身来，活动了两下腿脚，青筋暴露的双手伸向艾小美的背后，颤抖无措地解开胸罩带：“知道吗，只是初见，我已然爱你到无法自拔，来吧，让我拥有你的一切，与我相拥而眠吧！而明天，我将让你进入我的身体，从此融于彼此，永不分离！”

“砰！”一声巨响，卧室的门猛然被撞开，一股巨大的风潮迅疾扑将进来。男人还没反应过来，便觉身子已腾在半空中，又“砰”的一声被重重仰面摔下，紧接着冰雹般的拳脚从四面八方落了下来……

“小美……快拿毯子来……救护车到了没有……别怕小美……别怕……哥来了……哥没保护好你……你千万不能有事……”杜英雄紧紧将艾小美拥在怀中，眼泪夺眶而出。

◎尾声

云海市医大附属医院，特护病房。

由于抢救及时，艾小美次日一早便恢复了意识，医生细致地查看一番后，表示身体机能基本正常，脑部也没有明显的损伤症状，于是彻夜等待、焦急万分的几个人，终于被获准进去探视。

艾小美躺在病床上，气息微弱，樱唇紧闭，面色亦如病房周遭的色调一般素白如雪，却多了几分娇羞柔弱的气质，加上本就清纯可人的模样，虽不见了往日的活泼和阳光，倒也让人不禁产生怜香惜玉之感。

不过艾小美一张嘴，柔弱的美感便没了，就又是那个大大咧咧、没心没肺的主儿了……

“到苍井宫家之后，他递给我一罐可乐，我当时正口干舌燥，接过来便猛喝几口，直到大半罐可乐下肚了，才察觉味道有些怪，比正常的要苦很多。心里正犯着嘀咕，身子开始不听使唤，才恍然意识到我可能落入小鬼子的圈套了。”艾小美眼神坚定地望向远处，面色庄严地说，“刹那间，我脑海里涌现出李云龙、葛二蛋、熊阔海等抗战英雄的光辉形象，我不断告诫自己，不能倒，一定不能倒，要如英雄的前辈一般，宁可死，也绝不跪倒于他人膝下！嘻嘻……”

“臭丫头，不贫能死啊！大家都为你担心着呢，你倒好，鬼门关走一遭，像没事人似的！”顾菲菲嘴上责怪着，但脸上全是疼惜的表情。

“不错，不错，没丢哥的脸，哥挺你！”眼见艾小美没事了，杜英雄紧绷的神经终于放松下来，便也跟着没个正形地开腔。

“嘻嘻！过奖，过奖！对了，苍井宫就是食人凶手吗？怎么会是他呢？”艾小美满脸迷惑地问。

“对，是他。”韩印冲艾小美温和地笑笑说，“苍井宫是早产儿，先天患有跛脚残疾，身材也特别瘦小，连一米六都不到，而且生来就相貌丑陋、头发稀疏，因此造成了他极度自卑的心理，也注定成长的过程要与孤独和寂寞相伴。对于异性的感觉他心里很矛盾，既渴望又惧怕。他渴望与异性建立关系，但也自知很难获得异性的青睐，他更是深深惧怕，即使一时得到异性伴侣，也终究逃不过被抛弃的命运。只有死亡，才能赋予一个任他控制的异性伴侣；只有吃掉伴侣，才可以永生拥有。

“来中国之前，他在A国一家IT公司做程序员，那时他已经无法控制自己的食人欲望，曾于半夜潜入一名女同事的闺房，但被发现了。由于家族有一定背景，他逃过了法律的追究，可食人欲望被家人发现，便想将他送到国外，换个环境戒除心疾。于是，在唯一的朋友佐川一健的邀请下，他来到云海，开了横滨酒吧。

“也许是A国人的优越感，也许是陌生的人际关系让他的压抑感和紧张感得到缓解，当青春靓丽的宋楠出现在他眼前时，他没有选择极端，而是鼓起勇气试图通过改变自身形象来获得这份爱情。他植了头发，开了眼角，注入填充物质丰润了脸颊，对他的秃发和尖嘴猴腮做了很好的美化，而且还高价定制了皮鞋，以弥补身高不足以及跛脚的缺陷。可宋楠最终并没有接受他，而是选择了在他眼里地位卑微的酒吧领班黄达，这对他可以说是一个终极的打击。于是第一次，也是最后一次，他开始遵循心魔的指引，让自己彻底变成了恶魔。也就是从那时起，云海市接连发生两起杀人食肉案。”

“噢，原来是这样。”艾小美眨着大眼睛，有些花痴地说，“韩老师我就喜欢您娓娓道出真相的感觉，特帅！也一定是您想到找出苍井宫住处的办法吧？”

“这我可不敢贪功……”韩印笑笑看向顾菲菲。

“对，听说是顾姐当时灵感闪现，想到的点子。”杜英雄跟着抢道。

“也是你运气好吧。”顾菲菲轻描淡写地说，“苍井宫作案前，经过周密的计划，他瞒着所有人在‘科技生态城’中租了一套别墅，连他最好的朋友佐川一健也不知情。当时我们只知道他开的车型和牌照，可是大家都担心以他作案的方式，即使把全部人手撒出去最终找到车辆，也可能会贻误救人时机。于是我灵机一动想到：当时他应该还不知道我们已经将他锁定为凶手，他关掉你的手机，并不一定会关掉他自己的，便提议让技术科定位他的手机。幸运的是，如我所想，最终通过GPS定位获取了你们的方位。然后，有些人就得到了英雄救美的机会……”

“嗯，往这儿看。”顺着顾菲菲的话，杜英雄昂着头，使劲拍了拍胸部，嘚瑟地向艾小美表白自己的功劳。

见艾小美身体基本无恙了，韩印和顾菲菲又牵挂起对苍井宫的审讯，便让杜英雄留下照顾艾小美，他俩回队里看看情况。临走时又特别嘱咐艾小美，必须乖乖在医院休养几天，别又像上回杜英雄住院似的，半夜里逃出医院。

两人前脚刚走，艾小美脸色便立即沉静下来，她用力抿着嘴唇，眼神躲闪地对杜英雄说：“你救我的时候，我是不是没穿衣服，你都看到了？”

艾小美终于提到这个问题了，杜英雄本来还以为能糊弄过去，心里顿时开始发毛，结结巴巴地表白道：“那个，我是看了，不过你放心，我会负责的，一定会负责的！”

“滚蛋，少臭美了，谁用你负责。”艾小美再次垂下眼帘，支吾着说，“那个他是不是对我……”

“没，想什么呢！你那时候还有呼吸，那废物不行，韩老师不是说了吗，他只对死人有劲。”明白过来艾小美突然严肃下来的原因，杜英雄暗暗松了一口气，缓过劲，便又咋咋呼呼愤愤地说，“我跟你说，要不是当时急着送你来医院，我非整死那人不可，都什么年代了，还敢祸害咱中华儿女！”

活在活着的人的心里，就是没有死去！

——坎贝尔

◎楔子

一

胶东省，泰平市。现在。

冬日的下午，雾霾重重，寒风中夹杂着湿冷，冰凉彻骨。

一辆车身漆着“公安”字样的白色警车，放慢速度缓缓停至街边。车门打开，陆续走出两名身着警装棉服的警察和两名便衣，四人神态放松，有说有笑，举止没有丝毫的戒备，看似只是在执行一次再寻常不过的查访任务。

不多时，四人来到一栋带着院落的二层独楼前。院门口有一个十几级的水泥台阶，台阶上喷着红色油漆的铁门里面没有上锁，轻轻一推就开了。几个人相继走进院中，顺着灰白石子铺就的小道，走了十多米，来到正屋门前。

小楼年数已久，设计老旧，仅有一个沾满污迹的木门可以出入，木门之外是一道铁栅栏门。一个方脸警察抬手轻拍两下栅栏，随即门里面传来低沉的应门声。

“谁啊？”

“警察！”

“要干啥？”

“找您了解点情况，麻烦请开开门。”

“等会儿！”

门里面窸窣作响一阵，很快又没了声音……

门外有音乐铃声响起，便衣男人中年纪较轻的一位从衣兜里掏出手机，瞄了眼来电显示，笑笑，按下接听键。

与此同时，木门悄无声息地徐徐打开。

二

胶东省，陆港市。大约一周前。

灰蒙蒙的上午，太阳眯缝着眼睛好像仍未睡醒一般，光线越发显得慵懒，有一种死气沉沉的气氛，不禁让人觉得整个世界正奄奄一息。

“乓”，一声炸雷般的震天巨响，猛然穿透阴晦的静谧，也穿透一名中年男子的脑袋……

一刹那，暗淡的天地间似乎有了一抹亮色，是耀眼的红，血红血红的，不，那就是红的血！它缓缓流淌着，簇拥着无辜的身躯，渐渐冷却！

昏昏欲睡的人群终于惊醒过来，他们瞪着惊恐万分的眼睛，目睹着倒在血泊中的躯体，目睹着飞奔的枪手，以及被阵风卷起漫天飞舞的百元钞票……

◎第一章　银行劫案

刑事侦查总局，重案支援部，银行劫案次日。

那时吴国庆才刚踏进办公室不久，便听到一阵急促的敲门声，还未来得及应声，门外的人已等不及闯了进来。

是局里派给他的助理，一个沉稳懂事的小伙子，此时却是一副火烧眉毛的着急模样："刚刚胶东省公安厅上报一宗银行持枪抢劫案，抢匪的枪……"

未等助理说完，吴国庆一把夺过他手上的卷宗，才看了几眼，便操起手边的电话，快速拨了个号码，寥寥说上几句挂掉，紧接着又拨了一个号码："小顾，立即把你的小组从案子上撤下来……不，不是你们表现有问题，是有更重要的案子要你们去办，资料我马上让人传过去，你们要尽快赶到案发地。韩印老师已经在路上了。"

放下电话，吴国庆冲助理挥挥手，叮嘱他即刻把案件资料传给顾菲菲，然后长叹一声，摘下老花镜，捏着鼻梁，喃喃感慨道："五年了，'那把枪'终于出现了！"

胶东省，陆港市，刑警队会议室。当日午后。

"昨日上午，9点左右，本市建工银行一间分理处，发生持枪抢劫案。一名男性客户办理完取款后，走出银行不远，遭到近距离枪击。子弹贯穿太阳穴，受害者当场死亡，拎在手上装有巨款的蓝色旅行包被抢，抢匪得手后迅速逃离现场……

“受害者名叫苏东，现年39岁，外省人，十多年前来本市做生意，后娶了一个本地老婆，遇害前夫妻二人共同经营一家五金建材商店。据受害者老婆说，当天取款是要交商店的租金，总共取了10万块钱。不过案发后我们与银行核实，因忘记提前与银行预约，受害者只取到5万，而抢匪在抢夺装钱的旅行包时，又因用力过猛甩出一捆钱来，实际上抢匪只抢走4万块钱。

“关于抢匪，线索寥寥，据几名目击者反映，他身高一米七左右，上身穿了件黑色运动棉服，下身是一条蓝色牛仔裤，脚上穿了双白色运动鞋，头上戴着能遮住大半个脸只露出一双眼睛的毛线帽。

“经技术科对现场采集到的弹头和弹壳测试表明，发出子弹的是一把‘五四’式手枪，同时在弹壳上提取到一枚指纹，经比对与我市多年前一名牺牲的刑警相匹配——抢匪所用枪支，其实是一支遭抢的警枪！”

负责向支援小组做案情简报的，是陆港市公安局刑警队队长，也是本次银行抢劫案专案组组长宋金成，一个标准的硬汉，身材高大，五官坚毅，眼神刚正霸气。

宋金成翻开一个灰色档案夹，继续说道：“五年前的一个冬夜，在我市黄河路黄花巷口，发生一起恶性抢劫案，受害者是分局一名刑警，身中数刀而亡，钱包手机被抢，更要命的是随身携带的装满八颗子弹的‘五四’式配枪也被抢了。当时这个案子也是我主办的，现场没留下凶手的任何痕迹，只能以受害者作为侦查方向。我们围绕他的社会关系进行重点调查，对他经手过的案件当事人也逐一做了筛查，相继排除寻仇和蓄意抢枪等作案动机，到最后一致认为：案件起初是以劫财为目的，但由于被抢者的刑警身份，导致案件升级。不过出于谨慎态度，也鉴于警枪落入抢匪手中，会给社会造成极大的安全隐患，对警队的声誉也影响恶劣，局里特邀刑侦局专家团前来论证以及指导办案，经专家组一系列谨慎评估，最终对我们得出的结论表示认可。

“随后，我们在全市范围内针对有此类犯罪前科的释放人员展开拉网式排查，同时还部署了集中打击盗窃抢劫案件的专项行动，可均未发现凶手的踪影。由此，我们又分析凶手可能是流窜犯，便向省内兄弟单位通报案情，寻求协助，但最终还是未抓到凶手，直至今天，案子还一直悬着。”

宋金成面色暗淡下来，语气沉重地说：“这么多年，那把枪始终在我心里惦念着，每每想起它都会有一种说不出的忐忑和慌张，生怕它冷不丁冒出来伤害无辜。我相信当年的专家团领导，如今你们支援部的主管吴老师，也和我怀有相同的担忧。老人家为了那把枪，生生在我们这儿待了三个月，这几年也是每隔一段时间，便打电话过来，询问调查进展。”

宋金成停下话头，面色悲凉，会议气氛显得异常沉闷。

须臾，他刻意咧咧嘴，做出一番振奋的模样，说：“在座的诸位虽然都很年轻，但办案的口碑，我早有耳闻，而且刑侦局在这个时候把你们派来，也足见局领导对诸位的器重，所以我也不再多说了，一定全力配合你们工作，需要我做什么尽管招呼，我相信在咱们的通力合作下，一定能够把案子拿下。”

银行抢劫案，素来被公安系统视为首要重大案件，虽然受害者人数可能无法与系列变态杀人案件相比，但从对社会秩序危害的角度来说却是更为恶劣的，尤其本案中伤人的枪械又是一把警枪，案子的重要性和受关注程度不言而喻。

支援小组每个成员都能意识到肩上的担子有多重，顾菲菲心里也不免沉甸甸的，心绪异常杂乱，有跃跃欲试的冲动，更有几分忐忑。不过当她看到韩印眼里充盈着一如既往的沉静与坚定，便瞬间找回雄心满满的状态，开始布置任务：“宋队，专案组那边的搜索工作，仍然按照你们先前的部署进行，我们这边需要你安排人手协助韩印老师和小杜去现场做犯罪模拟，再派个人带我和小美去见见受害者家属！”

犯罪现场。

案发银行分理处，处在一个人口密集的老式住宅区里，位于一条东西走向小区主路的北侧，对面是一大片住宅楼，右手边也就是银行西侧方向大概20米远，有一个十字形的交叉路口。

银行附近已经被黄白警戒线封锁起来，距银行大门斜线距离七八米远，靠近马路中间的位置，白色的痕迹固定线勾勒出受害者中枪倒地时的位置和轮廓。周围遗留有一大摊暗红色血迹，虽然几近干涸，但仍能让韩印和杜英雄隐隐感受到一股肃然的杀气。

“案发时，受害者的老婆，正坐在停在路边的出租车里等他。”陪同到现场的宋金成，指着银行斜对面的岔路口说，“受害者办理完取款，斜穿马路时，抢匪从他侧面，也就是银行的对面冒出来，向他侧脑开了一枪，然后拽下他手上的旅行袋，反身向住宅区里逃窜。”宋金成转身指了指与岔路口方向相反的两栋居民楼中间的夹道，说，“他就是从那儿逃掉的。”

韩印点点头，顺着宋金成手指的方向望了一会儿，估摸着夹道距枪击点50米左右，然后他掀起警戒线向夹道走过去。宋金成和杜英雄随后跟着。

从夹道穿过一排住宅楼，韩印发现凶手可逃窜的方向很多，东、西、南面都有路口可以选择，便皱着眉头，问：“宋队，这片住宅区域周边的道路情况怎样？”

“这个我们昨天统计过，以银行西侧的岔路口为界，往南面方向也就是纵向，要经过9排住宅楼，直线距离二百多米，有一条城市主干道；往东面方向，直线距离四百多米，有一条次干道。”宋金成说。

“车辆通行情况呢？”韩印接着问道。

“不——好！”宋金成拉长声音强调说，“这是老住宅区，人口比较密集，周边的马路也年久失修，尤其刚刚说的主干道和次干道间还交会着一座立交桥，所以通常情况下，堵车情况特别严重。”

“那是不是也延误了你们到达现场的时间？”杜英雄问。

“那倒没有。”宋金成晃了两下脑袋，自信地说，“街道派出所离这儿很近，而且接到银行报警后，局里第一时间启动了应急预案。想必你们也有所了解，自‘周克华系列抢劫案’发生后，各省区市公安队伍，都特别加强演练了应对重大案件的策略，可以说不管是应急反应，还是相关部署，都非常迅速和严密，只可惜还是让抢匪跑了。”

“看这小子的逃跑路线，他会不会胆大包天，提前在这附近的楼里弄了个窝呢？”杜英雄下意识地左右看看说。

“我们也有这样的怀疑，已经派人手在逐栋排查了。”宋金成看向韩印，说，“韩老师您觉得呢？”

“有一定可能性。”韩印也四下环顾一番，若有所思地谨慎说道，接着转身沿居民楼前的小路，向西边方向走去。

韩印走到路口，踏上与银行门前那条马路相交的岔路，右拐上去，直到兜回到岔路口才停下。他盯着紧邻岔路口的纵向街边，沉吟了一会儿，说：“宋队，当时出租车就停在这里吧？受害者老婆有什么反应？”

“哦，对，车是停在这儿。”宋金成也随手指着街边说，“他老婆和出租车司机都吓坏了，当时我们把他俩带回队里做笔录，两人一直是战战兢兢的。”

“她说没说，他们怎么会选择这家银行取款？”这个银行分理处，既不邻近干道街边，从资料上看，与受害者的住所和商店的位置也不发生交集，韩印自然会觉得有些可疑。

“我们当时问了，据她说是为了帮助在此工作的一个朋友完成开户任务。”宋金成紧接着补充，“这个我们确认过，的确如她所讲的那样。”

“怎么，韩老师你觉得她有问题？”杜英雄问。

“不知道，还不好说。”韩印缓缓地摇了摇头，“要看看顾组长那边与她接触的情况再说。”

宋金成是直性子，见韩印言语中似乎有所保留，便有些沉不住气：“韩老师，你有什么想法尽管说出来，不必有顾虑，对我们的工作有看法也但说无妨。”

宋金成算是说到点上了，打一开始韩印就觉得陆港方面直接就将案件定性为恶性抢劫，似乎有些太想当然了，此番围绕现场走了一遭，他的这种感觉更深了。不过案子太过重大，在缺乏证据的情形下，将案子复杂化实在不够稳妥，他想多听听相关方面的信息反馈再做判断。只是眼下宋金成把话说到这个份儿上，他也不好意思不予回应，便斟酌着说道："倒不是有什么顾虑，您也别介意，我真不是跟您这儿卖关子。我是有些个人的想法，不过还只是初步的，尚不成熟，还是等回队里跟顾组长碰碰头，将各方信息汇总一下再说吧！"

"哎呀，没关系，介意啥啊！不过情况你们也了解了，抢匪几乎没有给我们留下任何明显可追查的特征，常规性的搜索和排查，实质上很难取得效果，所以确实急需你们尽快做出一套侦破方案来！"宋金成事理分明地说。

"那没问题，我们会全力以赴的。"韩印和蔼地应道，"这里差不多了，那咱们就回吧！"

三人相继上车，刚要发动，宋金成的手机响了。

接下电话，他顿时笑意粲然，喜气满面，声音也不由自主地柔和起来："噢，小颖啊，我在办案，对，有些急，这几天恐怕都得加班……宝宝怎么样……想，怎么不想，让我听听宝宝的声音。儿子，叫爸爸，快叫爸爸……叫了，怎么没叫，我都听见儿子叫了。呵呵，好，不说了，没事就挂了吧！"

挂掉电话的宋金成，脸上依然喜滋滋的，好像还沉浸在一通电话的回味当中。坐在副驾驶位置的韩印和坐在后座的杜英雄不禁哑然失笑，谁能想到外表看上去铮铮铁骨的汉子，竟然有这么温柔的一面，反差实在太大了。

傻笑了好半天，宋金成才回过神来，看到韩印和杜英雄用带些揶揄的表情不约而同地瞅着他，终于察觉到一丝失态，便扬了扬手中的电话，不好意思地说："老……老婆的电话……孩子才9个多月，我工作又忙，家里的事全靠人家张罗，咱态度一定得到位是不？"

“呵呵，您甭解释，待老婆好是应该的，不过没想到您这么……”杜英雄顿了顿，觉得用词有些不合适，可还是没忍住，“这么肉麻！”

“小杜你现在跟小美学坏了，越来越没大没小了啊！”韩印假装严肃地数落了杜英雄一句，然后转回头冲稍有些窘态的宋金成说，“宋队，别听他的，看您这也算中年得子，高兴是应该的！”

“确实，我是真高兴，以前怕耽搁事业，一直没想要孩子，眼瞅着过40了，两家老人扛不住，约好绝食抗议，我这不得已才要了。可没想到啊，第一眼见到我那儿子，我整个人就化了，感觉什么名利财富全都不重要了，儿子才是我一生中最大的成就。不怕你们笑话，那半个月我一直都晕乎乎的，一想起我是爸爸了，就会忍不住偷偷笑出声来。”韩印本就那么随口一说，想化解宋金成的尴尬，没想到又勾起他的兴致，不但深情“表白”一番，还调出存在手机中的儿子的照片，让韩印和杜英雄欣赏。

“宋队，孩子的眼睛像你。”韩印看着照片说。

“对，确实像，眼睛特别明亮。”杜英雄紧跟着附和，之后又感叹，“有孩子的感觉真这么美吗？看您幸福满满的样子，我都想当爹了！”

“那就赶紧要个呗！”

“可我得先找到孩儿他妈啊！”

“呵呵……”

建材商店。

受害者经营的建材商店，在一条专门经营五金建材的商业街上，店里营业面积不小，生意也相当不错。

顾菲菲和艾小美走进店里的时候，有好几拨客人正在挑选商品，几个店员跟着跑前跑后，忙得不可开交，见有人找老板，只是随手冲里间指了指。两人便顺着直筒的营业厅往里走，很快便看到一个茶色玻璃隔断隔出的小办公间。

顾菲菲坐在会客沙发上，对面棕红色大班桌后面坐着受害者的老婆——王月，一个身材臃肿、穿着土里土气的中年女人。她头发油腻凌乱，面色苍白，红通通的双眼里还盈着泪花，看来老公突遭横祸后，她一直以泪洗面。

“说说昨天事情的经过吧。”顾菲菲不太会说安慰人的话，所以一张嘴便很直接地问到案子。

“嗯。”王月使劲抽动两下鼻翼，说，“商店房子的租期快要到了，前阵子老公和房主商量好续签的事，由于房主急着用钱，要求我们提前把续签两年的房租都付了。老公答应了，但提出让房主等几天，说结完一笔货款就把钱给他。前天下午，那笔货款到账了，所以昨天一大早，从家里出来，我和老公便打车去了银行。到了那儿，见银行里人不太多，又担心待会儿取完款出来打不到车，老公便和出租车司机商量，让他把‘等时’打开候着，司机同意了，便把车停到岔路口边上……”

“取那么多钱，你怎么没跟着去？”

“说实话，这几年经营这家店，确实挣了不少钱，十万块钱对我们来说真不算什么，我老公也没当回事，就没让我下车。”

“既然生意这么好，怎么你们自己没买辆车？”

“车有啊，上个月出了点事故，因为有个零部件要从原厂邮过来，所以一直没修好。”

“都有谁知道你们昨天要取钱？”

“没谁，就店里几个卖货的，还有我和老公，再有房主那边。”

“你老公近来有和谁结仇吗？在生意上有账务纠纷吗？”

“没有，据我所知是没有，我老公人缘特好，做生意也很诚信，从不赖账。”

“你老公在外面有没有不正常的男女关系？”

“怎么会呢？我老公比较传统，没有那些花花肠子，我们两口子感情一直挺好。”

说话间王月泪水不止，不住地垂头抹擦，想必老公的离世对她打击确实很大，问到后来她竟有些泣不成声，顾菲菲只好打住话题。在等待王月平复情绪的片刻，她扭头望向玻璃隔断外的营业厅，看见艾小美正拉着一名刚刚送走客人的店员问话……

◎第二章　动机疑云

忙碌的白昼在不知不觉中过去，冰冷的暮色悄无声息席卷而来，陆港市公安局刑警队办公大楼依然灯火通明，所有部门的警员均紧守岗位，随时等待专案组的调遣。

宋金成特意安排了一间小会议室，为支援小组办案专用，此时几个人刚刚在食堂囫囵吞枣吃了口饭，便抓紧时间讨论案情。

首先，由顾菲菲通报受害者老婆的背景资料："王月，35岁，本地人，与受害者苏东结婚八年无子女，为人本分保守，文化水平不高，在接受问话中，没有反常的情绪表现和异常的可疑行为。从她口中得知，她和苏东感情融洽，两人齐心合力将生意打理得非常红火，目前他们在市内高档小区拥有一套三居室的楼房以及一辆进口吉普车。王月还表示，苏东人缘很好，没有不良嗜好，从未与任何人结仇，也不存在债务纠纷问题。"

紧跟着，艾小美补充说："可是建材商店的店员却不是这样说的，由于王月不能生养，夫妻俩关系实则非常冷淡，平日王月在店里只负责清洁卫生、做饭和监督店员等杂事，经营上的事务基本都由苏东一手打理。苏东对钱财方面尤为苛刻，不仅对店员非常小气，经常因为一些小事克扣薪水，甚至连老婆王月的任何支出都必须向他报账。不过苏东也不整天待在店里，几名店员都表示苏东喜好打麻将，经常出没于商店附近的棋牌室。另外商业街上有传言说，他在外面包养了一个歌厅小姐，还有了私生子，至于传言是真是假，传没传进王月的耳朵里，那就不得而知了。”

接下来，杜英雄汇报目前对抢匪的搜捕情况：“现场距当地街道派出所非常近，案发后派出所警力全部出动，只用了三分钟左右的时间便赶到现场。而110指挥中心也迅速调集银行附近的交巡警和特巡警前往支援，并立即部署封锁附近路口，同时对银行周边交通摄像头进行集中监控。据说，除派出所人员迅速到达外，第一批执行路口封锁的梯队赶到指定方位，也只用了不到五分钟的时间。陆港市局方面，也火速调集数百名警力，控制案发区域相关干道，大范围展开调查走访和设卡堵截，并严密搜索过往车辆和行人。目前，对各主要出市哨卡的车辆盘查以及各层次旅馆和洗浴中心的调查走访工作仍在继续。由于抢匪在得手后向住宅区域逃窜并消失，专案组分析抢匪有可能在案发现场附近的住宅楼里有藏匿落脚点，所以对该区域的住宅楼和居民正进行大规模排查。”

在其他几个人介绍情况的同时，韩印一直在小白板上写写画画。不过，不要以为他不重视同事的发言，他在白板上所记录的，正是从同事介绍的信息中捕捉到的关键词。然后，他会结合自己的思路，通盘考量一番，指出几个侦破方向供大家讨论。

此时，白板上已经写下几个名字，他放下黑色水性笔转过身，搓着手说：“先说说还原现场的发现，有几个点我觉得很反常。

“毋庸置疑，几乎所有的银行抢劫案肯定都是经过充分预谋的，不管抢匪是进入银行内部，还是在银行外针对取款人，或者是以运钞车为目标的抢劫，都会有周密的计划。当然，重点是要事先选好地点，也就是我们常说的踩点，而且还要考虑时机、对象、逃跑路线和工具等。本案的反常就在于：首先，如果事先踩过点，明知派出所离得很近，抢匪为何还要选择此处目标呢？其次，就算我们把派出所的因素刨去，那在以往的案例中，抢匪也很少会选择居民区，而是大多选择在城市干道附近的目标下手。比如臭名昭著的张君犯罪集团，比如京城狂徒鹿宪洲以及悍匪周克华等都是如此，好处就在于逃跑时，对路线和工具可选择的范围比较广，且不可预估的干扰较小，既容易隐藏，也易于迷惑警方，因为警方在短时间内调集警力大范围搜索，势必会造成疏漏。还有，时机选择也有问题，早上9点左右，上班的早高峰时段尚未过去，干道上的人流和车流都很密集，更何况小区周边的路况本来就不理想，堵车情况严重，所以无论是凶手从小区里蹿出来拦车逃跑，还是有车接应，恐怕都要冒很大的风险。

“这种种反常，便预示了也许案子不仅仅是劫财那么简单，可能所有的反常都是必要的，因为那是受害者的选择……”

韩印刚刚这番话，实质上推翻了陆港警方原先对案子的定性，这是个非常关键的转折，需要慎重对待，所以未等他把话讲完，顾菲菲便忍不住加重语气强调道：“你真的觉得抢匪对目标的选择，不是随机的？”

“对，我认为是有针对性的，而且倾向于团伙作案。尤其刚才听到你和小美带回来的信息，我觉得可能的动机还是蛮多的，最关键一点，银行门前的抢劫虽然风险很大，但可以很好地掩盖凶手与受害者之间的交集。”韩印淡定地点头，然后侧身指着白板说，“首先，如果包养情人和私生子的传言属实，并且王月已经知晓，她便很可能生出雇凶杀夫的动机；其次，在不道德的包养关系中，钱财和名分往往是导致这种关系破裂的最主要的两个因素，再假设传言属实，那么苏东和情人之间存不存在这两个因素的冲突呢？如果存在，会不会因此，苏东的情人策划了这起抢劫呢？再有，取钱的时间和地点除了苏东夫妻俩，店员也是知晓的，如果是其中某个店员图财而策划了抢劫，也不是不可能吧？还有，苏东喜欢打麻将，会不会因此招惹一些赌资或者与赌客之间的冲突问题呢？”

“我觉得王月最可疑。如果传言已经沸沸扬扬了，她怎么可能不知道？”韩印话毕，杜英雄抢着说。

“很多时候，男人在外面‘招猫逗狗’，女人总是最后一个知道，即使听说过只言片语，没捉奸在床，也大多不愿意承认。”艾小美故作老成，满脸愠怒地叹道，“男人没一个好东西，有钱了，准变坏！”

杜英雄看似要争辩，顾菲菲抬手示意道：“小美说的可能性有，也许王月只是听说了，但没有实质证据，反正老公已经不在了，给彼此留些颜面也未尝不可。当然，英雄说得也有道理，不能排除她因老公的背叛而雇凶杀人的可能！总之，韩老师的分析已经很透彻，四个侦查点都要深入排查下去，广泛寻找他们与案子之间的交集。好，今天就到这儿，大家都累了，回宾馆好好歇歇，从明天开始咱们肯定会更忙碌的！”

“我说小美，刚才说什么男人女人的，怎么觉得你挺有那种生活体验，感情经历一定特坎坷吧？”

“滚，你才有那种生活体验呢！”

“你看又急了吧，一定是触景生情了！”

“屁，追本小姐的男人多了去了，还用得着为那种臭男人伤心？若有一天真是遇人不淑，我就直接把他‘小弟弟’剪掉！”

“啊……”

顾菲菲交代完，几个人起身收拾桌上的文件准备离开，杜英雄便急不可耐地将刚刚憋回去的话又甩出来，艾小美也针尖对麦芒地回应。看这对欢喜冤家又没完没了地斗起嘴来，韩印和顾菲菲只好摇摇头，苦笑着先朝门外走去。走到门口，向来很少开玩笑的顾菲菲回过头来，脸上带着一丝狡黠的笑意，却故作正经地说：“你们在一起吧，我觉得你俩挺般配！”

这下轮到杜英雄和艾小美尴尬了……

清晨5点，天寒地冻，冷风吹过脸颊，如刀割般疼痛，这个时候恐怕大多数人都愿意窝在温暖的被窝里，但有些人是必须要上路的。比如默默为这座城市的整洁和美丽奉献着年华和汗水的环卫工人，而他们当中工作环境最为艰苦、最为肮脏的，非淘粪工莫属。

此时，一辆环卫处的蓝色粪罐车，停靠到一处棚户区的街口。一组五个环卫工人，相继从后车厢的粪罐上和驾驶室里跳下来，拿着镐锤、粪勺、搅棍、扁担和粪桶等工具，走进狭窄的胡同。

他们今天要清理棚户区里的一处旱厕，因为房屋密集街道狭窄，粪罐车开不进去，只能先以人力肩挑手抬将粪便运出来，再倒进粪罐里。相对来说这种区域的活是最难干的，所以几个工人看起来兴致都不高，尤以其中一个瘦瘦的年轻人最为萎靡，走路摇晃着身子，哈欠连天。

“怎么，昨晚没睡好？是不是又想媳妇了？”一个上岁数的工人，见年轻人蔫头耷脑的模样，打趣道。

“粗俗，人家是看书来着。”年轻人笑眯眯地回应，“看了一本讲鬼怪的恐怖小说，吓了个半死，整晚都没睡舒坦。”

“有啥可怕的，就咱这身行头，那是遇鬼杀鬼、遇魔降魔，熏不死他不算完！”一个嘴里叼着烟卷的工人，嘿嘿笑着说。

“真挺吓人的。”年轻人辩解，“那书里讲，一天之中子时到寅时阴气最重，外出的人也最容易沾染上不吉利的东西，想想咱们总是这时候出来干活，心里就一直发毛。”

“你说你这小年轻的，咋比俺这老头子还迷信呢？俺干了大半辈子，也没遇到过啥‘脏东西’！”年岁大的老工人说。

“叫你不信，一会儿就从粪池里爬出一个女鬼，掐死你！”年轻人说着话，还做出个掐人的动作。

“靠，别说了行吗，怪瘆人的，我鸡皮疙瘩都起来了！”叼着烟卷的工人缩了缩脖子，把烟卷吐到路旁。

说话间，众人已经走到干活的地儿，他们绕到旱厕后身，来到化粪池边。

一个工人负责打手电照明，另有两个工人合力把化粪池上面的水泥盖子搬开，池中的粪便和杂物差不多快积满了，最上面结了厚厚一层冰。

刚刚被大家打趣的年轻工人，抡起镐锤三下五除二便把冰面刨碎，然后他突然愣住了，指着碎冰块中间的一个白色漂浮物，用恶作剧的口吻说：“你们看那像不像一张人脸？”

“得了吧，你这小子又唬人，要是下面真有人头，还不早把你吓尿了！”拿手电的工人不以为然，用手电冲冰面上晃了晃，顿时身子哆嗦起来，“啊，天哪，那就是颗人头！”

◎第三章　粪池惊吓

早晨，支援小组闻讯赶到棚户区案发现场时，各项勘查工作正在紧张进行，黄白警戒线外，里三层外三层挤满了围观的群众，顾菲菲等人费了好大力气才挤到最前排，却又被执勤的民警拦下。她正要亮明身份，宋金成不知从什么地方冒出来，冲民警摆摆手，又冲他们招招手，示意几个人跟着他走。

随宋金成来到公厕后身，众人看到勘查员和法医正拿着粪勺和筛网在筛检证物，而在距离化粪池不远处的地上铺着一块塑料布，中间部位盖着白布，想必那白布下面就是被肢解的尸体碎块了。

一脸倦容的宋金成，指着白布说道："是个女的，被肢解成几十块，由于化粪池表面粪渣太厚，尸块和脑袋都漂在上层，环卫工人搬开盖子，捣碎冰面就看到了。"

说话间，顾菲菲蹲下身子掀开白布，看到死者的脑袋是由喉部以上被切下的，颜面被粪便泡得苍白肿胀，其余的包括躯干和四肢都被肢解成不规则的块状，尤其让人不寒而栗的是，大部分尸块的肌肉和经脉都清晰可见……

韩印不禁倒吸了一口凉气，沉声道："这是不是意味着凶手肢解尸体前，先剥了她的皮？"

"对，法医刚刚初步勘检之后是这样说的。"宋金成使劲咳嗽两下，狠狠吐出一口痰，"这凶手真他妈够狠的！"

"嗯，剥皮手法比较粗糙，可能杀人之后，又意犹未尽。"顾菲菲站起身，微微蹙眉道，“宋队，这边有什么需要我们帮忙的你尽管说。”

“谢谢，不过我跟局长讨论过了，这案子会抽调各分局骨干组成专案组来侦办，眼下工作的重点还是要放在银行抢劫案上。你们昨晚提出的思路我觉得很好，可以放开手脚去做，人手和技术科方面我已经安排好了，任你们调遣！”宋金成客气地应道。

“好，那我们先撤，咱们随时保持沟通！”

随后，按照支援小组的思路，两方分工协作，专案组方面负责调查外围社会关系，支援小组则负责与几个嫌疑人正面接触。而比较受害者老婆王月、情人、店员、麻友这四个嫌疑方向来说，前两者作案的动机应该说更加充分，便作为重点嫌疑对象。

通过调看苏东的手机通信记录和财务支出情况以及一位与他关系密切的朋友提供的信息发现，苏东确实在背地里包养了一个情人，而情人的身份，根本不是传言中所说的歌厅小姐。她叫岳春梅，与苏东是同乡，而且两人曾经还谈过恋爱。三年前她从一段失败的婚姻中解脱出来，也来到陆港打拼谋生。在与苏东一次偶然相遇之后，情愫重生，成为苏东的情人，后又为苏东生下一子，至今已一岁多。苏东在一处高档公寓楼中租下一套两居室供母子居住，并每月按时往岳春梅的信用卡中打入一笔钱任其花销。

午后，当韩印和杜英雄在公寓里见到岳春梅时，她刚刚把孩子哄睡，对警察的到访，她看起来很是茫然和忐忑。待杜英雄告知苏东在一起抢劫案中身亡之后，她一下子瘫倒在了地上，泪水瞬间决堤喷涌出来。韩印赶忙将她扶到床边坐下，轻声劝慰几句，岳春梅一边点头，一边使劲捂住嘴巴呜咽，过了好一阵子，心绪才逐渐平复。

韩印盯着岳春梅的眼睛，放轻声音问道：“苏东跟你提过商店房租的事吗？”

“前些日子我们闲聊时，他随口提了一句，具体我也不太了解。”岳春梅身子瑟瑟发抖地应道。

“我们调查过，苏东每个月会给你五千块钱的家用，你觉得够用吗？”韩印试探着问，“你们之间在钱的方面，有过不快吗？”

“够用了，我知道你们是怎么看我这种做小三儿的，我真的不是图苏东的钱，我们是有真感情的，所以我从没在物质方面提过什么要求。”岳春梅理了理发梢，脸上露出一丝尴尬，急切地说，“你们不会在怀疑我找人抢的他吧？怎么可能，我还等着他养活我们娘儿俩呢！没有他，我们娘儿俩还能靠谁啊！”

“你别急，这是我们例行的工作。”韩印顿了一下，说，“那你提过关于名分的要求吗？”

“提过几次。”岳春梅嗫嚅了一阵子，轻声说，“女人都一样，开始没往那方面想，只是觉得两个人相爱就够了。可是到一定时间，尤其又有了孩子之后，会情不自禁想完全拥有那个男人，想要一个属于自己的真正的家。”

“苏东什么反应？”杜英雄接话问道。

“一开始有些犹豫，后来也觉得应该给孩子一个正常的成长环境，所以开始考虑和他老婆离婚，不过……”岳春梅顿了顿，抿了抿嘴唇，接着说，“他说这个不能太着急，要逐步将财产转移走之后，才能和他老婆摊牌。”

“他说过如何转移吗？”杜英雄又问。

“没。”岳春梅正摇头应着，见睡在婴儿床上的孩子扭了扭身子，咿咿呀呀了几声，便赶忙起身翻开被子，然后歉意地说，“不好意思，你们稍等一下，孩子尿了，我得给他换条纸尿裤。”

“你换你的吧，我们也问得差不多了，这就走了。”韩印冲杜英雄点头示意了一下，两人从椅子上起身，向门口走去。

“那我不送了。”岳春梅边说，边脱下儿子屁股上的纸尿裤，可当韩印和杜英雄刚迈出门口，她像突然想起什么，手中还托着湿的纸尿裤，便追到门口，脸上满是尴尬之色，吞吞吐吐地说，“等等，你们是警察，应该很懂法律，像我儿子这种身份，是不是也有权利继承苏东的一部分财产？”

“应该可以吧。”韩印没想到岳春梅追过来是要问这样一个问题，还以为她想到了线索，不免有些失望，便愣了一下说，“你还是找专业的律师咨询一下吧。”

“噢。”岳春梅应着声，失神地缓缓关上了房门。

房门外，韩印和杜英雄走到电梯口，杜英雄边按下电梯按钮，边咂了咂嘴巴，一脸鄙夷地说：“还什么真爱、真感情，说得天花乱坠，到了还不是要提到财产。”

韩印笑笑，没吭声，正好电梯来了，便走进电梯，待电梯门关上之后，才淡淡地说：“不是她，悲伤的情绪很真挚，而且看得出她在拼命克制自己，说明在悲痛不已时，还能顾及睡梦中的孩子免受惊吓，这种情绪上的细节反应是表演不出来的。另一点，也正如她说的，这个世界最不想苏东死的人，应该就是她！”

“不过咱们这一趟也没白来，对吧？”杜英雄紧接着说，“起码岳春梅提供的信息，可以表明苏东与王月的关系不仅冷淡，而且可能还非常紧张。如果苏东已经开始着手转移财产，而又被王月察觉的话，说不定王月就会采取极端手段。”

“说得对！”韩印认可道，接着加重语气，“这个王月真的是越来越可疑了！”

由于先前对王月定位不同，所以问话中对她在案发前后行踪方面的问题涉入不深，此番再度来访，顾菲菲和艾小美却扑了个空，打她手机显示关机。店员们表示，从早晨起王月就没在店里出现过。

与店员再次交流得知：王月平时喜欢上网用QQ聊天，据说有很多聊得来的网友。案发前些天，王月和苏东曾在店里吵过一架，起因是苏东背着王月借给在老家的弟弟20万块钱，不知怎么被王月发现了，两口子就吵了起来。还有，案发前一天上午，苏东出去玩麻将之后，王月躲在办公室里，打了好长时间电话，然后又外出几个小时，直到快要关店才回来。

顾菲菲让专案组方面调查王月的手机通信记录，发现在案发前一天只打过一个电话，通话时间长达7分钟之久。该号码目前处于关机状态，机主姓名登记在一个叫刘海的人名下。进一步调查表明，刘海只是一个卖手机卡的，顾菲菲指示专案组试着从该号码的通信记录中寻找线索，找出号码真正的主人。

顾菲菲对店员声称要在店里等一会儿王月，然后和艾小美来到玻璃隔断隔出的小办公间里，她冲放在大班桌上的电脑努努嘴，艾小美立即心领神会按开电源，从裤兜里掏出一个装有专门破解密码软件的U盘，插到USB接口上——她将要破解密码，登录到王月的QQ上，如果抢劫案真与她有关，说不定她雇用的资源和彼此之间的联络，都是通过QQ来完成的。

当然，案发前一天那一通电话也很可疑，那个号码在王月的通信记录中只出现过一次，说明是一个陌生号码。通常来说，当人们得到一个对自己有用的陌生号码时，可能会随手记在某个地方；运气好的话，也许王月在记下号码的同时，会对号码有所注解。比如，标记出号码持有人的姓名或者用处等，于是顾菲菲便试着在大班桌附近搜寻起来。

从大班桌上的一些文件、杂志、日历，到抽屉里的账本、记事本、卫生纸等，甚至连大班椅表面以及背后的墙面，凡是能写字的地儿，顾菲菲都找遍了，但未如预想的那样发现线索。她不免有些泄气，干脆拽过一把椅子坐到艾小美身边，和她一起查看王月与网友的聊天记录。看了一阵子，她觉得身子有些发酸，想活动一下腿脚换个姿势，不承想一脚踢翻搁在桌角边的垃圾桶，一些纸片碎屑、小食品包装袋什么的，撒了一地，她懊恼地蹲下身子，想把垃圾捡回去。突然，她怔住了……

与王月在现实中性格内向、交友寥寥的情形截然相反，网络中的她交友广泛，艾小美估摸了一下，能有上百个Q友，而且看起来人气也蛮高的，恐怕是这几天老公出事，她无心上网，QQ上数十个Q友的头像都在晃动着，向她喊话。

王月使用的QQ软件是最新版本的，有一项功能可以显示近期与她互动的Q友记录，艾小美理所当然要先从这一部分人中入手。她逐一查阅了他们之间的聊天记录，虽然王月在聊天中时常语气暧昧，但并未发现涉及她老公和抢劫方面的话题。艾小美有些不死心，皱着眉头冲顾菲菲说：“顾姐，暂时没什么发现，要不我把硬盘拆了带回去，再细致查一遍，也许有些记录被她删除了，实在不行，我把她QQ上所有的聊天记录都过一遍？”

“暂时先不用，毕竟王月的嫌疑未明，这样做不合规定。”顾菲菲站起身肯定地说，接着把一截报纸拍到桌上，“不过电话的出处我找到了，是一个所谓‘私家侦探’的电话。”

“什么？私家侦探？”艾小美拿起报纸，见是一页当地早报的广告版，其中一则广告留有的联系电话，被蓝色油笔标注了。艾小美随口念出广告内容，“私家侦探，专门服务女性当事人，让您实时掌握老公的一切行踪，联系人赵老师，联系电话……”

“看来，案发前一天王月外出，应该是与这个私家侦探会面去了？”艾小美满脸狐疑地说。

“说明她已经察觉老公出轨了，可能是想通过私家侦探掌握证据，在离婚分割财产上取得主动权。”顾菲菲点头应道。

“如果是这样的出发点，那王月就没必要再去雇凶杀夫了吧？”艾小美略微有些失望。

“不一定，她前一天刚与私家侦探接触，次日便发生劫案，时间点也太过巧合了。”顾菲菲凝神说。

“难道会是私家侦探作的案？”艾小美眨眨眼睛，又疑问道，“如果真是私家侦探策划抢劫，那他与几年前的‘警枪案’，又会有怎样的关联呢？”

“还有，王月只是无意中透露了取钱的信息，还是她也是一个参与者？”顾菲菲补充说道，“总之，先把信息反馈到专案组，必须尽快查明私家侦探的真实身份，对了，这大半天王月能去哪儿呢？”

◎第四章　神秘号码

从建材商店出来，艾小美让司机载她们去当地早报社，她觉得按规定报社应该留有广告刊登者的身份证复印件。不过顾菲菲表示不太乐观，所谓的私家侦探在国内根本不是合法职业，报纸刊登那样的广告本身就违规，还能指望那些广告业务员按照规定去办理业务？

还真叫顾菲菲说中了，到了报社，找到负责广告的业务员。他先是支支吾吾表示身份证复印件可能让他弄丢了，后在艾小美的严厉质问下，才坦白当时客户说身份证丢了，他也没再盯着索要。问他客户的模样，他表示广告几个月之前就开始登了，客户的模样他记不清了，而且那哥们儿当时戴着帽子和大墨镜，把半边脸都挡住了。

愤愤地离开报社，顾菲菲想着王月的行踪，便又给建材商店打了电话，店员说老板娘还是没回来。顾菲菲又问自苏东出事之后，王月住在哪儿。店员说听王月讲，这几天她都住在娘家。顾菲菲要了电话，拨过去，王月母亲说，王月昨晚没回去，可能回自己家住了。

顾菲菲等人又到王月和苏东的住处，猛敲了一阵门，没人应声。怕出问题，顾菲菲赶紧找来技术科的人打开房门，结果仍然没看到王月的影子。房子里干干净净，没有被翻动的迹象，王月的衣物也都在。

王月究竟身在何处？抢劫案真与她有关吗？难不成她已经畏罪潜逃了？

专案组方面在调查私家侦探电话上取得了不错的进展，他们发现通信记录显示只进不出，推测这只是个用于联系业务的电话，想要追查到机主只能从主叫方着手。于是他们与主叫方机主分别取得联系，但也许是忌惮被家人知道与私家侦探接触过，几乎所有人都表示打电话只是随便咨询一下，没见过私家侦探本人，最终只有一位姓于的女士表示愿意协助调查。

于女士到警局讲述了她与私家侦探见面的经过：她也是一周前通过报纸找到私家侦探的，也是想获得老公出轨的证据。她与那个自称赵老师的私家侦探通了电话，约好在中民广场附近的一个咖啡馆见面。见面之后，赵老师索要了她老公的一些资料后，要求预付500元办案费，于女士爽快地答应了。后来，赵老师表示要开具收据给于女士，但要跟他到公司去取，于女士由于还有别的事情，便说有没有收据无所谓，赵老师却一再纠缠，正好于女士看到一个熟人，便敷衍了过去。于女士最后表示，赵老师看上去三十多岁的样子，手背上有一块刺青，但没看清图案。

随后，于女士被要求协助警局模拟画像师，画出私家侦探的肖像素描，可正进行中时，她接到一通电话，然后便一脸茫然地说："怎么又有警察为电话的事找我？"

关于私家侦探这个神秘的手机号码，出现了戏剧性的局面。

棚户区化粪池中发现女性碎尸之后，为了让市局刑警队将精力专注在银行抢劫案上，市局领导选择第一时间从各分局抽调刑侦骨干，组成专案组侦破此案。该专案组人员集结到位之后，迅速投入到案件当中。

据调查表明：受害者叫薛燕，是一名家庭主妇，现年42岁，家庭条件优越，老公是一家大公司的财务总监。大约在两个星期之前，她与家人失去联系，当时家属曾到派出所报过失踪，然后派出所对该女子的亲属和社会关系方面做了些问话，又查了她的手机通信记录，都没发现什么疑点。但调查她的财务支出时发现，在她失踪次日的凌晨2点到6点之间，其随身携带的信用卡被分多次提空，取款总额为19000块钱。

之后综合信息，派出所认为该起失踪案有三个方向：一、有可能失踪女子跟情人私奔了；二、由于在调查中发现失踪女子的老公有出轨行为，夫妻俩因此关系恶劣，行将走到离婚的边缘，便怀疑女子的老公有雇凶杀妻的可能；三、可能遇到抢劫的了，然后被灭口。

但现实情况是，未有任何证据支持前两种可能性，而当时失踪女子的尸首也还未出现，无法佐证第三种可能性，案子的调查便只能暂时先搁置。

不过派出所方面忽略了一个信息，那就是失踪女子家中固定电话拨打记录，而这一点刚刚组建的专案组没有错过。他们发现，女子失踪当日，离家前曾用家中固定电话拨打过一个号码，通话时间长达十多分钟，而拨打的号码不属于受害者的任何亲属和朋友，专案组认为这个电话号码应该非常关键。与宋金成领导的专案组一样，他们也选择从通信记录中寻找线索，结果打了一圈电话，又打到于女士这儿。

同一手机号码出现在两起恶性案件中，号码的主人——那个所谓的私家侦探很值得怀疑。只是让支援小组和专案组想不通的是，碎尸案中是女性当事人拨打电话，本人遇害，信用卡中的存款被取走；而银行劫案中虽同是女性当事人拨打电话，却是她的配偶遇害，刚从银行中取出的现金被抢。看起来电话的出现只是一种巧合，但终究又都归结到钱财被抢，似乎预示两案之间又有着道不明的某种关联。总之，逻辑异常混乱，支援小组和专案组一时间都很难理清头绪，好在有于女士鼎力协助，嫌疑人的素描画像顺利完成，并被迅速下发到各分局和派出所。

同时下发的协查人员名单中还有王月，对于她突然诡秘失踪，警方也是一头雾水。综合各方信息表明：王月对老公的出轨行为已经知晓，而且对老公以借钱名义偷偷将钱转移到其兄弟账户下的做法很不满，说明她也察觉老公有转移财产的倾向，从这两点来说，她的确有雇凶杀夫的动机。但就如顾菲菲和艾小美讨论的那样，她既然最后选择通过私家侦探的调查来掌握主动权，又何必冒着死罪的风险多此一举呢？

王月，究竟是受害者还是行凶主谋？面对背叛，她是选择生存的阳光大道，还是通往地狱的毁灭之路？“神探柯南”说，真相永远只有一个，但现实远非戏剧那般简单，有些真相永远没有答案，会像死亡一样灰飞烟灭！

◎第五章　柳暗花明

王月死了。

尸体是在郊区农田旁的一条水渠中发现的，是被扼死的，死亡时间大约在两天前，也就是顾菲菲和艾小美再次走访建材商店的前一天傍晚。那时她应该是在下班回家的路上遭到毒手的。

验尸结果表明，王月身上没有约束伤和反抗伤，显然凶手是相熟的人，并且衣物完好没有强暴迹象，只是随身携带的钱财、手机和首饰都不见了。从案情特征上看，疑似遭到抢劫附加伤害，但发生在当下这个节骨眼儿上就有些诡异了，难道凶手的目的是灭口？

五年前一名刑警遇害，随身配枪遭抢；五年后警枪再度出现时，成为一起银行抢劫案的凶器；在调查银行劫案中，发现受害者老婆在案发前一天曾拨打过一个私家侦探的手机，而该手机又是一起碎尸案中受害者失踪前最后拨打过的电话；如今银行劫案受害者的老婆，终也死于劫杀……四起案件，犹如齐头并进的四条曲线，时而交集，时而分开，忽远忽近，胶着反复，以至于警方目前掌握的证据链，根本无法证明它们是来自同一个还是多个凶手或者团伙所为，甚至四起案件来自四个不同的凶手都是有可能的。比较明了的是，所谓的私家侦探，肯定在其中某起案件中扮演了重要角色，所以他是首要侦破方向。

私家侦探自称姓赵肯定是谎话，专案组从一些细节上的表现推测，他可能有过犯罪前科——比如他行事风格谨慎细致，不管是在报社刊登广告，还是在联系电话的使用上，都格外注意避免暴露真实身份，显示出一定的反侦查经验，还有他手背上留有刺青等。而专案组现在可以利用素描画像，除了下属各分局和派出所的走访排查，还可以尝试从前科犯档案中找出面貌相似者，做进一步比对。

不过国内目前相应的数据库建立得还不够完善，人像检索识别系统无法在案件侦破中推广使用，所以只能靠专案组的同志人工筛查档案。这虽然是一种比较原始的手法，但过往的成功经验表明，还是非常有效果的。当然这种比对不能盲目，可以适当圈定范围。私家侦探是几个月前才跳出来，紧接着一系列案件随之发生，所以他很可能是本年度获释出狱人员。为了尽可能节省时间，顾菲菲和艾小美也参与其中，同时艾小美又把王月电脑上的硬盘拆了回来，希望从她QQ上的网友中找到有价值的线索。

私家侦探是重点嫌疑人，但他与银行劫案是否有关还很难说，专案组和支援小组都清醒地认识到，必须另寻突破口。杜英雄觉得如果能搞清楚抢匪作案后是如何全身而退的，将会对侦破起到关键性的推进作用。

实事求是地讲，当时陆港警方的部署，确实做到了密不透风。搜索半径覆盖了大半个城市，搜索范围内过往的公交车、私家车、出租车，全部被要求停车接受检查，凡是符合嫌疑人外形特征的路人，也都必须接受细致的盘问。可抢匪就是在这样严密的布防和搜索中，如遁形一般消失，实在令人困惑。杜英雄找来案发前后所有相关监控视频录像，一遍一遍反复研究，他就不相信抢匪真有飞天遁地的本事，一定是有什么地方被忽略了。

每个人都有任务，韩印自然也不例外，只是他又一次躲到安静的角落里，独自一人去细细审视案件中的每一个细节，但与其他人不同，他的着眼点首先放到了五年前。

“当案件侦破陷入僵局，当所有线索全部中断，最好的选择即是回到原点。”——这句话韩印做学生时听导师提起过，也在他自己的课堂上传授给他的学生，那么本案的原点，很显然应该是五年前的抢劫案。

动机不必考究了，由吴老师坐镇的专家组当然值得信赖，关键要考虑抢匪作案后的动向。他为什么会沉寂五年？为什么选择此时复出？当年让人风声鹤唳的追捕，真的威慑到他了吗？敢在光天化日下抢劫杀人的主儿，能按捺住五年的平淡生活吗？

答案是“很难”！除非出现不可抗拒的因素，比如患病，比如因其他犯罪被关进监狱。韩印认为最大可能性是后者，如此，抢匪的范围应该圈定在于五年前“警枪案”发生后获罪入狱的，又在“银行劫案”前获释的前科犯中。

那么私家侦探会是抢匪吗？只能说有可能，但不管怎样，韩印还是认为此为团伙作案，劫案中一定还存在另外一个抢匪，而这个人似乎距离韩印的视线并不遥远。他心里与杜英雄一样，隐隐有种感觉，可能漏掉了什么人。

韩印觉得有必要重新研读每一份涉案报告……

多点出击，终于有所收获，熬了一整夜，艾小美在前科犯档案中，揪出了私家侦探的真面目。

此人叫宁世豪，陆港本地人，现年29岁，曾因盗窃罪被判处有期徒刑3年，后因在服刑期间打架斗殴，刑期又延长半年，直至今年5月份才获释出狱。

宁世豪入狱前与父母同住，登记的住址是他父母住所的地址，顾菲菲决定和宋金成亲自走访一趟，临走前让艾小美去协助杜英雄那边，可当艾小美来到影像室，却并没有发现杜英雄的身影，里面的工作人员说他一大早就出去了。

此时，杜英雄正一脸惆怅地徘徊在劫案现场附近的住宅区里。

先前他已目不转睛盯着电脑屏幕将近20个小时，满眼昏花、脑袋涨痛不说，电脑辐射的热量蒸干了他身体里的水分，让他感觉自己整个人都干巴巴的，像要裂开一样。其实工作再怎么辛苦都无所谓，如果能够收获对案件侦破有利，哪怕是一丁点的线索都是值得的，可他甚至连公交公司提供的当时路过案发现场的公交车里的乘客上下车的录像都仔细观察过，却依然没有发现形迹可疑的身影。

杜英雄不甘心放弃这条线，他觉得凶手能够谋划出的逃脱路线，他也一定能够想得出来。于是，天刚蒙蒙亮，便只身来到案发现场，他把自己想象成抢匪，在心里不住地问自己：如果我是抢匪，当我逃窜进住宅区后，我会选择怎样的逃跑方向和方式呢？

第一种，抢劫得手后，逃过目击者的视线，迅速脱下头套，有可能还更换了衣服扮作路人，接着从住宅区里的近道，要么继续一直向南逃窜到主干道，要么转而向东逃窜到次干道，然后再搭乘某种交通工具，继续逃离。第二种，住宅区里的某个道口有车接应。第三种，事先在住宅区内租下出租屋，抢劫之后就地藏匿。

第一种，路线太长，不可能除几名当时在银行内等候办理业务的群众外，再无其他目击者，尤其抢得的蓝色旅行袋特别显眼。第二种，意味系团伙作案，符合韩印老师的分析，可行性也最高。但考虑案发地周边的路情和路况，从时间点来说，他们很难在安全时间内突破警方的封锁线，而且一定会被某处监控拍摄到。第三种，就有点胆大妄为的意味了，不过在社区和当地居民的配合下，警方并未排查到可疑的租房客。

杜英雄在现场周边漫无目标地搜寻，心里琢磨着几种逃窜可能，又逐一否定，本想重返现场能够获得些灵感，可到头来还是无法逾越思维的瓶颈。

不知不觉中，他已经在住宅区里绕了一大圈，又走回银行西侧的岔道口。先前介绍过，岔道口是由银行门前一条东西走向的马路和一条南北走向相对狭窄的马路交叉形成的，案发时，受害者的老婆坐在停在岔道口南侧街边的出租车里，与银行大门斜对相望。

这个方位，先前杜英雄和韩印在宋金成的介绍下也已经确认过，当时并没有做过多的研究。可是不知为何，此时站在这里，杜英雄突然觉得脑海里迸发出一丝灵光，但有些飘忽不定，令他无法捕捉。他干脆蹲在街边，红着眼睛目光散淡地四处查看，大脑中拼命追赶着那一丝念头……

好一阵子，杜英雄陷入思索，身子一动不动，直至一声尖锐的刹车声在身边响起，才让他从全神贯注中回到现实。随即，他听到一个声音："大哥，打车不？"

杜英雄缓了缓神，循声看去，原来是一辆出租车停在身边，司机正放下车窗，探头询问他是否打车……他正待挥手，想要将出租车打发走，身子猛地一激灵，茅塞顿开。

原来如此，忽略的是"出租车"！

◎第六章　双鬼联手

“出租车司机，可能有问题！”刑警队走廊里，韩印沉声说着，同时将一份报告递给顾菲菲。

顾菲菲看到那是她询问王月的笔录，一旁同她从宁世豪父母住处返回的宋金成也凑上前来，见笔录中有一段问话被韩印特别标记出来，便满面狐疑地问道：“你是说抢匪是出租车司机？不应该啊！他个头确实和抢匪差不多，但当时有目击者看到苏东中枪倒地后，他和王月一起从出租车里冲到苏东身边的呀？”

“不，我只是怀疑他和王月之间有瓜葛！”韩印微微点头解释说，“重读这份笔录，我注意到一个问题，出租车为什么会留在案发现场？应该说理由还算合理，但突兀的是王月为什么要主动替司机解释呢？很明显这个问题事先在她心里有过备案，所以即使咱们不问，她也会忍不住一股脑儿将精心设计过的谎话道出来。她觉得这样才能把故事说圆满了，但其实却表现出低级说谎者最常见的破绽。”

“这么说，他们很可能都参与了劫案。”顾菲菲甩甩头，懊恼地说，“当时问话，我怎么没看出来呢？不然咱们也不会像现在这么被动！”

“这不怪你，我想是她的哭诉，影响到你对她情绪的判断。”韩印安慰道，“大家先前不也一样都忽略了吗？”

“对，我们也漏掉了这条线，根本没把出租车司机考虑到案子中，先前只是将他和王月一起带回队里象征性地做了一次笔录，他表现挺正常的。”宋金成打着圆场附和说，“这样，我们留了他的资料，我先去查查看，回头咱们再讨论抓捕方案。”

宋金成抓紧时间急匆匆地走了，韩印望着他的背影思索了一会儿，问顾菲菲：“宁世豪那边查得怎么样了？”

“收获不大，咱们边走边说。”顾菲菲指着会议室方向，示意说，“据宁世豪父母讲，宁世豪和他们关系不好，自打出狱后只回过两趟家，已经好长时间没和家里联系了，对他的近况和手机号码都不清楚。只是听他提起过，他在和一个朋友合伙做生意，平常住在那个朋友家里……对了，他身高也和抢匪差不多。”

“看来这个宁世豪还不太好找，不过咱们现在基本可以理清一个思路。”韩印抢先一步，拉开会议室的门，绅士地请顾菲菲先进，然后跟进去接着说，“既然王月同时与出租车司机和宁世豪都有交集，我怀疑劫案有可能是这三个人共同策划的，而综合入狱出狱的时间点以及外形，五年前和眼下实施抢劫杀人的很可能都是宁世豪。”

“也许没有这么简单，从通信记录看，王月只是在案发前一天才与宁世豪联系上的，短短一天时间，三个人就结成抢劫杀人同盟，是不是太快了？还有棚户区的碎尸案以及王月的死，真的与宁世豪有关吗？再者，出租车司机和宁世豪之间又是怎样的关系？假设真如你所说，行凶者是宁世豪，那么出租车司机在劫案中又扮演了什么角色呢？”顾菲菲蹙眉抛出一连串的疑问。

“他是一个接应者！我刚刚又去了趟现场，终于破解了抢匪的逃跑路线。”接话的声音，来自雄赳赳推门而来的杜英雄。他满脸汗水，抑制不住兴奋的表情，抢着说：“这伙人事先一定计算过，以案发现场周边的环境，他们根本无法在安全时间内逃过警方的围捕，所以便走了一步险棋。我掐表试验了多次，从对苏东进行射击的方位逃窜到住宅区内，纵向穿过挨着马路的第一排楼之后，再横向西跑动，接着再兜回到银行附近的岔路口，有三分钟足够了。也就是说，在派出所出警赶到犯罪现场之前，抢匪有充分的时间兜个圈子，跑到王月所乘坐的出租车停放的方位，然后神不知鬼不觉地躲进出租车后备厢里。之后再在警车的开路下，出租车载着王月和抢匪，大摇大摆地驶出围捕圈，被带到市局做笔录。”

“这计划实在太让人难以想象了！非一般人能够谋划得出来，擅长小偷小摸的宁世豪是不会有这份谋略和胆魄的，估计都是那个出租车司机的主意……”顾菲菲叹道。

“出租车司机确实不是一般人，绝对是一个高智商的狠角色。”顾菲菲话未说完，又有人接下话——宋金成，他显然在门外听到韩印他们几个人的对话了，抖抖手中的报告说，“挖了挖那小子的资料，他叫王立民，本地人，现年32岁，初中文化，同样也有犯罪前科，不过他不是在本地犯的事。

“王立民没有正经工作，经常满世界乱窜，与一些地痞流氓混迹在一起。有一段时间，他流窜到本省泰平市，给一个放高利贷的老板当马仔。有一天晚上，老板将舞厅小姐带回家鬼混，事后因嫖资起了争执，一时气恼将对方用绳索勒死。后来，老板找来王立民，让他帮着毁尸灭迹。王立民一点没含糊，跑硫酸厂买来两桶硫酸，又不知从哪儿弄来一个大汽油桶，两人把硫酸倒进汽油桶里，然后把舞厅小姐剁成几段扔到里面溶解……当然，事情后来还是败露了，老板因故意杀人罪被判处死刑（已执行），王立民因为包庇罪、毁灭证据罪，被判处有期徒刑3年。

“王立民和宁世豪肯定是相识的，两人虽犯罪地点不同，但都在省监狱服刑，而且还是同一个监区。两人进去的时间差不多，但王立民刑期短，所以比宁世豪早出来半年左右。出狱后他回到本市，做出租车替班司机。我给他居住地派出所管片儿民警打过电话，民警说他父母都去世了，他们家的房子也已经被拆迁了，目前王立民去向不明。他留下的手机号码，是一个临时卡，只有几条信息台通信记录，估计是为了应付咱们特意买的，目前该号码显示关机。我已经让人联系出租车车主过来协助调查，不知道他是否清楚王立民的落脚点。”

互相交换过信息，几个人开始在会议室中讨论下一步的办案走向。大约过了半小时，专案组下属给宋金成打电话，说出租车车主到了。宋金成让把人带到会议室来，顾菲菲表示要和艾小美还有杜英雄亲自勘查一下出租车。

车主是个憨厚的中年人，他坦承和王立民的父亲是远房的表亲关系，王立民出狱后找到他，想让他给找份替班司机工作，正好他原来的替班司机不干了，便让王立民接着做了。

“您最后一次与王立民见面是什么时候？”韩印温和地问道。

“大前天早晨，他前一个晚上跑晚班，一大早来我家交车。”车主回忆了一下说，“之后就找不到他了，打手机老是关机，警察同志，这小子是不是又犯事了？”

“这个暂时不方便透露。”韩印歉意地笑笑说，“对了，您把他的手机号码说一下。”

“哦，手机号码是……”车主从兜里掏出手机，查看一下拨打记录，念出号码，紧接着补充说，“这小子的手机是双卡的，他还有一个号码，而且对那个号码他好像很紧张，有一次我借他手机打个电话，他还特意把那个号码关掉。”

“看来王立民自打一出狱就没憋啥好屁，他另一个号码肯定是与同伙沟通用的。”宋金成低声对韩印耳语一句，然后又转向车主问道，“据说他父母的房子拆迁了，他现在住哪儿你知道吗？”

“知道，知道，他在河田路那块儿租了个房子，我去过一两次，您要是想去我可以带路。”车主痛快地说。

“他自己一个人住吗？”韩印问。

“一开始是，后来他有个朋友也住进去了！”车主说。

“是这个人吗？”宋金成翻开报告，将夹在里面的宁世豪的照片举在手上。

“对，对，就是这个小伙子。”车主扫了一眼，肯定地应道。

韩印和宋金成这边的问话，已完全确定王立民和宁世豪之间的关系，进而推测这两个人有可能受雇于王月，杀死苏东并抢走取款。而王月的死，似乎也与这两个人有关系，王立民突然消失的时间点，与王月遇害时间非常近。具体来说，王月是死于王立民失踪前最后一个晚间替班。

而顾菲菲那边的车辆勘查，则获取到更直接的证据。按照杜英雄的分析，假设宁世豪是抢匪，他得手后兜了个圈子，钻进王立民接应的出租车后备厢里，那么他用手打开和关上后盖的时候，开枪之后手上的火药残留便有可能转移到后盖上。

结果确实如此，在喷洒过试剂之后，出租车后备厢后盖上有多处方位“硝烟反应”测试为阳性，由此便完全印证了杜英雄和韩印的分析！

随后，宁世豪和王立民被正式确认为银行抢劫案的犯罪嫌疑人，同时针对二人的通缉令也正式发布……

◎第七章　地狱私探

一众警员随出租车车主来到王立民租住的地方，是在一个残旧的居民楼里，双南向的房子，一室一厅的格局，客厅连着阳台。

房间里很乱，杂物随意堆放，衣物和食品包装袋扔得到处都是，家具也又脏又破，整个屋子散发着一股腐朽难闻的异味。

现场勘查随即展开：房间中客厅东北角，放有一把带靠背的木质椅，椅背上有清晰可见的绳索摩擦痕迹，同时在椅背上还发现两处血迹；卧室内有一张单人木板床和一张钢丝折叠床，在木板床下发现一捆绳索、女人衣物、两部手机和两个女士钱包。女士钱包中都装有身份证，分别属于王月和在棚户区化粪池中发现的女受害者薛燕，鉴别两部手机号码，也属于这两名受害者；紧接着卫生间里也有发现，虽然地面被清洗过，凭肉眼看不出可疑，但喷洒过“鲁米诺”试剂之后，地面上显现大片血泊残留迹象；最触目惊心的证物出现在外阳台，在阳台西南角摆放着一个直径为40厘米左右的大铝锅，外侧可见血渍，打开锅后发现里面放有钢锯弓、钢锯条等，在锯弓上有明显的人体组织残留。锅内乍一看还有一件马甲，待勘查员仔细再看，发现马甲上缝线粗陋，材质上还有细细的毛孔……啊！那竟然是一件人皮马甲！难道是用薛燕的人皮做的？

现场勘查结果显示，王立民租住的房子即拘禁以及杀人分尸第一现场，薛燕和王月均死于王立民与宁世豪之手，整个案件的真相似乎触手可及。但因凶手出逃，受害者身亡，一时间死无对证，诸多疑问无法完全了然。

韩印又细致地将案件细节梳理了一遍，俯瞰全局，运用他缜密的逻辑思维能力，渐渐理清了案件的整个脉络：

王立民与宁世豪是狱友，又因是老乡，关系自然极为密切。一系列证据表明，二人应该在服刑期间便谋划以私家侦探身份做掩护，以帮助女性当事人调查配偶婚外情为诱饵，诱骗经济条件优越之女性单独会面，进而劫财杀人灭口。

二人相继出狱后，按照制订的计划，谨慎行事，各自分工，为实施犯罪做准备：王立民先出狱，便急于找到一份出租车替班司机工作，其目的是以车辆配合劫持受害者和抛尸，而且出租车不易引起注意；而宁世豪则在出狱后，负责刊登广告、与目标电话接洽以及最终会面。

薛燕是首个落入二人陷阱的受害者，她被劫持到出租屋，经受了严刑拷打，被迫说出随身携带的信用卡密码，二人分多次取空信用卡之后，杀人灭口并毁尸灭迹。至于他们剥了薛燕的皮，缝制人皮马甲的变态行径，可能是一时兴起的一种恶作剧的举动。当然，那也体现出二人凶残暴戾的本性。

于女士是第二个潜在受害者，但因机缘巧合，免于落难。

王月就是第三个了，她的情况比较戏剧化。可能为了保命，又或者心里本来就曾有过那样的念头，在被逼入绝境之时，她恨从心头起，恶向胆边生，灵机一动，提出雇用王立民和宁世豪，杀死背叛并将要抛弃她的丈夫苏东。但由于家中财政大权和储蓄密码都掌握在苏东手中，她没有支付佣金的能力，便表示正好次日她和苏东会到银行取现金交房租，王立民和宁世豪可以利用这个机会杀死苏东，抢劫到的10万块钱便抵作佣金。这样，既满足了双方的欲望，又能误导警方把案件定性为单纯的暴力劫财，从而对双方都不会有牵连。当然，这种思路以及后续的抢劫计划，非王月那种人所能考虑到的，应该出自抢匪二人的手笔。

但计划虽周详，实施得也异常顺利，却并非全遂人愿，还是出了问题。差就差在钱的方面——本来说好是10万块，但由于先前案件简报中已经提到过的原因，真正到手的只有4万块钱，冒着死罪风险的王立民和宁世豪对此自然不会甘心。但苏东尸骨未寒，许多相关遗产储蓄继承手续还未及时办理，王月一时也筹不到那么多钱，而那二人也许认为王月想赖账，或者担心王月承受不住警方的压力，露出破绽，于是干脆灭口了事……

韩印对案件来龙去脉的描述，详尽有据、丝丝入扣，旁人找不到可以质疑的地方，被专案组广泛认可为最接近事实的分析。

至于抢匪二人之中，谁是五年前抢枪袭警的凶手，还真不好说。虽然在银行抢劫案中，开枪行凶的是宁世豪，但交叉比对过信息之后，专案组比较倾向于是王立民。

宋金成说：“就如我先前介绍的那样，当时本地线索全部中断，不得不怀疑凶手已经流窜到外地，遂向省内各兄弟单位通报案情，请求协助调查。之后，大概过了半年时间，泰平市警方发来信息，称在那边近3个月时间里，连续发生多起深夜蒙面持刀抢劫案件。根据几位受害者的描述，抢匪被确定为同一个人。值得注意的是，抢匪作案时手持的是一把刀身长约50厘米的单刃刀，这与‘警枪案’中法医根据受害刑警身上的刀伤创口推测出的凶器完全相同。

“泰平警方的信息，令我们这边大为惊喜，抢匪从陆港消失，流窜到同省城市泰平继续作案，可能性非常大，两边的抢匪应该就是同一个人。我立即带队赶赴泰平市，与当地警方协同办案。可从那时起，抢匪又消失了。如今再来看，王立民从陆港到泰平生活的时间段，与两地抢劫案发生的时间点正好吻合，而之后他再度消失，也许是因为他获罪入狱失去自由，可以说王立民这五年的生活轨迹，让他看起来很值得怀疑。

“但有一个问题，还值得商榷。当时我们赶赴泰平后，发现其中一起抢劫案离路口很近，而那个路口上面正好架有交通监控。随后，我们调阅监控录像，发现案发当天傍晚，有一名可疑男子，曾在路口附近徘徊了挺长时间，而这名男子的穿着打扮，与后来受害者描述抢匪的衣着相同，于是我们怀疑前面是抢匪在踩点。但遗憾的是，由于距离远，光线暗，再加之五年前的监控设备比较落后，根本无法看清抢匪的容貌，只是从录像中大致观察到，抢匪身高中等，走路有些罗圈腿。问题就是这一点，王立民的身高与录像中男子相似，但走路的姿势完全不同。”

“我觉得如果只是走路姿势的问题，倒不必过于纠结，聪明的罪犯懂得隐藏自己，周克华就是个很好的例子！”韩印从座位上站起来，一边比画着，一边说，“在结案后，我曾观摩过一些视频资料，发现周克华作案前踩点时，走路外八字非常厉害，肩膀左右摇晃幅度也很大，而实际上，他走路的姿势跟常人无异，肩膀更是纹丝不动。”

“但愿是这种情况就好了，可惜摄像头距离太远，视频太模糊了，要不然可以更加明确！”宋金成遗憾地摇摇头，又望向顾菲菲说，“当年我求助过刑侦局，回应说技术达不到，不知道现在有没有办法，可以把清晰度提高到可辨认容貌的程度？”

“视频影像比较糟糕的话，提取清晰人像做面部特征比对，以现有的技术还是做不到。”顾菲菲明确否决道，但话锋一转，又接着说，“不过，也不是没有办法，我们利用‘人体动态特征识别’技术，同样可以做鉴别。”

“真的吗？怎么以前没听过？”宋金成惊喜万分，不觉声音提高了八度。

“其实这项技术早在几年前刑侦局的犯罪实验室就作为重点课题研究了，近年来日趋成熟，有过几次实例，效果都不错。”顾菲菲耐心讲解道，“人走路的姿势就像指纹一样，每个人都有不同的特点，只要找到走路姿势的固定规律，犯罪嫌疑人想伪装都很难。首先，利用软件进行技术处理，获取到视频中人行走时肩部、手臂、肘部、腿部、脚部的摆动幅度等各项数据；同样的方法，再获取犯罪嫌疑人行走步态的数据。两方数据进行分析比对，如果吻合了就可以锁定犯罪嫌疑人。”

“这真是太好了！当年的视频我一直保留着，就等着将来有一天能用得上，只可惜王立民来局里做笔录时，没有留下影像资料。”宋金成惋惜道，略一停顿，又提高声音说，“对了，咱们可以去省监狱提取啊。监狱里逢年过节搞慰问，还有每年的运动会，还有日常做工的监视，肯定能找到王立民活动的影像。我现在就打电话，让他们协助把能找到的有王立民出现的视频都发过来。”

“还有宁世豪的视频也一道发过来，虽然没有证据表明他曾经去过泰平，但入狱的时间点也同样在两地的抢劫案之后，且毕竟本次银行劫案他是行凶者，既然有可比对视频，那就连他一块儿做吧！”韩印补充道。

“对，韩老师说得是，不过事关重大，还是我和小美去一趟吧。”顾菲菲压压手说，“一来能更有针对性，二来如果视频可用，我直接就发给刑侦局犯罪研究室，这样可以节省不少时间。”

“那好，咱们就赶紧，去省监狱走高速得两三个小时的车程，我现在去安排车，一会儿你们到大院门口等着。”宋金成雷厉风行，说着话，大步流星迈向门外。

宋金成走后，估摸着至少要在省监狱那边过一夜，对衣着形象和卫生特别讲究的顾菲菲，便想和艾小美回宾馆整理几件换洗的衣物，但被韩印摆摆手拦下，表示还有话要嘱咐。

“正好你们去省监狱，也顺便调查一下，有没有与宁世豪和王立民过往甚密，又在近段时间出狱的狱友。”韩印说。

“怎么？你有别的发现？”顾菲菲诧异地问。

“对。”韩印望了一眼桌上的分析报告，说，“我这么急于梳理案件真相，目的当然是研究凶手。通过我的梳理，你们应该可以看到，在整个案件中不论是策划，还是准备方面，直至作案的过程，犯罪嫌疑人思维的严谨、缜密、周全，都是显而易见的。而这是由于文化、阅历以及生活习惯的积累，所以这种人一定不会将住处搞得那么凌乱不堪，也不会留下那么多可追查的证物在现场。”

“那你的意思是？”顾菲菲还是有些疑惑。

“我认为宁世豪和王立民只是执行者，可能幕后还隐藏着一个制订计划、把握全局的人，这个人最大的可能就是他俩共同的狱友。”韩印解释道。

“那好，我和小美就在那边多待一些时间，深入挖掘一下。”顾菲菲沉吟片刻说。

“照顾好自己，一路顺风！”韩印微笑一下，看向顾菲菲，又迅速别过头瞅向别处。

“嗯！知道了。”顾菲菲很清楚，不善表白心迹的韩印，能说出这样一句简单朴实的牵挂话语，已经相当不易了，何况又当着两个小家伙的面，不觉甜上心头，脸上涌出一抹红晕。

见两人欲语还休装腔作势的架势，古灵精怪的艾小美实在忍不住要添把火，她冲杜英雄挤挤眼睛，嗲声说：“跟韩老师好好学学，临别前也不跟美女说几句体己的话。”

“屁吧，人家是两情相悦，我跟你有啥关系！”杜英雄心领神会，试图以玩笑的口气，捅破韩印和顾菲菲之间的窗户纸。

“哎呀，说两句好听的话能死啊你？”

“我真跟你说不着，不像某些人，明明心里记挂对方，偏偏装出轻描淡写的模样。”

“好了！我说你们俩能别一逮着个话题就戗戗个没完行吗？小美，赶紧走吧，抓紧时间回宾馆收拾行李，别让司机那边等急了！”顾菲菲没想到两个小家伙会来这么一手，脸上的红霞更加灿烂，偷偷瞟了一眼韩印，见他也是满面通红，于是虽表面做严厉喝止状，心里却愈加甜滋滋的。

“嘻嘻，不让说就不说呗。”艾小美一边噘着小嘴被顾菲菲拖着走，一边暗暗冲杜英雄竖着大拇指。

杜英雄也摇摇大拇指回应，表示合作愉快，可是一瞬间不知为何，看着艾小美婀娜的身影渐渐从视线中消失，他突然鼻子发酸，有种生离死别的感觉。

顾菲菲与艾小美起程，陆港方面加紧地毯式搜索排查。因通缉令广泛发布，几天来已有不少热心市民打来电话提供线索，但经过谨慎核实都相继排除，直到当日深夜的一通来电，才真正引起专案组的注意。

线索提供者是一个泰平市人，来陆港出差，白天忙于业务，深夜才入住酒店，偶然间在酒店前台看到通缉令，觉得对照片上的两个人有印象，仔细回忆一下，便赶紧把电话打到专案组来。由于王立民曾在泰平混迹过一段时间，这通电话自然触碰到宋金成的神经，他立即亲自赶赴其下榻的酒店，通过进一步盘问得知，这个泰平人是在两天前遇到两个嫌疑人的，地点是在泰平的一家百货商场里……

宋金成迅速返回队里，将情况向韩印说了下。虽然时近午夜，接着他还是把电话打到泰平方面，要求协助确认嫌疑人身份。由于宋金成本身是泰平人，且调到陆港之前在泰平刑警队担任过副职，所以泰平警方很给他面子，接到电话表示会立即想办法调阅商场监控视频，争取在最短的时间内将消息反馈回来。

可宋金成这时已经坐不住了，想连夜驱车赶赴泰平，杜英雄主动要求随同。不过考虑到夜路安全问题，局领导没有同意，让他们坐次日最早一班高铁，其实赶到泰平的时间都差不多。

韩印也劝宋金成别太匆忙，冷静下来，先理清嫌疑人为何会出现在泰平，以及他们有可能的落脚点再出发，则会更加万全。他也交代了先前与顾菲菲说过的分析，觉得案件背后另有一个主谋，而这个主谋很可能是嫌疑人的狱友，再结合眼下的线索，韩印认为寻找这个主谋的范围可以缩小到——“与王、宁两个嫌疑人曾同在省监狱服刑，且应该还是同一监区，彼此经常接触，籍贯和常住地为泰平市，于近两年出狱的”。而此番王、宁二人，很可能就是投奔这个主谋而去。

宋金成对韩印的分析相当认可，但也觉得应该把嫌犯去泰平的动机再考虑得全面一些，毕竟王立民曾在泰平市生活过一段时间，应该积累了一定的人脉，可以帮助他和宁世豪隐蔽身份，逃过追捕。

次日，天还未亮，泰平警方传来消息，经过调阅商场视频，可以确认两天前出现在泰平某百货商场里的，即陆港方面通缉的要犯。与此同时，午夜接到韩印的电话，暂时放下搜索视频任务的顾菲菲和艾小美，在监狱方面的协助下，连夜突击整理，已经发回一份韩印先前圈定范围的获释出狱者的资料。

◎第八章　英雄再见

陆港市距泰平市大约500公里，高铁全程正常运行时间为两个半小时，第一班车是早晨6点08分。局里出面与铁路方面沟通，把宋金成和杜英雄先送上车后补票，列车长也非常照顾，给他们提供了两张一等软座。

早间坐车的人不多，坐一等车厢的就更少了，连续几天没正经合过眼，精力和体力都严重透支的两人，此时也顾不得形象，干脆躺到软座上。宋金成叮嘱杜英雄抓紧时间休息，养足精神，接下来又得是马不停蹄奔波的一天。

杜英雄听话地闭上眼睛，可好一会儿，竟然没有睡意，大概是这段时间熬得太厉害了，生物钟有些紊乱，越困反而越睡不着觉。他努力挣扎了一会儿，还是不行，无奈睁开眼睛，见宋金成也没睡着，正对着手机起腻。不用问，肯定又在看他那宝贝儿子的照片，瞅那架势恨不得要嘬几口手机屏幕。

"宋队，第一次听儿子叫爸爸是啥感觉？肯定特激动吧？"杜英雄觉得干脆唠会儿嗑，兴许精神松懈下来就能够睡着了，他闭着眼睛，含含糊糊地问道。

"那是！就上个月的事儿，我在沙发上躺着，儿子在身边玩，突然没来由地自言自语叫起'啪啪''啪啪'。"宋金成学着儿子的声音，一副陶醉的模样，说，"当时我觉得好像有一股电流猛地钻进我心窝里，浑身上下都跟着起激灵，反正那感觉真的没法形容，就好像你突然间感到生命是可以延续的，即使让你立马死掉，也没什么可遗憾的。"宋金成顿了一下，赶紧"呸呸"两口，“干咱这行不能说死，不吉利，我可不能死，我还要看着儿子娶媳妇，再给俺生个大胖孙子呢！”

“呵呵，没事，说破无毒！”杜英雄笑慰道。

二人有一句没一句地聊着，睡意果然渐渐浓了，很快相继都进入梦乡，这一睡便睡到终点。

从出站口出来，宋金成和杜英雄看到天阴得厉害，乌云压顶，死死遮住太阳的光亮，连雾气也染成黑色，整个城市仿佛还停留在光线朦胧的黎明时分，让人觉得莫名压抑。

两人没等多久，便有一辆警车开过来，车刚停稳两边车门便迅速打开，随即跳出两个穿藏蓝色警装棉服的人，他们直奔宋金成，殷勤打着招呼。

“宋队，五六年没见了，可想死我们了！”两人一人握住宋金成一只手，用力摇晃说。

“是啊，一晃好些年就过去了。来，给你们介绍，这是刑侦局支援部的杜警官，这两位是……”宋金成“嘿嘿”笑了两声，接着将两位警官介绍给杜英雄——四方脸，又高又壮的，是泰平市公安局刑警队副队长李德鑫，另一位个子稍矮，戴着一副细边眼镜的，是刑警队重案组组长王良。

“劳烦二位辛苦了一夜，一大早又来接站，实在是太感谢了！”杜英雄伸出手客套地说。

“哪里，哪里，应该的，都是宋队的老部下，他的案子我们义不容辞！”两人分别与杜英雄握手，异口同声地寒暄道。

随二人向警车走去，宋金成裹了裹身上的皮衣，说：“泰平今年的冬天，好像特别阴冷。”

“是啊！这鬼天气，连着阴了好几天了，说是要下雪，可总也下不来，搞得人心里特别憋闷！”王良应着话，拉开车门。

四人相继坐进车里，李德鑫从副驾驶座位回头问：“宋队，你们还没吃早点吧，咱先找个地方吃点？”

“算了，时间紧，先找人吧！”宋金成从随身带来的公文包里，拿出一份报告递给李德鑫，“我们圈定了几名嫌疑人，都是近两年籍贯为泰平的省监狱刑满释放人员，通缉嫌犯有可能是奔着其中一个来的，上面地址什么的记载得都很详细，咱们今天争取把这几家走完！”

“行。”李德鑫接过报告，大略看了一下，“那咱第一个去……”

按照韩印圈定的范围，共有五名嫌疑人，宋金成的设想是，今天必须见到本人，除非不在本市。但一开始就不太顺利，首先走访的嫌疑人已经搬离原居住地，几经周折才算见到人；接着第二个，是个卖摇头丸的，正在家里睡觉，以为警察是来抓他的，穿着裤衩光着身子就从二楼窗户跳了下来，四个人一路狂追五百多米，才合力把那小子按住……转眼一上午就过去了，走访的两个嫌疑人都排除了嫌疑。

早晨就未吃饭，中午饭可不能再不吃了，王良和李德鑫拉着两人找了个不错的饭馆，要了几个当地特色菜，由于还有任务在身，只能以茶代酒。席间，宋金成忍不住又拿出手机秀儿子照片给众人看，但很快没电了。他有些意犹未尽，借了杜英雄的手机，还特意打着免提，把电话打到爱人的手机上，嚷着让儿子叫爸爸。孩子在电话里咿咿呀呀的，根本听不出说些啥，但他享受得不得了。

午后，天空更加阴沉，雾气也仍未消散，周遭被灰暗的色调笼罩着，城市间的景象犹如一张黑白照片，苍白无力，没有一丝生气。

四人来到一栋带着院落的二层独楼前。推开没有上锁的院门，走进院子，来到正屋门前。这是整栋小楼唯一的进出口，木质的大门，木门外还有一道铁栅栏门。

李德鑫抬手拍了拍最外面的铁栅栏，里面的人应了一声。

门外，杜英雄的手机响了，他从棉服兜里掏出手机，见来电显示的号码是顾菲菲的，便贴到耳边，按下接听键："顾姐？正在走访……谁？你说是谁……我们正在他家门口呢……"

小楼的木门，就在那时，缓缓打开……

大概，杜英雄和宋金成还在高铁上熟睡的时候，顾菲菲给韩印打来电话，说有关王立民和宁世豪在监狱里活动的视频获取得很顺利，她准备将需要比对的三个视频，通过网络发给刑侦局犯罪研究所，韩印则表示让她们稍微再等等，他还有建议要补充。

当顾菲菲和艾小美以及随后的宋金成与杜英雄相继领命出发后，韩印又躲到会议室的角落里，默默地盯着贴在白板上的嫌疑人照片，但其实他的视线早已越过白板，穿越到记忆的隧道中……

在韩印先前最新的分析中，认为王、宁二人背后应该还有一个主谋，意味着这个作案团伙总共有三人。那先前的判断会不会太想当然了，如果在银行劫案中行凶的不是宁世豪，而是这个所谓的主谋呢？这是不是说明，他才是五年前抢劫警枪，接着又在泰平市制造多起抢劫案的真凶呢——他是泰平人，曾在陆港生活过，"警枪案"后逃回泰平老家躲避追捕，隐蔽半年后，觉得风头已过又继续作案。然后便如宋金成的思维，他因为犯了别的事被关进省监狱，又在那儿认识了王、宁二人。三人共同谋划，出狱后以私家侦探身份做掩护，抢劫富裕女性并灭口。

那么就先前圈定的范围，再做一次缩小，"警枪案"凶手——也是多年前泰平多起抢劫案的罪犯——同样也是本次银行抢劫案的行凶者：应该是与王、宁二人同期于省监狱坐牢，于泰平系列抢劫案后入狱，并在"薛燕案"之前出狱，籍贯为泰平市的前科犯。

想到此，韩印迅速翻阅顾菲菲先前从省监狱发回的资料备份，片刻之后，他发现5名嫌疑人中，有两人符合：其中一个叫刘福治，泰平人，干部子弟，比王、宁二人入狱时间稍早，因醉酒斗殴致受害者腿部残疾，被判处有期徒刑4年，3个月前出狱；另一个叫刘翔朋，同样是泰平人，因盗窃汽车被判处有期徒刑三年半，一个半月之前刚刚出狱。

出于谨慎，韩印将原来的分析又加以延伸，然后挖出刘福治和刘翔朋。他告诉顾菲菲，也许刘福治和刘翔朋中的某个人，就是本次团伙作案中的第三人，让她在省监狱也找出他俩活动的视频，然后将之与王、宁二人活动的影像，加之原本须比对的视频，一同发往刑侦局犯罪研究所做鉴定。

顾菲菲随后紧急落实两人的视频之后，按照韩印的意思完成发送。

将近中午，顾菲菲和艾小美顺利回到陆港市，不久之后，刑侦局传来消息——通过“人体动态特征识别”技术分别比对，王立民、宁世豪、刘翔朋均不是原始视频中的人，但刘福治基本符合视频中嫌疑人特征！

也就是说，刘福治有可能是银行劫案的行凶者，但必定是“警枪案”中的凶手。

“顾姐，赶紧给英雄打电话吧！”艾小美几乎是跳着，兴奋地催促道。

顾菲菲拿出手机，飞快拨出号码：“喂，英雄，你们查到哪儿了？刘福治！主谋是嫌疑人中的刘福治……”

此时，杜英雄手里正举着电话。木门已打开。

“乓！”随着一声震耳欲聋的响声，门内耀出一股火花，门外的人还未看清门内的情形，一颗子弹已正中李德鑫眉心。刹那间，又见一股火花闪过，王良下意识地推开身边的杜英雄，可这一枪打出的是霰弹，虽然有所躲避，但王良右腿上部，以及杜英雄左边手臂，都不同程度被霰弹击中。紧接着，从屋内冲出3个人，正是王立民、宁世豪与刘福治，三人分别手持自制小口径手枪、双管霰弹猎枪、“五四”式警用手枪……待除当场牺牲的李德鑫外的三人真正反应过来时，三名凶徒已经踹开铁栅栏门蹿向院外。一刹那，宋金成抬手一枪，跑在最后的王立民应声倒地，抽搐几下，便没了反应，他被子弹击中后脑暴亡。

同伴被击毙，前面的同伙没有丝毫停顿，继续狂奔逃窜。三名警察追出院子，凶徒已没了踪影，宋金成叫了声跟在后面腿伤严重只能趔趄而行的王良，指着街边警车的方向，示意他到警车上用对讲机喊话请求支援，他和杜英雄冲到马路对面继续搜索狂徒。

二人正四下张望，就听身后又是“乓、乓”两声枪响，猛回头见王良倒在警车前，两名凶徒举枪沿街逃窜，很快用枪逼停一辆黑色桑塔纳轿车，将司机拖出车外，坐进车内，猛地一轰油门，疾驰而去。

杜英雄和宋金成跑回警车边，见王良躺在血泊之中，面部和胸部被霰弹射中。这时，街边一家文具店店员跑出来，怯怯地说刚刚那两个人躲在店里，用枪抵着他和老板的头，现在老板已经打电话报警了。宋金成让店员帮着照应一下奄奄一息的王良，等候急救，然后眼里噙着泪水，从王良棉袄兜里摸出警车钥匙，打开车门，与杜英雄飞快坐进车里，冲着两名狂徒逃窜的方向追了过去。

宋金成一边开车，一边用对讲机请求支援，同时向周边的交巡警喊话，要求注意搜索一辆黑色桑塔纳轿车。不多时，对讲机中传出发现目标的喊话，宋金成是本地人，对道路比较熟悉，循着对讲机中喊出的方位，开过几个街口，便看到前方出现被凶徒劫持车辆的踪影，遂与几辆前来增援的交警车辆一同展开追捕。

狂徒疯狂驾驶着车辆，并从后视镜中发现追赶而来的警车，坐在副驾驶的宁世豪探出车窗，持霰弹枪向后方射击，刘福治也不时向路边行人和车辆发射冷枪，干扰追捕……狂徒的横冲直撞，警察的无畏追捕，仓皇奔跑的行人，乓乓的枪击声，被流弹击伤的群众的呼救声，刺耳的汽车碰撞和刹车声，一场如枪战电影般的警匪喋血追捕，就在这样一个灰暗的午后，毫无预兆地骤然出现在熙攘的大街上，随之而来的混乱和惊扰可想而知。

其实最慌乱的当然还是亡命逃窜的狂徒，慌不择路间，刘福治驾驶的桑塔纳汽车已经达到速度极限，猛然失去了控制。它先是撞掉一辆SUV的车门，接着又撞飞路边的水果摊，最后撞上一个交叉路口东北侧绿化带上的一棵行道树……两名凶徒从撞毁的车里爬出来，踉踉跄跄由交叉路口分头向东西两个方向逃窜，随后而至的杜英雄和宋金成心领神会，也跳下警车分头追捕过去。

杜英雄追出十几米，见跑在前面的刘福治又跳上一辆白色越野车，便赶紧返回，跳上警车继续追捕；而这边的宁世豪看来撞伤很严重，他拖着双管猎枪，脚步越来越沉重，终于脚下一软扑倒在地。他缓缓转过身，仰面躺在地上，眼睛空洞地望向即将追赶上来的宋金成，旋即将双管猎枪抵在下巴上，绝望地扣响了扳机。

眼前的一幕连宋金成也被震撼到了，这是一个真正的亡命徒，视生命如草芥，可想而知这些人的丧心病狂，人性灭绝到何种程度。宋金成不禁开始担心，刘福治又会制造出什么样的惨绝事件来。正忧心时，协助追捕的巡警车赶到，向他通报了另一边的情况，宋金成把宁世豪交给巡警，自己又跳上警车前去支援杜英雄。

杜英雄自知对道路不熟悉，所以不敢轻举妄动，只能尽量咬住前面的目标，不让他从视线中消失。但毕竟警车的速度与越野车无法相比，加之左臂被霰弹枪击中，无法使力，只能靠一只右手扶着方向盘和变换挡位，几次都因换挡不及时差点让车熄火了，就这样眼瞅着被目标甩的距离越来越远，杜英雄是心急如焚。正在此时，一辆警车从旁侧的巷口中冷不丁杀将出来，带着轮胎剧烈摩擦地面的声响插入到他与目标车辆之间，随即对讲机传出宋金成的声音：“兄弟，交给哥了，你悠着点……”

宋金成接力追捕刘福治驾驶的越野车，他首要的目标是死死咬住越野车，等待更多的警员前来增援，从而合力将越野车逼停。他一边沉着驾车，一边在心里盘算着最终有可能将越野车截住的方位——目前正行驶在东西走向的先锋街上，往前是西安路，再往前是民主路，接着是一个十字交叉路口，十字路口往南是长江路，往北是文化路……想到文化路，宋金成心里猛然“咯噔”一下，那儿可是学府区啊！有几所大学和附属中学，此时是下午2点左右，正是学生上学的时间……决不能让刘福治拐上文化路，否则有可能造成大范围的流血事件，不，哪怕一条生命也不行！想到此，宋金成不觉用尽全身力气，踩下油门……

宋金成奋不顾身勇猛的姿态，前面的刘福治似乎察觉到了，同样也垂死挣扎最大限度地提高了车速。如此，警匪两辆车，你追我逃，搏命行驶，时而差距缩小，时而又扩大距离……而宋金成一颗心一直悬在嗓子眼，生怕刘福治真的会选择在学府区作乱，好在驶过民主路后，越野车直接冲过了十字路口，并没有拐向北侧的文化路。

但还未等宋金成把心完全放下，便见越野车在刺耳的刹车声中陡然停住了，接着刘福治探出头冲文化路方向打量一眼，旋即又以最大的扭力掉转过车头，气势汹汹冲着宋金成的方向而来。想必他终究还是要选择驶上文化路，与学生们同归于尽，可能以他反社会的人格，会认为这是一个壮举，临死前拉上几个垫背的也值了！

可宋金成怎么可能让他得逞！先前他虽然告诫自己决不能让刘福治拐上文化路，可他并不知道如何阻止。此刻，当情势急转直下，两辆车终于呈现面对面的姿态，而且此时周边车流稀少，不会伤及无辜群众，宋金成瞬间明白，当下自己最该做的是什么了——他没有闪躲，鼓足勇气，迎着越野车，加大油门……

把接力棒交给宋金成后，杜英雄长出一口气，稳稳地跟在后面，等待时机接应宋金成。可突然间，前面两辆车同时冒着失控的危险加快了车速，又把他远远地甩开了，他似乎感觉到了某种生死攸关的气氛，他对着对讲机高声喊话，宋金成先是没有回应，过了不久，对讲机中才传来他沉沉的声音：

“兄弟，他现在与我面对面了，我会尽全力将他拦住！”

“别啊！别冲动宋队，他那可是越野车啊！”

“管不了那么多了，让这一切赶紧结束吧！”

“别，千万别……”

杜英雄此刻已是泪流满面，他知道宋金成的举动意味着什么，他嗷嗷地叫喊着，但还是从对讲机中听到“哐当”一声巨响。

杜英雄疾驰到十字路口时，被眼前惨烈的景象惊呆了。四周弥漫着呛人的汽油味，越野车侧躺在马路一侧的隔离带边，车身上下几乎瘪在一起，可以想象，是冲撞发生后，车身连续高速翻滚造成的。刘福治被甩到了马路中间，满头鲜血趴在地上一动不动。而十几米外，马路上是一圈又一圈的轮胎摩擦痕迹，接着又是很长的车身摩擦地面的痕迹，想必是警车被撞得打了几个转之后，倒扣在地上，又拖行出数米。警车前脸被整个撞飞，零部件飞得到处都是，宋金成大头冲下，被卡在车里，满脸玻璃碴，一只眼球好像被撞飞了，眼睛变成一个血洞，方向盘深深插入胸口。

杜英雄彻底蒙了，抱着头，流着眼泪，蹲在奄奄一息的宋金成身边不知所措，却见宋金成用他唯一的眼睛，死死盯着他棉衣的口袋，杜英雄蓦然明了他的心迹，赶紧掏出手机。由于先前，宋金成借他手机给爱人打过电话，所以他赶紧按下拨号键，电话那头很快传来一个女人甜甜的声音，杜英雄顾不得解释什么，强抑着悲痛，急促说道：“嫂子，没时间了，跟宋队说几句话吧……”

作为一名刑警的爱人，丈夫的安危是她时刻的牵挂，每天从丈夫早晨出门，她就在心里不停祈祷，直到他安然无恙下班回家才算放下心来。周而复始，每天如此，她甚至已经习惯了这种担惊受怕的生活，可她真的不敢想象，如果有一天丈夫回不来了，她该怎样去面对？而当这一刻真的来临时，她发现自己出奇地坚强和冷静。她知道丈夫心里最记挂什么，她麻利地三步并作两步，来到婴儿床前，摇晃着熟睡的儿子，哽咽地说："儿子，快醒醒，叫爸爸，叫爸爸！"

也许是血脉相通骨肉相连神奇的感召，才九个多月大的孩子，竟乖乖地坐起来，对着手机话筒，清晰地叫出："爸爸……爸爸……爸爸……"

"金成，你听到儿子叫你了吗？听到了吗？"

杜英雄将手机贴在宋金成血肉模糊的耳朵上，不知道是不是听到了话筒中儿子稚嫩的声音，他嘴角动了一下，又眨了眨剩下的一只眼睛，似乎在尽力做出一个满足的表情，然后眼神便渐渐凝滞，直至完全失去了光彩。

"宋队，别睡，别睡，咱不说好了，要看着儿子长大吗？"杜英雄像是自言自语地呢喃着，肩膀随之剧烈地抖动。而此时，耳边突然传来"乓"的一声响，他站起身，循声望去，只见趴在侧前方的刘福治，身子似乎动了动，又趴下去，手里却不知何时多了一把枪。随即，他觉得胸口像被针扎了一下，一阵刺痛，接着感觉一股甜咸的浆液猛冲到喉头，他想强咽回去，但还是止不住从嘴角渗出。他低下头，看到鲜血正从胸口汩汩地流淌……

杜英雄，勉勉强强从腰间拔出配枪，冲刘福治开了一枪，接着眼神复杂地向远处望了一眼，双膝渐感无力，缓缓跪到地上，晃了晃身子，慢慢倒下。

◎尾声

阴霾的天空，飘起雪花，尘世间的污浊，渐渐被洗刷和掩埋，灰暗的世界，终于因那圣洁的点点白光而焕然一新！也许与整个世界相比，它们过于渺小，但它们前仆后继，勇于献身，终将汇聚成万丈光芒！

（第二季完）

图书在版编目（CIP）数据

犯罪心理档案. 第二季，囚心者 / 刚雪印著. — 贵阳：贵州人民出版社，2020.3

ISBN 978-7-221-15787-4

Ⅰ. ①犯… Ⅱ. ①刚… Ⅲ. ①长篇小说 – 中国 – 当代 Ⅳ. ①I247.5

中国版本图书馆CIP数据核字（2019）第281903号

上架建议：悬疑·推理

犯罪心理档案. 第二季，囚心者

刚雪印 著

责任编辑：胡 洋 潘 乐

出　　版：贵州人民出版社

（贵州省贵阳市观山湖区会展东路SOHO办公区A座 邮编：550081）

印　　刷：三河市兴博印务有限公司

开　　本：880mm × 1270mm 1/16

字　　数：233 千字

印　　张：16.5

版　　次：2020 年 3 月第 1 版 2020 年 3 月第 1 次印刷

书　　号：ISBN 978-7-221-15787-4

定　　价：49.80 元